KB058928

4.5

어서 오세요 실력지상주의교실에 키누가사 쇼고 지음
토모세 슌사쿠 일러스트

조민정 옮김

사쿠라 아이리

카루이자와 케이

이치노세 호나미

4.5

어서 오세요 실력지상주의교실에

어서 오세요
실력지상주의 교실에
4.5

키누가사 쇼고 지음 | 토모세 슌사쿠 일러스트 | 조민정 옮김

c o n t e n t s

P011 **그래도 여름방학은 끝을 향해간다**

P013 **이부키 미오는 의외로 상식인이다**

P071 **카츠라기 코헤이는 의외로 고민했다**

P157 **그러나 일상에 숨어 있는 위험성**

P194 **여난(女難), 재난의 하루. 천사 같은 악마의 미소**

P225 **다른 반과의 교류회**

P307 **아케 칸지와 야마우치 하루키와 스도 켄의 여름 방학(번외편)**

○그래도 여름방학은 끝을 향해간다

사자에 씨 증후군.

혹시 그런 단어를 들어본 적 있는가?

간단히 설명하면 사자에 씨 증후군이란, 일요일 저녁에 방영되는 만화 「사자에 씨」를 보고 다음 날 찾아올 월요일을 떠올리며 우울에 빠지는 것을 말한다.

이와 비슷하게, 여름방학의 끝이 다가오면 학생들은 대부분 우울해진다. 방학이 좀 더 길었으면 좋겠는데, 좀 더 놀고 싶은데 하고 말이다.

하지만 나는 그렇게 생각하지 않는다.

인생에서 자기 마음대로 할 수 있는 시간이 넘쳐나는 시기는 기본적으로 학생 시절 뿐.

가령 정년을 60세로 잡고 18세에 사회생활을 시작했다고 치면, 일하는 세월은 총 42년이다. 초등학교 입학부터 고등학교 졸업까지 걸리는 12년보다 훨씬 길다. 그만큼 사회에 얽매여 자유를 얻지 못한다. 어쩌면 정년퇴직을 한 후에도 계속해서 일에 얽매이게 될 수도 있다. 물론 개중에는 그런 굴레에서 벗어난 인간도 있다. 애초에 금수저를 물고 태어났거나, 창업했는데 대성공을 거두었거나. 이런 식의 지름길도 있기는 하지만, 그건 복권에 당첨될 확률이나 마찬가지이다.

결국 많은 사람은 인생의 절반 이상을 사회에 희생하며 살아야 하는 셈이다.

사회적인 시점에서는 학창 시절이 인생의 여름방학이라고 볼 수도 있다.

하지만 학생들은 대부분 그 고마움을 깨닫지 못한 채 어른이 된다.

그렇게 서른이 되고 마흔이 된 후에야 비로소 그 시절이 즐거웠노라고 회상하는 것이다.

지금부터 할 이야기는, 아이와 어른의 중간 어디쯤에서 이리저리 흔들리는 학생들의 아주 사소한 이야기이다.

○이부키 미오는 의외로 상식인이다

특별시험. 보통 그 단어에서 연상되는 것은 필기시험, 혹은 운동과 관련된 실기 시험 따위이리라. 하지만 내가 다니는 고도 육성 고등학교의 특별시험은 그렇게 안이하지 않다. 무인도에서 반 대항 서바이벌 합숙을 시키기도 하고, 배위에서 서로 속고 속이는 지적 사고 게임을 벌이게 하는 등, 상식을 뒤엎는 시험이 여름방학 사이에 연일 이어졌다.

그런 1학년에게 찾아온 찰나의 휴식도 오늘을 포함해 앞으로 일주일 남았다. 일주일 뒤면 2학기가 시작된다.

참고로 내가 휴일을 보내는 방법은 심플하다. 누가 말을 걸어주지도, 나 역시 누구에게 말을 걸지도 않은 채 그저 하루하루를 보내고 있으니까 말이다. 즉, 고독하다는 거다.

"딱히 상관은 없지만."

자유라는 것만으로도 만족한다. 쓸데없는 행복은 바라지도 않는다.

아니 그리고, 친구가 많다고 꼭 좋은 것도 아니다. 최근들어 그런 생각이 들기 시작했다. 많은 사람을 알게 될수록 유지해야 할 관계가 늘어난다. 그건 그거대로 좀 귀찮다. 만약 친구한테 전화가 걸려와도 나는 멋지게 패스해버릴지도 모른다.

하지만 아무리 고독해도 할 일은 몇 가지 정도 있다. 지금 그중 하나를 끝마치려고 한다. 나는 휴대폰 화면을 켜고 내 포인트 잔액에 접속했다. 거기에 표시된 액수는 10만 6,219포인트. 그중 10만 포인트를 다른 인물…… 같은 반 스도 켄에게 보냈다.

그리고 얼마 후, 포인트를 받은 스도에게서 전화가 왔다.

"요, 아야노코지. 뭐해?"

"딱히 아무것도. 저녁으로 뭘 먹을까 고민하는 정도."

"그래? 난 아까 닭 가슴살 먹었어. 맛은 심플하고 쉽게 질리지만, 그만큼 여러 방법으로 요리할 수 있으니까. 구워도 되고 삶아도 되고…… 아, 그건 아무래도 상관없는 얘기고. 내가 너한테 하고 싶은 말은, 점에 관한 거야."

점? 또 스도와 상당히 안 어울리는 단어가 튀어나왔다. 기본적으로 모 아니면 도, 이렇게 확실한 걸 좋아하는 스도는 마치 닭 가슴살과 같아서 단순함을 추구한다. 그런 스도의 입에서 추상적인 이미지가 강한 '점'이라는 단어가 나올 줄이야.

"실은 말이야, 끝내주게 용한 점쟁이가 딱 여름방학 기간에만 『케야키 몰』에 오는 모양이더라고. 상급생들 사이에 그 이야기가 엄청 화제여서 말이지. 동아리 활동 중에도 그 점쟁이 얘기만 해대니까 좀 궁금해졌어. 『임시 수입』도 들어왔겠다, 한 번 가보고 싶단 말이지. 그러니까 나랑 같이 가자. 물론 내가 쏠 테니까."

그렇게 스도는 같이 놀러 가자고 제안해왔다.

케야키 몰은 학생들이 평소에 이용하는 복합시설의 이름이었다.

이 학교는 어쩔 수 없이 부지 내에서만 생활해야 하는 만큼, 학생들을 위한 시설을 충분히 갖추고 있었다. 하지만 바깥세상처럼 무한하게 있는 것은 아니다. 아이돌 콘서트도, 놀이동산도, 동물원도 없다. 제한된 부지에 제한된 시설. 뒤집어 생각하면 몹시 좁은 세계다. 그런 학교이기 때문에 새로운 이벤트가 열릴 때마다 별것 아닌 화제에도 시끌벅적해진다는 것은 이미 들어서 알고 있었지만, 설마 점이 유행할 줄이야. 의외다. 그래도 나는 비교적 긍정적으로 제안을 받아들였다.

오랫동안 누가 그런 말을 해주지 않았던 나는 기쁜 마음을 억누르지 못하고 물었다.

"언제 갈 건데?"

"내일 아침. 10시부터 한다니까 빨리 안 가면 줄이 길어질 거야. 9시 30분에는 목적지에 도착하고 싶은데."

아무래도 이미 스도의 머릿속에 대략적인 스케줄이 세워진 모양이었다. 그럼 이야기가 빠르겠군.

"나야 괜찮지만 너 동아리는 어쩌고?"

"응. 내일은 쉬는 날이야. 전에 말한 대회가 방금 끝났거든. 매일 녹초가 될 때까지 연습만 했으니까. 조금이라도 안 쉬면 몸이 못 견딜걸."

스도는 오늘 농구 대회에 나갔었다. 이날을 위해 그가 매일 묵묵히 연습했던 만큼, 나 역시 대회 결과가 어떤지 궁금해하던 차였다. 그리고 또 한 가지 신경 쓰이는 것이 있었다.

"특별히『문제』는 없었고?"

의미심장하게 문제 부분을 특히 강조해서 물었다. 스도도 금방 무슨 뜻인지 알아차렸다.

"어어. 진짜 고생했다니까. 감독이며 코치며, 중학교 때랑은 비교도 안 되게 감시가 들어와서 말이야. 시합 때 말고는 다른 학교 애들이랑 제대로 말도 못 섞어봤다고. 화장실까지 우리 학교 한정이라면서 전용 화장실이 있었고. 이래서야 도저히 무리다 싶었지."

역시 예외적으로 학교 밖에 나갈 수 있는 동아리 활동이라고 해도, 학교 측의 감시가 엄격했던 모양이다.

"하지만 어떻게든 했어. 배 아프다고 둘러대고 잘 빠져나왔지."

"그래. 그거 다행이다. 야마우치 쪽에는?"

"데이터는 확실하게 지우고 돌려줬으니까 걱정하지 말라고. 나도 잘 알고 있으니까."

스도도 자신의 학교생활이 걸린 문제였다. 어리석은 짓은 하지 않았겠지. 그래도 나중에 내가 야마우치와 접촉해서 데이터가 잘 지워졌는지 다시 확인해두는 게 좋겠다. 돌다리도 두드려보고 건너라고 했으니.

"그나저나 제일 중요한 시합에는 나갔어?"

"응, 그것도 1학년에서는 나만. 득점도 올렸고. 그렇지만 결과적으로 시합에 졌으니 자랑은 못 하겠다."

자세한 사정은 모르지만 1학년 중에 혼자 나간 것만으로도 상당한 실력이겠지. 스도의 말에서도 분하다기보다는 결과를 순순히 인정한다는 뉘앙스가 느껴졌다. 농구부에서 착실하게 성과를 남기고 있다고 봐도 되리라. 아마 이번 대회를 목표로 열심히 연습했을 것이다. 특히 1학년은 특별시험 때문에 학교를 비웠던 만큼, 연습 시간도 다른 학생보다 훨씬 적었을 테지.

"그래서 어쩔 거야? 점 보러 갈래, 말래?"

"뭐, 특별한 일정이 있는 건 아니니까 갈──."

긍정적으로 대답하려는데 스도가 내 말을 중간에 끊었다.

"꼭 스즈네를 데려와. 반드시! 알았지?"

"……그런 거였군."

아무래도 스도는 내가 아닌 호리키타와 점을 보러 가고 싶은 모양이었다.

그런데 자기가 제안하면 성공률이 낮다는 걸 알고 어쩔 수 없이 나를 앞세운 건가.

"하지만…… 그 녀석이 점에 흥미를 보일 것 같지는 않은데."

"그래도 불러내. 네가 할 수 있는 유일한 특기잖아?"

그게 무슨 특기야. 나를 호리키타 불러내는 기계로 쓰는 건 그만둬주길 바란다.

"일단 말은 해볼게. 하지만 너무 기대하지는 마."

"일단, 그딴 건 안 돼."

"안 되냐……."

살짝 노기를 띤 스도의 말에는 동시에 무게도 실려 있었다.

호리키타가 완전히 함께 한다는 가정 하에 내일 계획을 세워두었겠지.

"반드시 해야 해. 호리키타가 안 오면 아무 의미가 없다고."

"하지만 그 녀석한테 내일 무슨 계획이 있을 수도 있고, 점에 흥미를 보일지도 불투명한데. 차라리 쇼핑이나 영화 같은 쪽이 오히려 불러내기 쉽지 않아?"

"걱정 붙들어 매. 여자라면 십중팔구 점을 좋아하게 되어 있으니까."

그건 그야말로 단정에 불과한 것 같은데…….

뭐, 굳이 따지자면 여자에게 점을 좋아하는 이미지가 있기는 하다. 그러나 호리키타만큼은 평범한 다른 여자애들처럼 점을 보며 좋아하는 모습이 도저히 상상이 안 된다.

"알겠지? 성공했는지 어떤지 나중에 보고해라. 꼭이다."

그렇게 말한 스도는 일방적으로 전화를 끊었다.

스도가 나랑 같이 점을 보러 가자고 하다니 어쩐지 이상하다고 생각했는데, 역시 그랬군.

나는 살짝 실망했지만 어떻게든 기분을 바꾸려고 노력했다.

호리키타한테 일단 연락해보는 게 좋겠지. 부탁을 무시했다가 나중에 스도에게 들키면 대처하기 귀찮으니까. 까먹기 전에 해치우자는 생각으로 즉시 호리키타에게 전화를 걸었다.

　그러자 잠시 후 호리키타가 전화를 받았다.

　"저기, 호리키타. 너 혹시 점 좋아해?"

　여자는 모두 점을 좋아한다, 라는 일반적인 여자에 대한 내 인상론을 파괴해줄 사람은 이 여자애밖에 없다.

　"전화 걸자마자 대뜸 별 이상한 걸 다 물어보네."

　지당한 말씀. 하지만 나로서도 달리 이 이야기의 돌파구가 없으니 별수 없다.

　"대답해주면 내가 살 것 같은데."

　"그 말은 그러니까 내가 대답하지 않으면 네가 못 살 가능성이 있다는 거니?"

　그렇게 되물을 줄은 몰랐지만, 하긴 그럴 가능성이 있는 건 사실이다. 스도에게 헤드록 당하는 내 모습이 뇌리를 스치고 지나갔다.

　"그래서, 대답해줄 거야?"

　"나한테 빚 하나 있는 셈 친다면."

　점을 좋아하는지 싫어하는지 대답 한 번 들으려고 빚까지 만들어야 하는 건가…….

　휴대폰을 쥐고 있던 오른손 엄지를 살짝 움직여 통화 종료 버튼을 누르고 싶은 충동에 휩싸였지만, 지금은 꾹 참아야

한다. 나는 스도의 화난 얼굴을 떠올리며 마음을 다스렸다.

"그렇게 하든지."

그 대답이 나에게 가치가 있음을 깨달은 호리키타는 잠시
뜸을 들이다가 대답했다.

"그래…… 푹 빠진 정도는 아니지만 싫어한다고 하면 거
짓말이겠지."

의외다 의외. 호리키타의 입에서 긍정적인 대답이 나왔다.

"실제로 점본 적 있어?"

"그건 아니고. 매일 아침마다 뉴스를 확인하는 김에 보는
정도?"

뉴스라면, 생일점 같은 것이 잘 나오는 아침 뉴스를 말하
는 건가.

텔레비전 앞에서 행운의 색깔이 빨간색이다 흰색이다 하
면서 오늘 입을 옷을 바꾸거나 가방에 액세서리를 달고 있
는 호리키타의 모습…… 도저히 그림이 그려지지 않는군.

"혹시 너, 점에 빠졌니?"

"아니, 그런 건 아니고. 요즘 화제라는 점쟁이에 대해서
는 들어봤어?"

"점쟁이……?"

잠시 기억을 더듬는지 침묵이 이어졌다. 그리고 마침내
떠올랐다는 듯 입을 열었다.

"그러고 보니 요즘 그 이야기로 좀 시끄럽더라. 들어보긴
했어."

"그래서 좀 궁금해졌어. 자꾸 용하다는 말을 들으니까 정말 그런가 싶어서. 하지만 점 같은 거, 솔직히 난 믿어지지 않아."

동의할 줄 알고 말했는데 수화기 너머로 다른 의견이 돌아왔다.

"정말 그럴까? 진짜 실력 있는 사람은 잘 맞춘다고 생각하는데."

"아니, 그런 걸 맞추다니 초능력자라도 돼?"

호리키타가 그런 걸 믿다니 의외다. 사람의 관상, 손금, 생년월일로 미래를 점치다니. 나는 그런 비현실적인 것을 믿지 않는다.

"그게 아니지. 점쟁이에게 미래를 투시하는 힘이 있는 게 아니야. 그거야 당연하잖아? 유령이 존재한다고 말하는 사람이랑 마찬가지로 시시해. 단지 심령 쪽과의 큰 차이는 점쟁이는 막대한 과거 정보, 그러니까 인간의 패턴을 근거로 점을 본다는 거야. 게다가 눈앞의 상대를 면밀히 관찰하는, 점쟁이 개인의 기량도 많이 요구돼."

단순히 꿈을 꾸는 소녀가 아니라, 호리키타 나름대로 이론에 근거한 대답이었다.

"그러니까 요약하면 콜드리딩을 이용한 힘, 이라는 건가?"

"네가 그런 것도 알아?"

약간 시시하다는 듯 대답한 호리키타.

"우리는 스스로를 객관적으로 볼 수 없어. 하지만 숙련된 점쟁이는 짧은 대화를 통해 상대방의 정보를 캐내고, 점을 보는 당사자조차 미처 깨닫지 못했던 부분을 끄집어내는 데 능숙하지. 그리고 결국 그게 점의 결과로 남아. 그렇게 생각하는 건 가능하지 않아?"

콜드리딩. 직역하면 사전 준비 없이 상대방의 마음을 간 파해낸다는 뜻. 대수롭지 않은 대화로 상대의 정보를 빼내고, 난 너보다 너를 더 잘 안다는 식으로 생각하게 만드는 화술이다. 관찰력과 통찰력을 발휘해 대상자의 정보를 얻는다. 그리고 그걸 교묘한 말로 전함으로써 미래 혹은 과거를 꿰뚫어보는 것처럼 믿게 만든다. 의미를 설명하기란 간단하지만, 상대에게 불신감을 주지 않고 정보를 빼내거나 믿게 만들려면 상당히 어렵고 높은 기술이 요구된다.

"좀 흥미가 생기는군."

"그거 다행이네. 한 번 가보든지."

"괜찮으면 나랑 같이 가줄래?"

"농담이지?"

"의외로 진담인데."

"사양할게."

짧은 대화 중에 은근슬쩍 꼬드겨 봤지만, 보란 듯이 깨졌다.

하지만 아, 네, 그럼 그렇게 하실래요? 하고 포기할 수 없는 사정이 내게도 있다.

"난 점에 관해서는 문외한이니까, 호리키타가 옆에 있어주면 조금이나마 이해하기 쉬울 것 같은데."

"미안하지만 패스. 사람 많은 데 내 발로 가는 성격이 못 된다는 건 너도 잘 알 거 아냐?"

……물론 그렇다. 화제의 중심에 있는 점쟁이의 주위는 당연히 학생들로 엄청나게 북적거릴 것이다. 어쩌면 학생뿐 아니라 부지 내에 있는 성인들도 찾을 가능성이 있다. 하기야, 호리키타가 사람들이 넘치는 쇼핑몰 안에서 점을 보고 있는 모습은 상상이 안 된다.

바로 물러나지 않고 재차 확인하기도 했고, 더 달라붙으면 호리키타의 심기만 거스를 것이다.

일단 호리키타에게 말을 꺼내봤으니, 됐다. 스도가 크게 문제 삼지는 않으리라. 아마도 말이다. 꼬드기는 걸 깨끗이 단념하고 전화를 끊은 나는 스도에게 짧은 채팅 메시지를 보냈다. 물론 즉시 읽음 표시가 뜨더니 불만 가득한 문장이 돌아왔지만.

그리고 '그럼 그냥 안 갈래'라는 글자.

역시 나는 호리키타를 불러내기 위한 도구일 뿐, 불러내는 데 실패했으니 이제 볼일 없다는 건가.

뭐, 남자 둘이 점을 보러 가는 것도 위화감이 들긴 하지만.

"그나저나…… 점이라……."

강하게 흥미가 일어나는 건 아니었지만 호리키타와 나눈 대화로 조금 궁금해졌다.

일단 어떤 느낌인지 내일 구경이나 하러 가보자.

1

누구야, 점쟁이를 잠깐 구경이나 하러 가보자고 생각한
사람은.

"실수한 것 같은데……."

알고는 있었지만, 연일 폭염이 이어지는 8월 하순의 아침
은 작열지옥이었다.

가로수 너머로 보이는 콘크리트 바닥에서 아지랑이가 아
른아른 피어올랐다.

학교 기숙사는 각 방과 로비는 물론 복도에도 냉방 시설
이 완비되어 있어서 더위가 그다지 느껴지지 않았다. 하지
만 지금은 한여름이다. 직사광선을 받자마자 땀이 비 오듯
쏟아졌다.

이렇게 해서 인간은 점점 살기 힘들어지겠지. 나는 이런
생각을 하며 필사적으로 그늘을 찾아 걸었다.

넓은 부지 면적을 자랑하는 학교에는 다행히 가로수도 많
이 심어져 있었다. 그래서 인도에 햇빛을 차단하는 그늘도
적지 않았다. 아직 학생들이 활발히 움직이기 전인 9시 30
분. 나는 소문의 점집을 찾았다. 영업은 10시부터 시작이라
는데, 그리 오래 앉아 있을 생각은 없다. 후딱 보고 후딱 돌
아가기. 그게 목표다. 하지만 목적지에 가까워지면서 내 옅
은 기대가 배반당했음을 깨달았다.

거의 아무도 없을 줄 알았던 케야키 몰 주위에 반팔 차림

의 수많은 학생들이 보였다. 그 모두가 나와 같은 목적은 아니길 빌었지만, 아무래도 의심스러웠다.

일단 케야키 몰 안으로 들어가 작열지옥에서 벗어난 나는 점집이 5층에 있다는 것을 파악하고 가까운 엘리베이터를 찾았다.

"헉……."

나도 모르게 그런 목소리가 새어나왔다. 엘리베이터 앞에 10명은 족히 되어 보이는 학생들이 모여 웅성거리고 있었기 때문이다.

소통 장애가 있는 사람이라면 이해할 것이다. 혼자 엘리베이터에 타자마자 '닫기' 버튼을 연타하는 인간의 사고방식을 가진 나는 다수의 또래와 함께 엘리베이터를 타는 것에 취약하다. 단체 사이에 혼자 끼어 타는 것도 큰 용기가 필요하다.

그래서 다소 귀찮더라도 우회해서 다른 엘리베이터를 타기로 했다. 정반대에 위치한 또 다른 엘리베이터 쪽에는 아직 아무도 없어서 혼자 탈 수 있는 상태였다.

"이제야 좀 마음이 놓인다……."

수고스럽지만 이런 식으로 마음 편히 탈 수 있는 쪽이 좋다. 슬프게도 말이다.

5층에 도착한 나는 점집이 있을 것 같은 플로어로 향했다. 그곳에는 조금 전보다 더욱 곤혹스러운 상황이 펼쳐져 있었다.

"커플 천국이로구만……."

남녀가 짝을 이루어, 그러니까 누가 봐도 연인 같은 학생들이 다수를 점했다. 물론 그중에는 남자 혹은 여자로만 이루어진 그룹도 있지만, 극소수라고 할까.

하긴, 점이란 게 원래 그렇겠지.

남자 친구(여자 친구)와의 궁합, 둘의 미래를 궁금해하는 것 자체는 그리 특별한 일이 아니다.

다만 이곳에 있는게 생각보다 더 가시방석 같다는 것만은 알았다. 혼자 점을 보러 온 사람은 별로 없었다. 나 같은 남자는 더더욱.

어쨌든 줄이 있어서 나도 거기 서려고 했다. 그러자 끝에서 줄 관리를 하던 여성이 주위를 두리번거리며 물었다.

"안녕하세요. 동행 분은 나중에 합류하시나요?"

"동행? 없는데요, 혼잔데요."

그야 물론 주위에 온통 커플들이긴 한데. 참으로 참신한 생각이다. 혼자 오는 사람도 있다는 걸 좀 생각해줬으면 좋겠다.

"저기……."

아직 뭐가 남았는지, 여자 점원이 미안하다는 듯 말했다.

"선생님께 점을 보시려면 이인 일조여야 하는데요……?"

"혼자는 안 돼요?"

그녀는 작게 고개를 끄덕이며 앞쪽을 손가락으로 가리켰다. 행렬 때문에 잘 보이지 않았는데 유심히 보니 정말 주의사항이 적혀 있었다.

'이인 일조로 안내해드리고 있습니다. 부디 양해 부탁드립니다' 하고.

납득. 나 같은 솔로는 어디에도 없는 거다. 부끄러워하기 이전에 아예 받아들여지지도 않으니 여기 있을 까닭이 없다. 나는 지금이 제일 창피한 상황인 것 같았다.

그제야 스도가 집요하게 호리키타를 불러내려고 한 이유를 알았다. 이런 형식이라면 억지로라도 호리키타와 둘이 줄을 서서 대화도 나눌 수 있고, 점을 다 볼 때까지 오랜 시간을 공유할 수 있다.

"그러니까 나는 처음부터 끼워줄 생각도 없었던 거군……."

일의 전모를 알자 스도의 태도와 말의 의미가 점점 다르게 다가왔다.

하는 김에 부른 것조차 아니었다고. 아마도 어떤 구실을 대서 중간에 나를 돌려보내는 것까지 계산에 넣지 않았을까. 너무나도 슬픈 이야기다.

"그럼 옆에 있는 줄도 마찬가지인가요?"

"……네. 우콘 선생님도 이인 일조로만 점을 봐주셔서……."

"잘 알겠습니다."

나는 점원에게 고개를 꾸벅 숙이고 줄에서 벗어났다. 내 뒤에 섰던 학생이 한 발 앞으로 당겨 섰다.

설마 이런 함정이 있었을 줄이야. 내가 상상한 점은 길거리 한쪽 구석에 자리 잡은 아줌마가 동전을 모으며 자잘한 점을 봐주는 그런 이미지였다.

최근에는 이런 커플 추천 점도 있구나. 한 번쯤은 점을 경험해보는 것도 나쁘지 않겠다고 생각했는데, 이래서는 어쩔 수 없군. 일부러 호리키타를 꼬드기면서까지 다시 올 가치가 있어 보이지도 않고. 순순히 물러나자.

"뭐라고요? 혼자면 안 받아준다고요?"

옆줄에도 나처럼 혼자 온 피해자가 있는지, 화난 목소리가 들려왔다. 반쯤 동정심으로 시선을 보냈다가 운이 나쁘게도 그 혼자 온 존재와 눈이 딱 맞주치고 말았다.

"아."

그렇게 짧게 말한 상대는 내가 아는 인물.

못 본 척 돌아가려는데 왜 그런지 같은 타이밍에 그 인물도 걷기 시작해 나를 쫓아왔다.

나는 속도를 조금 더 높였다.

"잠깐만."

도망치는 것처럼 보였는지(실제도 도망치려고 한 게 맞지만) 뒤쫓아와서 내 어깨를 붙잡았다.

"무슨 용건인데?"

"호리키타는 어딨어?"

그렇게 짧게 묻는 것과 동시에 주위를 둘러보는 소녀. 그녀는 C반의 이부키 미오였다. 이 녀석도 스도처럼 나를 매개로 호리키타를 보고 있는 모양이었는데, 이부키라면 이렇게 나오는 게 당연하다. 그래도 될 수 있으면 나를 통하

지 말고 그냥 호리키타만 보면 고맙겠다.

"내가 항상 그 녀석이랑 같이 다닐 리 없잖아. 오늘은 혼자야."

"아, 그래?"

지난 무인도 시험에서 이부키는 D반에 스파이로 잠입해서 반을 혼란에 빠트리려고 했다. 그리고 끝에 가서는 호리키타와 서로 주먹을 휘두르며 싸웠고, 그 이후로 이부키는 호리키타를 적대시했다. 덧붙이자면 라이벌로 여긴다고 할 수 있겠다.

평소의 무뚝뚝한 성격은 여전하지만 꽤 청결함이 느껴지는 사복 차림이어서 호감으로 다가왔다. 얌전히 있으면 인기가 있어도 이상하지 않을 것 같았다.

"보통 점이라고 하면 일대일로 보지 않나? 정말 예상 밖이다. 너도 그렇게 생각하지?"

"그래. 그런 이미지였는데."

"그럼 넌 호리키타를 불러내서 다시 올 거야?"

스도도 이부키도, 화제의 중심은 이 자리에 없는 호리키타였다.

"아니, 안 올 거야. 그렇게 호리키타랑 이야기하고 싶으면 네가 직접 가. 같이 점이라도 보러가자고 말해보는 게 어때?"

"뭐? 절대 싫거든! 별로 할 얘기도 없고."

그럼 말끝마다 호리키타 얘기 좀 안 꺼냈으면 좋겠다.

"난 원래 점에 별로 흥미가 없어서 미련은 없는데. 넌 꽤

찮아?"

"미련이 없다고 하면 거짓말이지만……."

두 명이 짝을 이루어야 한다니 어려운 문제라는 걸 알았다. 그녀는 고개를 가로저으며 미련을 떨쳐냈다.

"방법이 없으니까 포기할 수밖에. 난 말하는 것도 서투르고."

그건 대답인 듯 대답이 아닌 것 같군. 이 녀석은 말하는 게 서툴다고 말했지만, 대화를 나눠보니 사쿠라처럼 대화 자체를 어려워하는 타입은 아닌 것 같았다. 사실 나와도 대등…… 때로는 위에서 내려다보는 느낌으로 강하게 말하지 않는가.

"류엔이라도 부르던지."

농담 섞어 그렇게 말하니 호리키타와 마찬가지로, 혹은 그 이상으로 혐오감을 거침없이 드러내며 나를 노려보았다.

"쉬는 날까지 그 애 얼굴을 보는 건 절대 싫어. 살벌한 농담 하지 마."

"배에서도 그 녀석이랑 같이 다녔잖아? 그럼 친하다고 생각하는 게 보통 아닌가?"

몇 안 되는 사실을 들이밀며, 나를 노려볼 근거가 없다고 발뺌했다.

"……D반의 리더를 알아내지 못한 책임은 있으니까."

이부키가 기어들어가는 목소리로 대답했다. 그게 정말이라면 이부키는 그 책임을 지기 위해 류엔과 함께 다녔다는 뜻인가. 그것만으로는 전모가 보이지 않지만, C반만 아는 무슨 이유가 있겠지. 그렇다고는 해도 특별시험 전반전인 무인도 서바이벌에서 이부키는 호리키타가 리더라는 걸 분명히 알았고, 그건 틀리지 않았다. 내가 방해하지 않았다면 틀림없이 C반에 큰 공헌을 했을 것이다.

"너한테 궁금한 게 있는데, 서바이벌 시험에서 D반 리더가 누구였어?"

"글쎄."

"글쎄라니, 알 거 아니야."

"설령 안다고 해도 알려줄 수 없지만, 정말 몰라. 아마 D반 애들 대부분이 모를걸? 호리키타가 뒤에서 움직여서, 무슨 방법으로 잘 해결했다는 식으로만 파악했을 건데."

이부키는 내 속을 꿰뚫듯 쳐다보았다.

하지만 당연히 그런 눈빛에 쉽게 간파당할 만큼 내가 바보는 아니다.

"……하긴, 그렇게 쉽게 알 수 있으면 애초에 고생도 안 하겠지."

이부키는 포기한 듯 어깨를 으쓱거렸다.

"류엔이 안 되면 같은 반 여자애라도 부르면 되잖아. 친구 한둘쯤은 있을 거 아냐."

"그런 상대가 있으면 내가 이 고생을 하겠니? 반 여자애들 따위 절대 싫어."

반 친구조차 절대 싫은 멤버의 범주에 들어가는 모양이

다. 이런 식이면 재학생 전원이 이부키의 혐오 대상인 것 같은데. 이부키는 호리키타와 마찬가지로…… 아니, 그 이상으로 사람을 아무 이유 없이 싫어하는 면이 있다.

그런 의미에서는 비슷한 사람들끼리 사소한 계기로 친해질 수 있을 것도 같은데.

"지금 나랑 이렇게 말하는 것처럼 넌 다른 누구와도 아무렇지 않게 대화할 수 있잖아. 사람을 대하는 게 서툰 느낌은 없었는데."

"그렇지 않아. 나랑 말하면서 느끼지 않았어? 가시가 잔뜩 돋쳐 있다는 느낌."

"뭐, 그건 그렇지만."

이부키와 대화를 나눌 때면 예리한 연육기로 쿡 누르는 듯한 느낌이 들긴 했다. 그건 아마 이부키 나름대로 타인을 향한 거리감의 표현일 것이다. 다른 애들에게도 그게 여실히 전달되겠지.

"아무리 노력해도 이런 식이니까 분위기가 늘 안 좋아. 내 말 이해돼?"

즉, 말하는 게 서툴러서 반 친구를 부르지도 못 한다는 소리인가. '서툴다'라는 표현이 맞는지 좀 의아하지만, 이부키에게 반 친구들까지 모두 적대시하는 부분이 있어서겠지.

점쟁이에게도 도전하는 듯한 자세로 강하게 나가는 이미지가 머릿속에 살짝 그려졌다.

"남이랑 대화하는 게 서툰데도 용케 점은 보려고 생각하는군."

"그것도 고민이야. 고양이는 좋아하지만 고양이 알레르기가 있는 그런 느낌이랄까."

그거 실로 안타깝다. 좋아하지만 받아들일 수 없는 것도 있다는 말인가.

"그런데 잘도 D반에 와서 스파이 노릇을 했구나."

원래 퉁명한 구석은 있었지만, 그래도 스파이 활동을 할 때 불쾌감을 느낀 적은 거의 없었다. 다른 D반 아이들 역시 한 점 의심 없이 이부키를 받아들일 정도였는데.

"그거랑 이건 다른 문제야. 어쨌든 남이랑 대화하면 긴장된다고. 그래서 신경질적으로 나오게 되지. 난 그게 싫어. 그러니 어쩔 수 없어. 나도 좋아서 이런 내가 된 게 아니잖아. 아니 그런데 왜 내가 너랑 이런 이야기를 하고 있는 거야. 누가 오해라도 하면 어떡해."

이부키는 시선을 피하며 이야기를 마무리 지었다.

그건 내가 할 대사이기도 했다. 문득 깨닫고 보니 주변 사람들 전부 줄을 섰고 우리만 떨어진 위치에서 단둘이 있었다. 다른 애들이 오해하기 딱 좋다.

그나저나 긴장해서 신경질적으로 나오는 거라고?

서툰 행동은 근본적으로 그것 때문이었나. 그렇다면 의외로 대처법을 쉽게 찾아낼 수 있을지도 모르겠다.

이렇게 긴장하게 된 과거의 루트를 찾아 나서지 않더라도 대처할 수 있는 계획이 있다.

"너, 아까 스파이 때와는 다른 문제라고 말했지?"

"그래. 그게 사실이니까."

"그럼 그때랑 평소의 차이가 뭔데?"

그렇게 묻자 이부키는 고민이 되는지 순간 입을 꾹 다물었다가 나름대로 대답을 내놓았다.

"그런 건 몰라. 그냥 다르니까 다른 거야. 단지 그것뿐이야."

답이라고 할까, 차이를 고민하는 것 자체를 포기했다.

"깊이 생각해본 적이 없는 모양이군."

"당연하잖아. 세세한 차이 따위 내가 어떻게 알아? 그때는 연기해서 그런 거겠지."

"아니, 의외로 단순하다고 봐. 남이랑 대화하는 거랑 지난 번 연기와의 차이, 그건 아마 『인식』의 차이일 거야."

"인식?"

생각해보지 못했던 단어에 이부키는 적게나마 흥미를 느꼈는지 나를 쳐다보았다.

"사람은 누구나 타인을 처음 만난다고 생각하면 긴장해. 하지만 그건 의식해서 그런 거지, 연기를 했다거나 암시를 걸었다거나 하는 거랑은 상관이 없어."

이성을 대하기 어려워하는 사람이 '지금부터 난 리얼충이 될 거야'라는 암시를 걸고 소개팅에 나간다고 해서 갑자기 말을 술술 할 수 있다거나 긴장이 안 되는 건 아니다. 결국 평상시보다 큰 힘은 낼 수 없다. 만약 그런 식으로 해서 언변이 좋아졌다면 그건 처음부터 그럴 능력이 있었던 것에 불과하다. 의사소통이란 운동신경과 비슷하다고 생각하면 간단하다. 원래 가진 재능과 살면서 키워온 능력이 시험대에 오르는 것이다.

즉 이부키는 '말할 능력은 가지고 있는데', '어떻게 쓰는지 모를 뿐'이다.

"넌 지금까지 상대를 만나기 전에 항상 멋대로 망상을 펼쳤을 거야. 그게 긴장감으로 이어졌고. 그 결과 생각대로 말할 수 없게 된 거 아니야?"

"뭐야 그게, 무슨 의미지? 소통 능력이 뛰어난 녀석이라면 모를까, 보통 처음 만나면 누구나 긴장하는 거 아닌가?"

"물론이지. 나도 그래. 하지만 장사하는 사람을 상대할 때도 긴장하는 건 좀 과하다는 느낌이 들어. 이건 그냥 예로 들어서 물어보는 건데, 너 편의점 직원 앞에서도 긴장해?"

"뭐라고?"

"보통 가볍게 들르는 편의점의 직원은 거의 다 처음 보는 사람이야. 포인트카드는 있나요? 데워 드릴까요? 그런 걸 물어보는 직원을 상대로 긴장할 것 같진 않은데."

"그거야 그렇지만……."

결국 상대를 너무 생각하고 의식하니까 긴장하는 거다. 상대에게 내가 어떻게 보일까, 잘 보이고 싶다, 좋은 사람으로 보이면 좋겠다, 그런 식으로 생각하니까 긴장하게 되는 거다.

D반에 잠입했을 때 이부키는 그런 것까지 생각할 여유가 없었을 터. 단지 자신을 피해자로 보이게 하느라 여념이 없었고, 애초에 남과 소통하고 싶다는 의식 자체가 없었다. 그래서 아무런 생각 없이 잘 해냈을 거다.

왜냐하면 평소대로 아웃사이더의 느낌을 풍겨 C반과 대립하는 척했으니까.

"듣고 보니 그러네……."

"점쟁이와는 얼굴을 마주 보고 대화하는 인상이 있으니까. 그래서 긴장을 느끼는 것도 무리는 아니지만, 너무 깊게 생각하지 않는 게 긴장을 푸는 길 아닐까?"

"……그렇군. 그런데 왜 내가 너한테 그런 강의를 들어야 하는 거지?"

이부키가 퍼뜩 정신을 차리고 금방이라도 달려들 기세로 쏘아보았다.

"너무 오래 혼자 있다 보면 그런 잡지식이 자연스레 쌓여. 난 어째서 친구가 안 생길까 고민하는 것에서부터 시작해서, 지금 말했듯이 긴장되는 상대랑 안 되는 상대의 차이를 생각하고, 최종적으로는 사람은 어디에서 왔다가 어디로 가는가까지 고민하게 되지."

"무서워……. 꼭 너 같은 애가 나중에 연쇄 살인 같은 걸 저지를 것 같단 말이지. ……그런 캐릭터였어?"

"……뭐, 여러 가지로."

이야기가 너무 깊어져서 대충 얼버무리려고 했는데 상당

히 아슬아슬한 방향이 되고 말았다. 덕분에 괴짜 이미지가 심어졌을지도 모르겠다.

"아무튼 난 돌아간다. 넌?"

"나도 돌아갈까 봐. 결국 혼자서는 점도 못 볼 것 같으니. 천중살(天中殺)에는 좀 관심이 있지만."

"천중살……?"

처음 듣는 생소한 단어에 나도 모르게 되물었다.

"그런 것도 모르고 여기 왔어?"

이부키가 어이없다는 듯 한숨을 푹 내쉬었다. 그런 말을 들어도 난 정말 아무것도 모르는 문외한이다. 막연히 점 한 번 보려고 하는 거야 자유 아닌가.

"간단히 말하면 자기한테 안 좋은 시기가 언제인지 알아보는 점이야."

점의 세계는 심오하다고 들었는데, 대상자를 딱 집어서 점치는 것도 가능하다는 말인가. 완전 초보인 내 상상으로는 빨간색 아이템을 몸에 지니라고 하거나, 이번 달은 물건을 잃어버리지 않도록 주의하라는 그 정도라고 생각했다. 그런데 이부키의 말에 따르면 그게 전부가 아닌 듯하다.

"난 여기 온 목적이 그거였어. 설마 애정 관계가 메인인 곳이었을 줄이야."

아쉽다는 듯 말한 이부키가 길게 늘어선 줄을 돌아보았다.

"애들 입장에서는 연애에 점을 이용하는 게 이상한 일도 아니지. 실제로 천중살인가 뭔가를 알아보려고 온 애들도 있을걸."

"그렇다고 해도 말이지. 두 명씩 짝지어 오라고 강요하는 시점에서 뻔하다는 생각이 드네."

그렇게 말한 이부키는 별다른 인사도 없이 돌아갔다.

2

기숙사로 돌아온 나는 천중살이 뭔지 조사해 보았다. 상당히 심오하다, 심오해.

1980년 직전에는 세상이 온통 그 화제로 떠들썩할 만큼 주목을 모았다고 한다.

그러나 붐을 일으킴과 동시에 신빙성도 문제로 떠올랐다. 어느 유명한 점쟁이가 천중살을 못 맞혀 은퇴에 내몰리게 되어 큰 뉴스가 되기도 했다.

점 자체에 가치가 없다고 말할 수는 없지만, 과하게 심취하는 것은 문제다. 그래도 점이라는 것이 그만큼 많은 사람의 관심을 끌어당기는 매력적인 콘텐츠임에는 틀림없다. 그럭저럭 한 시대를 풍미했고, 지금 현대에서도 여전히 믿고 있다는 것을 생각해보면 나름대로 적중률이 있는 거겠지.

이렇게 생각하니 갑자기 호기심이 막 샘솟는다.

인터넷에 있는 과거 기사가 사실을 말해준다고 해도 역시 그걸로는 못 믿겠다.

점으로 미래를, 인간을 꿰뚫어 보는 게 가능할 리 없지 않은가. 그래서 더욱 점을 한 번 봐서 그것이 거짓말이고 콜드리딩의 연장에 있다고 결론 내리고 싶은 내가 있었다.

"이번 달 말까지밖에 안 하는 건가."

알아보니 이 점쟁이들은 여름방학이 끝나면 철수하고, 다음에 또 언제 찾아올지는 미지수였다. 어쩌면 이제 두 번 다시는 점과 관련된 사람이 이 학교를 찾아오는 일은 없을지도 모른다.

"그렇지만⋯⋯."

같이 가자고 말할 상대가 없다. 이번에는 여기서 막혀버렸다.

호리키타에게는 한 번 거절당했고, 쿠시다한테 말할 용기는 처음부터 없었다.

사쿠라라면 부탁을 들어줄 것 같기도 하지만 커플들이 득시글거리는 곳으로 불러냈다가는 불쾌한 기분만 들게 할지도 모른다.

스도, 이케, 야마우치 등 남자애들도 있지만, 얼마 남지 않은 소중한 휴일을 할애해서 남자끼리 점을 보러 가고 싶지는 않으리라.

"⋯⋯막혔나."

심플한 답이 나왔다. 내 한정된 교우관계로는 아무리 머리를 짜내 봐도 무리인 것 같다.

애초에 커플을 전제로 한 점이라는 것부터 마음에 안 든다. 이부키의 생각도 일리가 있다. 순수하게 점에 흥미 있는 사람들에게는 엄청난 폐해일 수도 있다.

나는 그렇게 결론짓고 인터넷 검색을 끝냈다.

3

그렇게 포기한 다음 날, 이상하게도 발이 저절로 점쟁이가 있는 곳으로 향했다.

아마도 이틀 연속으로 한가해서일 거다. 그것 말고는 이유가 없다.

"아."

그리고 또 기묘하게도 이부키와 똑같은 시간 똑같은 장소에서 재회하고 말았다.

"왜 또 온 거야…… 그것도 혼자서."

이부키는 기분 나쁘다며 자신의 몸을 끌어안고 노골적으로 싫은 티를 냈다.

"그건 내가 할 말인데. 그 말, 그대로 돌려줄게."

"내가 점 보는 거 좋아한다고 말했잖아. 혹시 혼자라도 점을 봐주지 않을까 싶었을 뿐이야."

다시 교섭이랄까 상황이 변한 건 아닐지 기대하며 온 눈치다. 그만큼 이부키는 점을 좋아한다는 건가. 구체적으로 어떤 부분이 좋은지 알고 싶어졌다.

"소박한 의문인데, 이부키 넌 점을 믿어?"

"믿으면 안 돼?"

"아니, 그런 건 아니지만…… 갑자기 믿어지는 건 아니잖아."

호리키타가 말했듯이 점이 콜드리딩 같은 화술로 성립한다고 누구나 받아들이는 것은 아니다. 그렇다면 나머지 사람들은 과학적으로 도저히 설명할 수 없는 힘을 믿고 있다는 의미다.

"점에 흥미가 생기면 제일 먼저 생각하는 건데, 그런 생각을 못 버린다면 그냥 점에 관심 끄는 게 좋아."

"못 믿는 사람은 점을 볼 자격이 없다는 뜻이야?"

"그건 아니지만……. 말해두는데 나라고 무조건 점을 믿는 건 아니야. 하지만 처음부터 의심부터 하는 사람은 얻을 게 아무것도 없어."

이부키가 계속해서 말을 이었다.

"점을 하찮게 보는 사람은 대부분 모순을 안고 있지. 사람들 대부분은 하느님이나 부처님이 허구라고 단언하면서도 힘든 일이 생길 때면 신을 찾잖아."

훌륭한 표현이다. 신 따위 없다, 유령 따위 없다. 그런 식으로 큰소리치는 사람도 대부분 신을 찾는다. 새해가 밝으면 신사나 절을 찾아 무병장수를 빌고 사업이 잘 되길, 연애가 잘 되길 소망한다. 하느님, 부처님, 부디 제 소원을 들어 주세요 하며 두 손을 모은다. 그것을 점으로 바꿔 생각해도 마찬가지다. 무엇을 믿고 무엇을 소망하는지는 천차만별. 누구에게도 부정할 권리는 없다.

하지만. 그렇게 마음속으로 제동을 걸고 생각했다. 물론 이부키의 말은 이해가 되지만, 그래도 점은 하느님, 부처님과는 다르다. 실제로 존재하는, 똑같은 인간이 하는 일이다. 거기에 의문을 느끼는 건 전혀 이상하지 않다.

"내 말뜻 알겠어?"

"응. 이해하기 쉬웠어."

의문점은 남아 있지만, 이부키가 하고 싶은 말이 무엇인지는 대충 이해했다. 그래서 한 가지 제안을 했다.

"저기, 두 사람이 짝을 이뤄서 점을 본다고 해도 꼭 궁합만 봐주는 건 아니겠지?"

"일반적으로 생각하면 그렇지."

"그럼 이렇게 된 거, 서로에 대한 건 무시하고 같이 점을 보는 건 어때? 나도 너도 순수하게 점에 흥미가 있는 것뿐이잖아. 우리가 뒤탈 없는 관계라면 아무 문제없을 거라고 보는데."

참고로 나는 이부키에게 아무런 감정도 없다.

비유하자면 좋지도 싫지도 않은 뜨내기손님 같은 느낌.

"난 상관없는데……. 점도 보고 싶고. 하지만 넌 그래도 돼?"

"호리키타를 말하는 거면 그냥 친구야."

"그런 뜻이 아니라. 무인도 사건 때문에 날 싫어하는 애들이 많을 텐데."

아무래도 이부키가 나름대로 나를 배려해주는 모양이다. 같이 있는 모습을 보였다가는 내가 반 아이들의 원망을 살지도 모른다고 걱정해주었던 것이다.

"그런 걱정은 안 해도 될 것 같은데?"

그렇게 대답하자 이부키는 이상하다는 듯 고개를 갸우뚱거렸다.

"어째서 그렇게 대답할 수 있는지 모르겠어."

"여기가 애들끼리 사이가 돈독한 그런 학교였으면 네가 한 짓은 도덕적으로 엄청나게 규탄 받을 행동이었겠지. 하지만 이 학교는 실력이 전부라고 하고, 무엇보다도 반 대항 시험이었잖아. 필요하면 스파이 짓도 하고, 방해 공작도 펼치고. 내 말이 틀려?"

"머리로는 알아도 마음으로는 받아들일 수 없는 부분도 있잖아. 사고가 유연한 애만 있는 것도 아니고."

"그런 녀석은 애초에 이 학교에 다닐 자격도 없다고 생각하는데."

분명한 의견을 전하자 이부키는 팔짱을 낀 채 잠시 생각에 잠겼다.

"의외로 뻔뻔하네."

"나도 낙제생이지만. 위로 올라가는 것도 아래로 떨어지는 것도 별로 관심 없어. 호리키타 같은 다른 애들의 노력 때문에 위로 올라가게 된다면 운이 좋다 정도로만 생각해."

이부키같이 자기 힘으로 어떻게든 해보려는 학생의 입장에서는 비웃을 만한 이야기.

그런데도 이부키는 비웃지도 업신여기지도 않았다.

"별로 드문 이야기는 아니네. 원래 이 학교에 들어온 건 다들 졸업 때 특권을 노린 거잖아. 그런데 이런 형태로 경쟁할 줄은 몰랐던 거니까, 당황하는 애들이 대부분이고."

C반도 D반 애들과 별반 다르지 않은 모양이다. 그렇다면 이른 단계에 류엔에게 낙점되어 스파이를 맡게 된 이부키는 C반 내에서 상당히 상위에 속하는 위치에 있겠지. 실제로 정체를 들킨 후 류엔과 함께 다닌 적도 많다. 이 녀석은 실수했기 때문에 류엔과 같이 다니는 거라고 말했지만, 역시 어느 정도 류엔의 신뢰를 얻어서일 것이다.

의견이 일치한 우리는 함께 줄을 섰다. 어제 나를 상대했던 점원이 오늘은 둘이 온 것을 확인하자 대기표로 보이는 종이를 건넸다. 이미 여덟 쌍이 기다리는 중이었다.

"좀 기다려야 될 것 같네."

점쟁이 한 사람이 한 쌍씩 본다면 한 쌍에 10분씩 걸린다고 쳐도 1시간 넘게 기다려야 한다. 장기전이 될 것 같군. 앞으로 1시간 이상을 둘이서 뭘 하며 기다려야 할까. 아마 대화도 그리 길게 이어지지 않을 것이다.

"아, 침묵 같은 건 너무 신경 쓰지 마. 우리는 단지 점만 보는 사이니까 무의미하게 대화할 필요는 없잖아."

"그렇지……."

내 생각을 읽은 모양이다. 수고를 덜어줘서 고맙게 생각한다.

4

"다음 분, 들어오세요."

작은 가건물 안에서 그런 목소리가 들려온 것은 한낮.

"엄청 기다렸네."

결국 한 팀당 15분 가까이 시간이 걸려 꽤 오래 서서 기다려야 했다. 점 따위 아무래도 상관없다는 생각이 들 때쯤, 드디어 커튼을 밀치고 점쟁이가 기다리는 방으로 들어갔다.

그곳에는 텔레비전에서 흔히 보는 풍경이 펼쳐져 있었다. 어두운 조명은 밝기가 30룩스 정도 되려나. 그리고 정체 모를 두꺼운 책에 투포환 크기의 수정체. 점쟁이로 보이는 노파는 후드를 뒤집어쓰고 있어서 표정을 읽을 수 없었다. 분위기만큼은 최고다.

지금 당장이라도 수정체가 발광하면서 나와 이부키의 미래를 비춰줄 것만 같다.

등받이가 없는 둥근 의자 두 개가 점쟁이의 앞에 놓여 있었다. 여기 앉으면 된다는 거겠지. 우리가 나란히 의자에 앉자 점쟁이는 옅은 미소를 지으며 오른손을 움직였다.

"먼저—— 결제부터."

그렇게 말하며 소형 카드 리더기를 꺼내 테이블 위에 올렸다.

그럴싸한 점집 분위기에서 갑작스레 등장한 문명의 이기에 위화감을 감출 수 없었다. 무료라고 생각한 건 아니지만 급 현실로 되돌려 보내진 기분이다.

"어떤 걸 점쳐주시는 거죠?

학생증을 내기 전에 이부키가 그렇게 질문했다.

"학업, 일, 연애, 원하는 것이면 뭐든."

점쟁이가 꺼림칙하게 히죽 웃었다. 이 부분에서 박력이 느껴졌는데, 인상만 놓고 말하자면 점쟁이라기보다 마녀에 가깝다. 단, 테이블에 있는 요금표와는 정말 안 어울리지만.

요금표는 세세하게 몇 가지로 분류되어 있었는데 지금 점쟁이가 말한 항목은 '기본 플랜'에 속하는 듯했다. 거기에다가 세트 메뉴가 몇 가지 더 있고, 그중에 천중살에 관한 것도 들어 있었다. 그밖에는 인생의 마지막 순간까지 볼 수 있는 점 코스가 기재되어 있었다. 기본적으로 두 명이 짝을 이뤄 점을 본다는 전제여서 연애에 관한 것이 많았다. 혼자 상상해보는 건데, 커플끼리 점을 봐서 궁합이 나쁘다고 하면 어쩔 셈일까? 그나저나 어떤 코스든 5,000포인트가 넘게 드니 상당히 비싸다.

"그런데…… 좀 비싸네."

하루하루 포인트를 변통하느라 힘겨워하는 D반으로서는 타격이 큰 지출이다.

그래도 여기까지 왔는데 천중살도 못 알아보고 그냥 돌아가면 무슨 의미가 있겠는가. 이부키의 점 결과만 듣고 돌아가는 것도 가능하지만, 그럼 실제로 얼마나 신빙성이 있는지 알아낼 수 없다. 나는 혹시 몰라 휴대폰으로 포인트 잔액을 확인했다. 내 프라이빗 포인트가 화면에 떴다. 잔액은 6,000포인트 정도로 아슬아슬하게 어떻게든 될 것 같았다.

"난 기본 플랜으로."

의외로 점을 좋아한다고 공언한 것치고, 자세히 알아볼 마음은 없나 보다.

"넌 어쩔래?"

"너랑 같은 걸로."

꼭 정식집에서 메뉴를 주문하는 느낌을 받으면서 그렇게 말하고는 학생증을 카드리더기에 비추었다. 삑, 하는 지하철 개찰구에서 날 법한 소리가 나더니 잔액이 깎였다.

"그럼 먼저 거기 아가씨부터. 이름은?"

"이부키. 이부키 미오."

이부키가 짧게 대답했다.

"내 점은 상대의 얼굴, 손, 그리고 마음을 보지. 그러다 보면 보여주고 싶지 않은 것까지 볼 때가 있는데?"

"마음대로 하세요."

믿는 건지 아닌 건지, 이부키는 점쟁이의 말에도 동요하지 않고 그렇게 대답했다. 점쟁이의 후드 사이로 주름투성이 피부가 살짝 드러났고, 언뜻 비치는 눈빛이 매서웠다.

점쟁이는 이부키에게 두 손을 내밀라고 지시하고 점친 결과를 천천히 풀기 시작했다.

"먼저 손금. 생명선이 기니 오래 살 거야. 큰 병치레도 없을 것 같고……."

흔히 들을 수 있는 이야기였다. 손금으로 그런 것까지 알 수 있다는 생각은 들지 않는다. 그러면 안 된다고 생각하면서도 선입견 때문에 자꾸 점을 부정하고 싶어진다. 점쟁이 개인의 경험에 근거한 통계로 판단하고 있는 게 아닐까. 여기서는 단순히 젊고 건강한 손님이 많다는 걸 이용해서, 상대의 안색 등을 살피고 대답하는 것만 같았다.

그 후로도 학업운, 금전운, 연애운 등 뻔하다는 생각밖에 안 드는 대답을 줄줄 이어나갔다.

평소 같으면 사기라고 화낼 법도 한데, 이부키는 만족스럽게 점쟁이의 말을 경청했다. 안 좋은 이야기는 거의 없고, 그저 밝은 미래만을 예지했다. 이따금 무엇무엇에 주의하라는 말도 덧붙였지만 딱히 생명과 관련된 심각한 이야기도 아니었다.

"감사합니다."

점을 다 본 이부키가 정중히 고개를 숙였다. 점이란 과연 무엇인가를 이해할 새도 없이 내 차례가 되었다.

점쟁이는 조금 전 이부키와 똑같은 순서로 점을 치기 시작했다.

내게 해주는 말도 이부키와 그리 크게 다르지는 않았다. 상황 등은 달라도 기본적으로 좋은 이야기를 해주고 때로는 재액 등 주의해야 할 점, 어떤 마음가짐을 가져야 좋은지 등을 알려주었다.

"……그렇군. 학생은 어린 시절에 상당히 가혹한 생활을 보낸 것 같네."

그런 두루뭉술한 얘기를 해도 말이지. 아이들은 대부분 어린 시절에 힘들다고 느낀 경험이 한두 개쯤 있다. 남자애라면 특히. 가능하면 좀 더 구체적으로 말해주었으면 좋겠다.

그나저나 미래를 보는 점인데 어째서 과거를 맞히려고 하는지도 의문이다.

하지만 옆에 앉은 이부키는 날카롭게 지적하지도, 지루하다며 하품하지도 않고 진지하게 귀를 기울이고 있었다.

어쩌면 점은 원래 이런 건가.

아니면 먼저 과거로 거슬러 올라가는 게 필요한 의식 중 하나인 걸까.

아아, 점은 이런 거구나. 이 단계까지는 그렇게 여기고 있었다.

인간은 정당화를 잘하는 생물이니까. 여기서 들은 '행운'을 기억의 어딘가에 일단 저장해두고, 점과는 전혀 관계없음에도 불구하고 행운이 찾아왔을 때 꺼내 제멋대로 해석한다.

'아아, 그때 점본 게 이걸 말했던 거구나' 하고.

하지만 실제로는 아니다. 누구나 인생을 살면서 크든 작든 행복과 불행이 찾아오기 마련이니까 필연적으로 들어맞게 되는 셈이다.

"이건……."

새삼스럽게 의식 같은 흉내를 내던 점쟁이의 손이 멈췄다.

"학생은 드물게도 숙명천중살을 갖고 있구나."

"우왓, 진짜요?"

그 결과에 놀란 건 당사자인 내가 아니라 점쟁이 그리고 이부키였다. 천중살도 바로 어제까지 몰랐던 단어인데, 또 새로운 단어가 늘어나봐야 혼란스럽기만 할 뿐이다.

"쉽게 말하면 태어난 순간부터 쭉 재수 없는 인생이라는 거야."

"그것 참 훌륭한 설명이네……."

우연의 산물이겠지만 맞긴 하다.

다만, 이것 역시 말이 애매한 건 여전하다. 자신을 좀 비관적으로 보면 재수 없는 인생이라고 생각하는 사람도 적지 않으리라.

그러나 드문 천중살이라면, 그걸 말했다는 건 그만큼 점쟁이로서도 위험 부담이 크다.

"참고로 그 숙명천중살이라는 건 앞으로도 계속 이어지나요?"

"방금 네 옆 계집애가 재수 없는 인생이라고 말했지만 실은 좀 달라."

"계집애라니요……."

"숙명천중살은 물론 드물어. 하지만 그렇다고 해서 평생 불운하다고만 할 순 없어. 전반적인 흐름이 나쁘고 가계, 부모의 은혜를 못 받는 등의 문제는 있지만 다 개인차가 있지. 무엇을 이룰 수 있는가는 앞으로 자기가 하기 나름이야."

조금 전까지는 표정이 험악했는데, 눈동자 너머로 점점

자비심이 담기는 것처럼 보이기도 했다.

"비관할 필요도 없고 희극의 주인공처럼 행동할 필요도 없어."

흥미로운 이야기를 몇 가지 들을 수 있었지만, 어차피 그래봐야 점이다.

혈안이 되어 귀를 쫑긋 기울일 만한 이야기는 아니었다.

의자에서 일어나 나가려고 했을 때 점쟁이가 우리를 불러 세웠다.

"너희에게 한 가지 조언하지. 멀리 돌아가지 말고 그 길로 곧장 가. 괜히 돌아갔다간 오래 발목 잡힐지도 몰라. 그리고 만약 중간에 발이 묶여도 당황하지 마. 이성적으로 차분하게 서로 협력하면 얼마든지 극복할 수 있으니까."

마지막으로 그런 예언 비슷한 말을 담겼다.

5

"어땠어? 처음 본 점."

"넌?"

"대략 만족. 저 점쟁이는 꽤 유명한 사람이고 적중률도 상당하다고 하니까."

"뭐야, 그게."

절반 이상이 형식적인 이야기, 점을 보면 흔히 들을 수 있는 말이 난무했지만 이따금 심장을 쿵하게 만드는 내용이 있었던 것도 사실이다. 그건 우리 쪽에서 제공한 키워드만으로는 도달하기 어렵다.

연륜이나 점친 경험이 많으면 세울 수 있는 단순한 억측이라고도 볼 수 없다.

"앞으로는 그깟 점이라고 경시하지 말아야겠다. 뭐, 그런 생각을 했어."

"아, 그래."

자기가 물어봐놓고 정말 성의 없는 대답이다. 우리는 가까운 엘리베이터까지 걸어갔다.

"으…… 또 붐비네."

갈 때도 지옥, 올 때도 지옥. 엘리베이터 앞은 학생들로 넘쳐났다.

"미안하지만 난 좀 돌아서 갈게."

"나도."

아무래도 이부키 역시 나랑 비슷한 생각을 한 모양이다.

같이 멀리 있는 엘리베이터로 향했을 때, 갑자기 조금 전에 들었던 점쟁이의 말이 떠올랐다.

"그러고 보니까 아까……."

"점쟁이가 말했었지. 돌아가지 말라고."

순간 이부키와 시선이 마주쳤다. 우연인지 필연인지 모르겠지만 지금 돌아가고 있는데……,

"기대되네. 그 예언이 어떤 식으로 들어맞을지."

혹은 아무 일도 일어나지 않고 그냥 돌아가, 역시 점 따위 믿는 게 아니라고 생각하게 될까.

결론적으로 우리는 무사히 멀리 있는 엘리베이터 앞에 도착했다. 올라올 때랑 똑같이 주변에는 아무도 없었다. 우리는 전세나 다름없는 엘리베이터에 올라탔다.

"1층 누르면 되지?"

"응. 바로 돌아갈 거니까."

둘 다 어디 들를 곳이 없어서 1층 버튼을 누르고 문을 닫았다.

천천히 움직이기 시작하는 엘리베이터.

이제 더는 딱히 할 말도 없어 우리는 엘리베이터 안에서 침묵을 지켰다. 그런데 움직이는 것도 잠깐, 3층 표시가 뜬 직후 묵직한 소리를 내며 엘리베이터가 멈춰버렸다.

누가 3층에서 타기 때문에 멈춘 건 아닌 듯했다. 엘리베이터는 3층에서 더 아래로 내려가려던 도중에 멈춘 것처럼 보였다. 이런저런 생각을 하는 사이에 갑자기 사방이 암흑에 빠졌다. 하지만 그 직후 비상등이 켜져서 완전한 암흑 사태는 겨우 면했다.

"설마 정전?"

"그런 것 같은데."

엘리베이터가 고장 나는 상황 따위 실제로 경험하는 사람은 그리 많지 않다. 이게 점쟁이가 말했던 예상치 못한 발목잡기라면, 어떤 의미로는 적중한 것이 된다.

"일단 비상전화를 거는 게 좋지 않을까?"

여기서 당황할 필요는 없다. 엘리베이터는 고장 났을 때에 대비해 비상전화를 걸 수 있게 되어 있다. 엘리베이터 안에는 감시 카메라도 있고, 비상 버튼(방재 센터에 연결되는 인터폰) 등도 설치되어 있다. 이부키는 이의를 달지 않고, 전부 맡기겠다는 듯 뒤쪽 벽에 등을 기댔다. 나도 남이랑 말을 잘하는 편이 아닌데 말이지……. 어쨌든 호출 버튼을 눌렀다.

그런데——.

"전혀 응답 안 하는데."

콜이 울리고 있는지 어떤지는 모르겠지만, 방재 센터에 연결될 기미가 보이지 않았다.

"정전이어서 전화가 안 되는 거 아니야?"

"아니, 통상적으로 엘리베이터는 몇 시간 정도 견딜 수 있는 배터리가 상비되어 있어. 실제로 비상등이 켜져 있는 게 그 증거야. 그렇다는 건 내부 고장 말고는 생각할 수 없겠는데."

시험 삼아 청각장애인용 버튼을 눌러보았지만, 이쪽 역시 반응이 없었다. 버튼이 닿는 조작판이 망가진 건가?

배터리는 살아 있고 에어컨도 작동 중이다. 그건 그나마 다행인데, 이제 어떻게 해야 하지?

"휴대폰으로 학교에 연락해볼래? 통화권 이탈은 아닐 거야."

"미안하지만 네가 하면 안 돼?"

"다른 사람이랑 말하고 싶지 않은 건 나도 잘 알겠는데,

그 정도는 좀 해줘도 되잖아."

"아, 진짜……."

내키지 않는다는 투로 휴대폰을 꺼낸 이부키는 화면을 보자마자 난처한 표정을 지었다. 그리고 폰을 내게 내밀었다. 화면에 배터리 부족 표시가 떠 있었고 그 직후 바로 전원이 꺼졌다.

"연락할 상대가 딱히 없어서 배터리가 나갈 때까지도 모를 때가 많거든. 그냥 네가 걸어."

"어쩔 수 없지……."

내가 휴대폰을 꺼냈다. 그리고 화면을 보자마자 그대로 얼어버렸다.

"빨리 걸어."

"아무래도 생각보다 상황이 심각한 것 같아."

아까 이부키가 그랬듯 이번에는 내가 휴대폰을 이부키에게 보여주었다. 화면에 표시된 잔량 배터리는 불과 4%. 금방이라도 꺼져버릴 것 같은, 바람 앞의 등불이었다.

"너, 사람을 잘도 바보로 만드는구나."

"너랑 비슷한 거지. 평소에 전화할 상대가 별로 없어서 딱히 폰이 없어도 안 불편하거든."

"아니 아니, 지금 완전 불편한데? 정말 도움이 안 되는 애네."

"피차일반인데 말이 너무 심하잖아……. 어디에 전화를 거는 게 좋을까."

경찰서나 119에 전화하면 되겠지만 왠지 그게 아닌 것 같은 느낌이 든다. 학교 부지 내에 있으니 따로 걸 데가 있으리라. 그렇게 생각하고 엘리베이터 안에 긴급 연락처가 나와 있지 않은지 찾아보았다. 그러자 엘리베이터 버튼 근처에 10자리 번호가 보였다.

하지만—— 누가 장난질을 쳐서 뒷 4자리에 매직이 칠해져 숫자를 알아볼 수 없었다.

"이런 걸로 장난치면 안 되잖아……."

"네 친구들한테 전화해서 도와달라고 말하는 건 어때?"

"친구……?"

그 방법밖에 없지만, 문제는 누구에게 연락하느냐다.

"제일 확실한 사람은 호리키타인데."

"싫어."

"……그럴 줄 알았다."

"그럼 걔의 도움을 받게 되는 거잖아. 농담도 아니고."

이런 상황에서 누가 구해주든 그게 무슨 상관인가. 게다가 이부키가 실수한 것도 아니고 단순히 엘리베이터가 고장난 거니까 너무 예민하게 굴 필요도 없는 것 같은데.

라이벌에게 자신의 약점이랄까 곤란을 겪고 있는 모습을 보이는 게 마음에 안 들겠지.

"소란스러워지는 건 싫지?"

이부키가 작게 끄덕거렸다. 최대한 조용히 구해줄 수 있는 인물이라. 그럼 바보 삼인조는 처음부터 제외다. 이런 이벤트는 여기저기에 소문을 퍼트리고 다니고도 남는다. 그렇다고 소문이 퍼질 염려가 없는 사쿠라에게 부탁해봤자 해결되기란 어렵다. 어른들에게 연락하는 것도 벌벌 떨 테니, 그쪽에 큰 민폐를 끼치게 되리라. 마찬가지로 쿠시다와 카루이자와 역시 이번 사건에는 적합하지 않다. 원만하게 해결해주면서 최소한으로 움직일 존재. 그리고 의지할 수 있는——.

"그렇다면……."

내 주소록에 저장된 사람 중에 의지할 수 있는 건 그 남자밖에 없다.

"네 의사는 존중하겠지만, 남은 선택은 나한테 맡겨줘."

"난 호리키타만 아니면 돼."

그것만 재차 다짐받은 나는 곧장 그에게 전화를 걸었다. 통화 연결음이 울리고 몇 초 후, 과묵한 그 남자가 조용히 전화를 받았다. 나는 지금 상황을 설명하고 도움을 요청했다. 하지만 통화를 시작한 지 얼마 지나지 않아 휴대폰 전원이 꺼지고 말았다.

"배터리 나갔어."

"할 말은 다 잘 전했고?"

"그런 것 같아."

이제 남은 건 앉아서 기다리는 일뿐이다. 그렇다고 당황할 필요는 없다. 이런 상황이면 늦든 빠르든 반드시 누군가가 알아차릴 것이다. 드라마나 영화처럼 경솔하게 엘리베이터에서 탈출을 시도해봐야 위험하기만 할 뿐이다.

그러나 사태는 예상하지 못한 방향으로 움직이고 말았다. 엘리베이터 안에서 갑자기 기계의 중저음이 들리기 시작하더니, 그나마 시원하게 해주던 에어컨이 작동을 멈춘 것이다.

"거짓말이지……?"

그때까지 남 일처럼 굴던 이부키도 처음으로 동요했다. 한여름에 밀폐된 공간이니 온도가 급격히 상승하리라는 것은 불 보듯 뻔했다. 지금은 주위 공기가 조금씩 따뜻해지고 있을 뿐이지만, 시간이 지나면 싫어도 땀이 줄줄 흐르겠지.

"우리 힘으로 나갈 방법은?"

"구출구가 있는 것 같긴 한데……."

요즘에는 줄어드는 추세라는, 엘리베이터 천장에 설치된 사각 비상출입구. 영화에서도 많이 봤지만, 아무래도 현실에서는——.

"저걸 어떻게 여는데?"

이부키가 위를 올려다보며 의문을 느끼는 것도 무리가 아니다. 엘리베이터 구출구는 보통 안에서 열 수 없다. 밖에서 구조하러 온 사람이 밀폐된 엘리베이터를 여는 최종 수단이며, 평소에는 점검할 때 빼고는 외부에서 잠가둔다.

"아무것도 안 하고 기다리는 게 상책이야. 엘리베이터에서 비상시에는 안에서 기다리는 게 철칙이거든."

그게 가장 확실하고 안심할 수 있는 방법이다.

"이 찜통 같은 곳을 견딜 수 있다면, 말이지."

아무 발전 없는 대화를 나누는 사이에 실내 온도가 더 올라갔다. 여기서 나가고 싶은 충동이 느껴지는 건 알겠지만, 경솔한 행동은 피하는 게 좋다. 나는 상의를 한 장 벗고 바닥에 앉았다.

이럴 때는 차분하게 있어서 체온을 올리지 말아야 한다.

"너도 가만히 앉아 있는 게 어때? 그리고 더우면 옷을 벗는 방법도 있어."

"……뭐라고? 너 설마 이런 상황에서 이상한 생각 하는 건 아니지?"

아무래도 내 말을 표면 그대로 받아들였는지 이부키가 경계심을 드러냈다.

"네가 호리키타랑 치고 박고 싸웠다는 거 알아. 그런 녀석한테 덤벼서 내가 이길 리 없잖아."

"그건 그렇지만……."

"물론 옷을 벗을 거라면 난 뒤돌아보고 있을 테니까 안심해."

"안 벗을 건데."

그건 싫다고 말한 이부키가 바닥에 털썩 주저앉았다.

―――――――.

그리고 30분 정도 얌전히 기다렸지만 아무런 소식도 없었다.

"난감하네……."

옆에서 이부키의 점점 거칠어지는 숨소리를 들으며 그렇게 중얼거렸다.

이마에 줄줄 흐르는 땀. 머리에서 샘솟은 땀이 머리카락 끝에 맺혀 뚝 떨어졌다.

셔츠는 이미 흠뻑 젖어, 상상했던 것보다 훨씬 위험한 상황이 다가오고 있었다.

곰곰이 생각해보니 이 엘리베이터는 케야키 몰의 벽 쪽에 설치되어 있다. 평소에는 에어컨 때문에 영향을 못 느끼지만, 열이 상당히 잘 차는 조건이다. 한여름 차 안에 어린이가 갇혀 사망하는 사고가 일어나곤 하는데, 어른이라고 예외는 아니다. 그러니까, 열사병이 우리 두 사람을 덮치기 시작한 것이다.

"아, 이제 한계야! 움직여!"

참다못한 이부키가 벌떡 일어나 엘리베이터를 힘껏 박찼다. 그 부분이 확 찌그러졌다. 또 한 번 더 같은 곳을 발로 찼다. 엘리베이터가 끼익 하고 흔들렸지만 다시 움직일 기색은 보이지 않았다.

"쓸데없이 힘 빼지 마……라고 말하고 싶지만 이제는 가만히 있는 게 안전하다고도 말 못하겠다."

설령 엘리베이터가 정지한 지 5분 만에 바깥에 있는 사람이 비상사태를 알아차렸다고 해도 구조대가 올 때까지는 대체로 30분 정도 걸린다. 이제 슬슬 구조하러 와야 할 시점이다.

그 시간 동안 계속 갇혀 있으면 열사병을 피할 수 없고, 심하면 생명이 위험해진다. 이렇게 되면 얌전히 기다리는 게 옳은 선택인 것만은 아닌가.

"할 수밖에 없나……."

엘리베이터 사우나에서 쪄죽는 건 나도 사양이다.

"정면돌파할 거야? 응? 때려 부술 거야?"

이제 너무 더워 냉정함을 잃은 이부키가 폭주하고 싶은 충동을 억누르느라 필사적이었다.

"일단 나가든 못 나가든 위쪽 구출구가 열리는지 시험해 볼까……."

지금 필요한 건 이 밀폐 상태에서 벗어나는 거다. 밖으로 못 나가더라도 열기만 하면 된다.

"높이는—— 2미터가 넘네. 2.2미터 아니면 2.3미터 정도?"

내가 손을 뻗었지만 당연히 천장까지 닿지 않았다.

"비켜봐."

높이를 계산한 나를 위압하듯 뒤로 물러나게 한 이부키가 구출구 바로 아래에서 점프했다.

훌륭한 높이뛰기. 그와 동시에 오른쪽 주먹을 있는 힘껏 위로 뻗었다.

하지만 구출구는 꿈쩍도 하지 않았고, 이부키가 착지하면서 그 충격으로 엘리베이터가 크게 흔들렸다.

"……잠가놓았나 봐."

"그런 것 같네."

그냥 덮어둔 상태였다면 방금 충분히 열렸을 것이다.

"너, 잠가져 있는 것 같다고 했는데 만약 그게 사실이라면 어떤 방법으로 잠갔을까?"

"글쎄. 자물쇠 같은 걸 썼을 것 같은데…… 그런데 왜?"

이번만은 나도 예상이 되지 않았다.

"발로 부숴버리게."

"아니, 잠깐만. 아무리 그래도 그건 무리지."

발재간에 자신이 있는지는 모르겠지만, 그리 쉽사리 부술 수 있는 게 아니다.

"저 문은 구출구잖아. 즉, 밖에서 열 수 있는 문이야. 구출하는 사람이 뚜껑을 위로 열게 되어 있으니까, 우리 입장에서는 안에서 밖으로 여는 문이라는 거야. 필요한 힘도 최소한이면 충분해."

이부키의 말도 이해는 되지만 상황이 상황이다.

애초에 구출구가 천장에 있으니, 발차기가 먹히든 안 먹히든 천장에 다리가 닿는 것부터 어렵다.

"해보지 않고는 모르는 거지."

이부키는 한시라도 빨리 이 더위로부터 벗어나고 싶은지, 양쪽 벽을 쳐다보았다. 설마 삼각뛰기라도 하겠다는 건가. 이 녀석이라면 혹시, 하는 생각도 들지만 그걸 하게 할 수는 없다.

"……설마, 싫지만 그 점쟁이의 예언이 들어맞은 거 맞지?"

"뭐? 그게 무슨 소리야?"

"그 할머니가 말했잖아. 만약 발목이 잡혀도 너무 당황하지 말라고. 서로 힘을 합치라고."

나는 엘리베이터 버튼이 나열되어 있는 쪽으로 시선을 돌렸다.

"비상 버튼, 콜은 반응하지 않았는데 다른 건 어떨까."

1층 램프 자체는 여전히 불이 들어와 있는 걸 봤을 때, 배터리의 일부는 나가지 않았다. 시험 삼아 2층 버튼을 눌러보았다. 그러자 2층에 불이 들어왔다.

그냥 단순히 불만 들어오는 것일지도 모르지만, 시도해볼 가치는 있었다.

나는 버튼을 마구 눌렀다.

"아무래도 헛수고 같은데."

거의 모든 버튼을 다 누른 내게 이부키가 타이르듯 말했다.

"발로 차 부수는 방법밖에 없지 않아?"

"아니, 아직 방법은 있어. 엘리베이터에는 취소 명령어 같은 게 있거든."

엘리베이터에 대해 자세히 알지는 못 하지만 그건 상식으로 알아두고 있었다.

내려가는 층을 잘못 눌렀을 때 취소하는 방법이다. 만든 회사에 따라 다르겠지만, 취소하고 싶은 층의 버튼을 길게 누르는 방법이었던 것 같다.

2층 버튼을 길게 누르니 노랗게 빛나던 버튼이 꺼졌다.

"특급 모드로 들어가는 명령어도 있었던 것 같은데……."

"특급?"

"이를테면 여기가 3층이라고 가정할 때, 2층에서 탈 사람이 버튼을 누르면 2층에서 멈추잖아. 하지만 특급 명령어를 쓰면 그 지시를 무시하고 1층까지 한 방에 내려갈 수 있어."

특급 명령어가 이 엘리베이터에도 탑재되어 있는지는 알수 없다.

"문제는 방법인데……."

"시도해볼 가치가 있는 거야?"

"어려운 천장 뚫기보다야."

다만, 실제로 그렇게 해서 엘리베이터가 움직일 거라는 생각까지는 안 든다. 그저 냉정함을 잃어버린 이부키에게 희망을 줘서, 생각의 방향을 바꾸어 시간을 벌고 싶을 뿐이다.

"너도 지혜를 좀 빌려줘. 이런 명령어 같은 건 개인적인 사고가 짙게 나오는 면이 있어. 아무리 다양한 방면으로 생각을 짜내보려고 해도 의외로 한쪽으로 치우치게 되니까."

나는 1층 버튼을 연속으로 눌러도 보고, 동시에 모든 층버튼을 눌러도 보았다.

하지만 엘리베이터는 여전히 반응하지 않았다.

"교대하자."

"……알았어."

이부키도 버튼 앞에 서서 여러 방법으로 조작하기 시작했다.

만일의 경우 결국 구조하러 오지 않았을 때의 수단을 생각해둘 필요가 있다. 이부키의 제안을 받아들이는 건 아니지만 정면에 있는 문을 발로 차는 방법도 시야에 넣어두는 게 좋겠다. 문을 차서 날려버리는 것까지는 못하더라도 사람이 나갈 수 있을 정도의 틈만 만드는 건 불가능하지 않다.

엘리베이터의 구조에 대해 잘은 모르지만 밖으로 나갈 수만 있다면 어떻게든 될 것이다.

다만 가능하면 그런 강경한 방법을 쓰지 않고 탈출하고 싶다.

"난 취소되는지도 몰랐는데, 쉽게 생각해낼 수 있는 조합으로 특급 모드에 들어가지게 해놓지는 않았겠지."

상식적으로 생각하면 맞는 말이다. 버튼을 연타하거나 하는 방법은 어린애들이 장난으로 얼마든지 하기 쉬운 행동이다. 그럴 때마다 일일이 특급 모드가 되어버린다면 다른 이용자들이 얼마나 불편해하겠는가.

즉, 쉽게 떠올릴 수 없는 조합일 가능성이 높다는 게 이부키의 추론이다.

"그럴듯한 의견이야. ……그리고 너무 복잡한 명령어 쪽도 제외시키는 편이 좋겠어."

이를테면 1, 6, 5, 5, 4, 2, 4라고 입력한 후 목적 층을 누르는 방법은 외우기도 어렵고, 건물이 적어도 6층은 되어야 한다.

3층 건물 등의 엘리베이터에도 적용되지 않으면 곤란하

다.

"비상 버튼 쪽도 아니라고 보는 게 좋겠지."

누르기만 해도 일반적으로 반응한다면 명령어로 이용하기 어렵다.

"그렇다는 건…… 1 아니면 2 아니면 3. 그리고 열림과 닫힘까지 총 5개의 버튼?"

"그 조합으로 성립한다고 생각해야겠지."

그리고 그 이상으로 조합이 많아지면 도저히 다 시도해볼 수 없다. 제한된 패턴을 적당히 시도해보는 이부키. 나는 그 모습을 지켜보며 시도해본 조합을 제외해나갔다.

"아, 너무 덥다……!"

이부키가 쾅, 하고 주먹으로 벽을 쳐서 더위로 인한 짜증을 발산했다. 원래라면 하지 말라고 주의를 줘야 하겠지만, 지금은 그렇게 해서 참는 거니까 그냥 넘어가자.

"……안 열리는데. 할 수 있는 건 거의 다 해보지 않았어?"

"응. 이제 남은 건……."

가능성이 있을 것 같으면서 아직 시도해보지 않은 명령어.

"목적 층과 닫힘 버튼을 동시에 눌러보지 않을래?"

"닫힘 버튼? ……알았어."

설마 될까, 하고 말한 이부키는 지금까지 시도해보지 않은 조합에 도전했다. 버튼을 누른 순간에는 반응이 없어 포기하려고 했는데, 갑자기 엘리베이터가 천천히 움직이기 시작했다. 우리는 서로의 얼굴을 마주 보았다.

엘리베이터는 몇 초도 지나지 않아 1층에 도착했고 서서히 문이 열렸다. 엘리베이터 안에 시원한 바람이 불어 들어옴과 동시에 어른 두 사람이 안색을 확 바꾸고 우리를 쳐다보았다.

"너희, 괜찮아?! 다친 데는 없어?!"

"아, 괜찮아요. 좀 더웠을 뿐이에요."

비 맞은 생쥐 꼴을 한 우리를 보면 얼마나 심하게 더웠는지 알 수 있으리라. 어른들도 그걸 알고 재빨리 스포츠음료를 건넸다.

그리고 혹시 모르니 의무실에 가서 검사와 처치를 받으라고 했다.

"저기, 한 가지만 질문해도 될까요? 혹시 엘리베이터가 움직인 게──."

"아아. 우리가 여기서 직접."

1층에서 특수한 원격 조작이 가능한지 그걸 시도했다고 한다. 아무래도 특급 모드 때문은 아닌 모양이다. 어쩌다가 타이밍이 맞아떨어졌던 것 같다.

"……큰일 날 뻔했어."

"정말 재난 상황이었어. 이제 당분간 점이라면 신물 날 것 같아."

이부키가 그런 감정이 드는 것도 이해가 되었다.

나는 어른들에게 감사 인사를 한 다음, 조금 떨어진 곳에서 지켜보고 있던 남자에게 다가갔다.

"괜찮아? 아야노코지."

덩치 큰 그 남자는 풍기는 분위기와 어울리지 않는 모습으로 걱정스럽게 물었다.

"덕분에 살았어. 잘 진행시켜준 것 같네."

엘리베이터가 멈추는 사고였지만 큰 소란으로 이어지지는 않았다.

이 남자 '카츠라기'가 손써준 덕분이겠지.

"전화상으로 알려준 정보로 충분했거든. 이걸로 된 거지?"

남들이 모르게, 적확한 대처를 원했는데 그야말로 완벽하게 해냈다.

"난 이제 의무실에 가야 해. 답례는 다음에 할게."

"답례는 필요 없어. 나야말로 너랑 스도한테 큰 도움을 받았으니까. 반이 다른 이상 도저히 넘을 수 없는 선은 있겠지만 친하게 지낼 수 있다면 환영이다."

"잘 된 것 같아서 다행이다."

"그래. 스도가 아주 멋지게 기대에 부응해줬어. 고맙다고 다시 한번 전해줘."

"알았어."

"그리고 아야노코지. 너한테도 고맙다. 확실한 증거를 준비하기 위해서라고는 해도 내가 제안한 작전에 협력하는 데 적잖은 거부감도 들었을 텐데."

카츠라기가 미안하다며 고개 숙여 인사했다. 나야말로 고마운데 말이지. 엘리베이터에 조금만 더 오래 갇혀 있었다면 미쳐버렸을지도 모르니까.

"또 무슨 일 있으면 연락해. 내가 도울 수 있는 일이면 얼마든지 도울게. 시험만 빼고."

살짝 웃으며 농담을 던진 카츠라기가 돌아갔다.

어느새 나는 같은 반 친구인 바보 삼인조와 비슷, 혹은 그 이상으로 그—— 카츠라기와 친해지게 되었다. 어째서 내가 A반인 카츠라기의 전화번호를 알았고, 사이가 가까워지게 되었을까.

——그건 지금으로부터 며칠 전 이야기로 거슬러 올라간다.

○카츠라기 코헤이는 의외로 고민했다

일본인이라는 인종은 종교에 대해 심하게 관용적인 면이 있다.

물론 과거가 어땠든 간에 현대에 들어와서는 개인이 무슨 종교를 선택하든 자유다. 믿는 신이 없다고 해도 문제되지 않는다.

다만 그런 일본인도 평소에는 종교를 별로 개의치 않더라도 생일이나 크리스마스 등 특별한 날에는 기독교의 영향을 많이 받는다.

물론 신앙심에서 비롯하는 것도 있겠지만 기업의 전략이 잘 먹힌 결과라고도 할 수 있지 않을까? 최근 들어 핼러윈이 뜨는 것도 그 흐름 중 하나이리라.

무슨 말이 하고 싶은가 하면── 이 학교에서도 생일은 하나의 큰 이벤트라는 사실이다. 부지 내의 쇼핑몰이나 편의점 등에 가면 각종 이벤트와 관련된 코너가 빠짐없이 준비되어 있다.

사건의 발단은 이부키와 엘리베이터에 갇힌 사건이 일어나기 1주일 전.

우리 반의 치유계 아이돌 쿠시다가 채팅 메시지를 보내면서 시작되었다.

'실은 다음 주 수요일이 이노가시라의 생일이래. 괜찮으

면 축하해주지 않을래?'

그런 내용이 그룹 채팅방에 올라왔던 것이다.

이노가시라는 D반에서도 조금 수수하고 얌전한 여자애로 사쿠라와 비슷한 타입이었다.

친구가 그리 많지 않으니 생일 이벤트를 통해 친해지자는 이야기였다. 물론 그 메시지를 받은 이케에게 거절할 이유는 없었다. 노골적일 만큼 쿠시다에게 호감을 갖고 있었기 때문이었다. 이 이벤트를 이용해서 조금이라도 쿠시다와 더 가까워지고 싶겠지.

'키쿄한테 연락 왔지? 코코로한테 줄 선물 준비하자!'

이케는 적극적으로 찬성 의견을 표명했지만, 반면 야마우치는 반응이 뜨뜻미지근했다.

'하지만 돈도 없고……. 다음 달이 되면 엄청나게 들어오겠지만.'

그렇다, D반 학생들은 기본적으로 돈이 없다. 지난 특별시험에서는 일정 성적을 거뒀고, 일부 학생은 막대한 프라이빗 포인트를 약속받았지만, 슬프게도 9월 1일에야 들어온다.

즉 여름방학 동안에는 지금의 가난한 생활에서 벗어날 수 없다.

그래서 필연적으로 누군가의 생일에 포인트를 할애할 여유가 별로 없었다.

아니, 그나저나 이 남자들은 각자 따로 생일선물을 준비할 생각인가?

친한 사이면 모르지만, 애들 중에 이노가시라랑 친한 남학생은 없다.

아무리 싼 걸 사준다고 해도, 많은 아이들에게 선물을 받으면 이노가시라도 부담스러울 것이다.

'남자들끼리 포인트를 모아서 선물 하나를 사는 게 낫지 않아? 그럼 각자 500포인트 정도만 내도 쓸 만한 걸 살 수 있을 텐데.'

그렇게 제안해보았다. 그러자 야마우치도 그렇게 하자는 답변을 보냈는데, 역시 지갑 사정이 아슬아슬한 모양이었다.

정말 허리띠를 졸라매고, 어쩔 수 없이 곤궁한 생활을 하고 있는지도 모른다.

8월 초에 지급된 포인트는 8,700pr. 일본 엔으로 환산해도 똑같이 8,700엔.

고등학생의 평균 용돈을 생각하면 조금 적지만, 너무 무리하지 않으면 여유는 있다. 다행히 이 학교는 식사에 무료 메뉴도 있고, 마실 물 걱정도 없다. 그러니까 낭비하지 않는다면 1엔도 안 쓰고 생활할 수 있다.

하지만 학생들 대부분은 월말이 다가올 때쯤이면 빈털터리가 되었다. 입학하고 10만 포인트가 지급되었을 때와 달라진 게 하나도 없었다. 그러니까 하고 싶은 말이 뭔가 하면, 결국 인간은 있으면 있는 만큼 쓰게 된다는 거다.

결국 내 제안을 받아들인 형태로 세 사람이 동의했고, 나중에 함께 선물을 사러 가기로 결정되었다.

1

몸이 절로 나른해지는 더위를 피부로 느끼면서 나는 이마에 맺힌 땀을 닦았다.

"그런데── 왜 정작 중요한 키쿄가 없는 거야! 엉?! 아야 노코지!"

만나자마자 대뜸 던진 이케의 말은 쿠시다의 부재에 대해서였다. 그 설명을 내게 요구하지 말아줬으면 좋겠다. 호리키타도 쿠시다도, 내가 스케줄을 관리하는 게 아니지 않은가. 단순히 내가 불만을 터트리기에 만만한 상대라는 건 알지만, 이런 전개도 이제 좀 질리려고 한다.

"냉정하게 생각해보면 쿠시다가 동행하겠다고 말한 건 아니잖아. 그런 거겠지."

"그런 이유로 내가 납득할 수 있을 것 같아?! 키쿄가 없으면 의미가 없는데!"

그건 너무 심한 말이다. 이렇게 모인 애들을 부정하지 않길 바란다.

제멋대로 설렜던 이케 일행의 기대도 무색하게, 쿠시다는 다른 여자애들과 선물을 사러 간 듯했다.

"왜 처량 맞게 남자들끼리 별로 흥미도 없는 생일선물을 사러 가야 하냐고!"

소리 지르고 싶은 마음은 알겠는데, 나라고 냄새나는 사내놈들이랑 같이 다니고 싶은 건 아니다.

……말은 그렇게 해도 좀 기대하긴 했지만.

여름방학의 학교 수업(시험) 이외에 남자애들끼리 만나는 건 처음이었다. 다른 애들은 친구랑 쇼핑하거나 영화를 보러 가는 등 당연하다는 듯이 같이 만나 노는 모양이던데.

"왜 불쌍하게 남자 놈 셋이서 생일선물을 사러 가야 하냐고. 하루키, 너한테 맡긴다. 코코로가 좋아할 만한 아이템으로 잘 골라와."

"웃기지 마라. 네가 말을 꺼냈잖아, 그러니까 네가 사러 가라고!"

서로 불평하는 두 사람. 나는 대립하는 이케와 야마우치의 사이에 끼어들었다.

"좀 진정해. 셋이서 같이 사러 가면 되지. 스도의 몫까지 포인트도 받았으니까."

"그건 그렇지만. 꼭 셋이 다 갈 필요는 없는 것 같은데."

"여기까지 왔잖아. 후딱 사고 돌아가면 돼."

여기서 해산하는 건 좀 아쉬우니까 그렇게 말해서 잘 구슬리려고 했다.

"이런 땡볕에서 서로 티격태격하는 게 더 체력도 떨어지고 시간 낭비 아니야?"

"아, 진짜, 알았어. 얼른 사고 돌아가자. 아, 시시해."

노골적으로 의욕을 잃은 두 사람과는 반대로 나는 조금

신나서 가게로 발걸음을 옮겼다.

평소에 혼자서는 들어갈 일 없는 가게들 중에서도 특히 여자애들로 붐비는 곳을 찾았다. 점원은 레벨이 높은 연상의 미인. 게다가 가게 인테리어도 온통 핑크 일색. 남자 혼자서는 근처에 얼씬도 안 할 분위기의 가게였다.

인형에서부터 휴대폰 액세서리까지 학업과는 무관한 물건들이 진열되어 있었다. 이걸로 학생들에게서 프라이빗 포인트를 착취하고 있겠지.

"뭐, 그 포인트도 학교에서 지급해주는 거니까 손해는 아니지만."

"뭐라고 중얼거리는 거야. 뭐 살지 너도 아이디어를 내봐."

둘 다 창피해할 줄 알았더니, 미녀 점원과 손님으로 온 여자애들을 보며 일희일비하고 있었다. 조금 전까지만 해도 그렇게 싫어했으면서 태세전환이 참 빠르다.

우리는 흩어져서 생일 선물로 뭐가 좋을지 각자 찾기 시작했다. 나는 처음부터 선물을 고를 생각 따위 없었다. 뭘 고르는 게 좋은지 짐작도 가지 않았기 때문이다.

"뭘 받으면 좋아할까…… 하나도 모르겠다."

남에게 생일선물을 주는 건 처음이었다. 세 명이 함께 사는 거니까 '처음'이라는 카테고리에 넣어도 되는지는 미묘하지만. 어쨌든 그런 경험이 없었다. 덤으로 지식도 얕아서, 떠오르는 것이라고는 '장미 꽃다발'이나 '반지' 등 일반 상식에서 크게 벗어나지 않은 선물들뿐이었다. 그건 생일

선물이라기보다 프러포즈용에 가까운가. 무난하면서도 사고가 일어나지 않을 만한 것으로 찾아보자.

나는 가게 안을 한 바퀴 돌고 야마우치와 합류했다. 야마우치의 손에는 작은 흰색 곰 인형이 들려 있었다. 한편 내가 든 것은 휴대폰 케이스. 그걸 발견하자마자 야마우치가 인상을 찌푸렸다.

"너 말이야, 휴대폰 케이스는 좀 아니다. 코코로는 절대 그걸 쓸 일이 없을 거고, 취향 하고도 너무 멀어서 곤란하게 생각할 거라고."

야마우치가 그렇게 지적했다.

"……그런가? 그럼 이 액정 보호 필름은 어때?"

비책으로 또 한 가지 준비한 것을 꺼냈다. 그러자 야마우치의 표정이 더욱 어두워졌다.

"아니, 그건 더 필요 없지. 아야노코지, 너 센스가 영 꽝이구나."

"인형 같은 게 더 쓸모없지 않나……?"

받아봐야 아무 도움도 안 되는데. 그냥 쓸데없이 방 공간만 차지할 뿐이다.

"그야 물론 쓸모야 없겠지만, 인테리어로 활용해도 되고 코코로는 이 백곰 시리즈를 좋아하니까 분명 마음에 들어 할 것 같은데. 아니, 애초에 휴대폰 케이스나 액정 보호 필름 같은 걸 고른 애한테 인형 골랐다고 잔소리 듣고 싶진 않거든?"

야마우치한테 그런 식으로 바보 취급 받으니까, 왜일까…… 리얼하게 충격적이다.

하지만 야마우치가 상대방의 취향을 꼼꼼히 파악해왔다는 점은 솔직히 말해서 감탄했다. 난 이노가시라의 얼굴과 이름을 겨우 일치시키는 정도인데, 반 친구와의 친목 차이를 노골적으로 느꼈다.

"그런데 칸지는?"

"글쎄──."

둘이서 가게 안을 찾아 돌아다니다가 키홀더 코너에 서 있는 이케를 발견했다.

그 모습이 묘하게 진지해서 말을 걸지 않고 조용히 다가갔다.

이케는 귤 캐릭터가 모티브인 홍보 캐릭터 굿즈를 고르려는 모양이었다. 그런데 이케의 손에 이미 다른, 야마우치가 말한 백곰으로 보이는 캐릭터 타올이 들려 있었다.

"어이, 칸지."

"으헤엑?! 사, 사람 놀라게 하지 마라!"

귀에 대고 부르자 깜짝 놀란 이케가 키홀더를 떨어뜨릴 뻔하며 당황했다.

그리고 왜 그러는지 곧바로 그것을 감추듯 진열대에 되돌려 놓았다.

"벌써 정했어?"

"응, 이걸로 할까 싶다. 백곰 타올. 하하하……."

"그런데 키홀더는 왜 봤어?"

"뭐? 별로 다른 뜻은 없는데? 그것보다도 저쪽도 구경하러 가보자."

이케가 화제를 돌리려고 하자 야마우치가 의심스러운 눈빛을 보냈다.

"야…… 그 귤 홍보 캐릭터를 좋아하는 애, 시노하라 아니었나?"

시노하라라니 또 의외의 이름이 나왔다. D반 여자애로 무인도 시험 중에 의견 충돌로 이케와 당당하게 대립했던 것을 기억한다.

"그, 그랬나? 아니, 난 키쿄한테 어울리려나 싶어서. 그것뿐이야."

그렇게 말했지만 분명히 동요하는 표정이었다.

"너, 설마 시노하라한테 관심 있는 건 아니겠지?"

"뭐라고오오오?! 그럴 리가 있냐, 그런 못난이를! 말도 안 돼!"

물론 쿠시다에 비하면 그럴지도 모르지만, 그래도 충분히 귀여운 여자애다.

성격상 다소 힘든 부분은 있어도 그것 역시 그 아이의 매력이라면 매력이다.

"정말이냐? 왠지 노골적으로 수상한데? 그렇지? 아야노코지."

"뭐…… 이케답지 않은 반응이긴 하지."

웬만한 여자애면 누구든 환영이면서 유독 시노하라만은 티 나게 싫어했다.

그건 어떤 의미로, 시노하라가 신경 쓰이기 시작했다는 증거처럼 보이기도 했다.

하지만 이케는 그걸 인정할 생각이 없는지, 정면으로 부정했다

"너희, 오해하지 마! 그 시노하라라고! 그런 시건방지고 하나도 안 귀여운 여자애랑 사귀면 창피해서 밖에 돌아다니지도 못할걸. 안전에 타협하는 거잖아!"

"아——."

나와 야마우치가 동시에 어떤 존재를 알아차렸다. 그리고 허둥지둥 화제를 바꾸려고 했다.

"알았어, 알았어. 이제 충분히 알겠으니까. 코코로의 생일선물로 뭘 할지나 결정하자."

"알긴 뭘 알아. 내가 시노하라를 얼마나 못생겼다고 생각하는지 들어달란 말이야. 애초에 그 녀석은 얼굴뿐만이 아니고 성격도 못났잖아? 게다가 몸매도 형편없고. 아무튼 못난이 중에서도 최강 못난이라는 느낌이야——."

"아, 알았다니까 그러네! 이제 그만해, 칸지! 뒤, 뒤에——."

"뭐? 뒤?"

시노하라를 싫어한다고 필사적으로 열변을 토하던 이케가 느릿느릿 뒤돌아보았다.

그곳에는 얼굴에서 금방이라도 불길이 치솟을 것 같은 형

상의 시노하라와 그 친구들이 서 있었다. 그중에는 쿠시다의 모습도 보였다. 당연하다면 당연한가. 이노가시라의 생일선물을 고르러 이곳에 와도 전혀 이상할 것이 없다.

"이케 따위 죽어버려!"

강렬한 한마디를 남긴 시노하라가 화를 내며 가게를 나가버렸다. 남겨진 이케는 돌려줄 말도 나오지 않는지 멍한 표정으로 시노하라의 뒷모습을 바라보았다.

"뭐, 뭐야, 죽어버리라니. 젠장, 못생긴 주제에. 그, 그렇지?"

충격 받았으면서도 평정을 가장한 이케가 그렇게 말했다.

우리는 세게 꼬집어 말해주지 못하고, 열심히 맞장구만 쳐주었다.

"어, 어이, 저기 봐봐, 아야노코지! 대머리가 있어!"

화제를 돌려 분위기를 밝게 만들려던 야마우치가 갑자기 내 어깨를 쿡 찌르며 말했다. 대머리라니 무슨 소리야, 하고 생각했다가 곧바로 이해했다. 아기자기한 가게 분위기와는 어울리지 않는 거한이 우리에게 등을 돌린 채 상품 진열대를 둘러보고 있었다.

A반의 카츠라기다. 무척 험상궂은 표정으로 가게를 두리번거렸다.

"뭐 훔치려는 거 아니야?"

아무리 그래도 그건 아니지. 하지만 무심코 몸을 숨긴 우리는 그의 모습을 훔쳐보았다. 하는 행동이 마음에 걸리는 것은 녀석의 모습 때문이기도 했다.

이 더운 여름에도 긴팔 교복을 단정하게 입고 있었던 것이다. 왜 그런 무의미한 짓을.

과연 도둑질하려는 사람처럼 보이기도 한다.

나는 무의식중에 주머니에 든 휴대폰을 쥐었다. 만약 절도 현장을 담을 수 있다면 우리에게 큰 무기가 되어줄지도 모르기 때문이다.

하지만, 하고 곧바로 생각을 고쳤다.

"왜 내가 그렇게까지 해야 하냐고."

"응? 방금 뭐라고 말했어? 아야노코지."

"아무것도 아니야."

카츠라기가 도둑질을 하든 말든, 나랑은 아무 상관없다.

"어, 어이. 대머리가 뭔가를 잡았는데?!"

마치 절도 현장을 덮치려고 잠복한 수사관처럼, 눈을 반짝거리며 범행이 일어나길 기다리는 이케와 야마우치.

하지만 카츠라기는 잡았던 얇은 상자를 다시 진열대로 되돌렸다.

그리고 다른 비슷한 상자를 잡았다가 다시 내려놓는 행동을 반복했다.

이건 훔칠 물건을 물색하는 게 아니라 뭘 사야 할지 고민하는 모습이다. 그 차이를 이케도 깨닫고 이상하다는 표정으로 나를 올려다보았다.

"혹시 주위를 두리번거리던 건, 자기가 저러고 있는 걸 누

가 볼까 봐 걱정돼서?"

"아마도 그런 것 같은데."

그렇게 생각하니 자연스럽게 납득이 갔다.

카츠라기는 누군가에게 줄 선물을 사기 위해 여기 온 것
이다. 그리고 지금 막 사려고 하고 있다.

주위 시선을 신경 쓰는 이유는 그 사실이 알려지고 싶지
않아서였다.

이윽고 상자 하나를 고른 카츠라기가 계산대로 향했다.
그때까지 숨어 있던 우리는 재빨리 튀어나가 카츠라기가 있
던 진열대 앞에 모였다. 얇은 판 같은 모양을 한 것이 잔뜩
쌓여 있었다. 우리는 그것을 들고 뒤에 나와 있는 상품 정
보를 살폈다.

"이거…… 초콜릿, 이잖아."

카츠라기가 누군가에게 주려는 것으로 추측되는 선물.

그게 전부겠지만 이케 일행은 흥분되는지 몸을 떨었다.

"서, 설마 그 대머리, 여자 친구가 있는 거 아니야?!"

"진짜?! 이게 바로 A반의 힘인가!"

아무래도 그런 시시한 걸로 질투심을 활활 불태우는 것
같았다.

"꼭 그렇다고 볼 수도 없지 않아? 단순히 친구한테 주는
선물이라든가."

"이렇게 귀엽게 포장된 선물을 그냥 친구한테 주겠냐?!
엉, 주겠어?! 보통은 안 주지!"

"……그건 그렇지만."

하긴 작고 깜찍한 상자, 장식된 리본은 친구에게 주는 거라고 보기 힘들지…….

적어도 동성한테 줄 선물이라는 생각은 들지 않는다. 그렇다면 친한 이성 친구한테 주는 건가.

그렇게 생각하면, 자연스레 연인의 존재를 의심해버리는 것도 무리는 아니겠지만.

이케 일행은 계산하는 카츠라기에게 다시 시선을 보내고 상품 진열대 뒤에 숨어 정보를 수집했다.

"생일선물 하실 겁니까?"

"네."

"생일 카드도 만들어 드릴까요?"

"부탁드립니다. 생일은 8월 29일입니다."

그렇게 대답했다. 도대체 누구한테 선물하려는 것일까. 어쨌든 저 상품은 생일선물용인가 보다. 그 말을 들은 이케 일행이 속닥속닥 귓속말을 했다.

"들었어? 생일이 29일인 여자애가 누구지?"

"내, 내가 알아? ……오늘이 21일 일요일이니까…… 다다음주 월요일인가. 아야노코지, 너는 알아?"

"글쎄. 전혀 감도 안 오는데."

여자애들 사정에 빠삭한 두 사람이 모르는데 내가 어찌 알겠는가.

2

"저기…… 매번 말해서 이제 포기하긴 했는데 말이지. 왜 자꾸 내 방이야."

그날 밤, 각자 저녁식사를 마친 후 무슨 영문인지 내 방에 모인 예의 멤버들.

이케와 야마우치는 약속을 잡아 같이 왔고, 쿠시다 그리고 동아리 활동을 마친 스도가 합류했다.

호리키타만 있으면 완벽하군.

"키쿄, 넌 다른 애들 생일 같은 거 잘 파악하고 있어?"

"응. 들은 건 전부 메모해놓으니까 거의 다 알아. 누구 생일이 궁금한데?"

"그게 말이지, 어쩌면 D반이 아닐지도 모르는데."

"으음, 상급생이면 솔직히 거의 모르지만 1학년이라면 알수도 있어."

역시 처세술을 마스터한 쿠시다다. 잊어버리지 않도록 꼼꼼히 기록해둔 모양이다.

"그럼 말이지, 한 가지만 물어볼게. 이번 달 29일이 생일인 여자애가 누구야?"

"29일이 생일이라고? 잠시만."

휴대폰을 꺼낸 쿠시다는 생일 리스트로 보이는 것을 열었다.

그리고 얼마간 화면을 넘기며 알아보더니 이윽고 고개를

들었다.

"미안해, 내가 아는 애들 중에는 없는 것 같아."

"아마도 A반 애일 것 같은데."

"A반? 으음, 그 반 애들 생일은 다 들어 있는데."

그래도 모레가 생일인 여자애는 모르는 눈치였다.

"1학년 여자애라면 전부 안다고 생각하는데 짐작 가는 애가 없는걸."

압도적인 쿠시다의 정보망에 걸리지 않은 걸 보아 선물할 상대가 다른 학년일지도 모른다. 그럼 천하의 쿠시다라도 모르는 듯하니, 원하는 답을 얻을 수 없다.

"그럼 상급생일 가능성이 높은 건가."

어쩔 방법이 없다며 이케가 만세 자세를 취하고 뒤로 누웠다.

"그런데 29일이 생일인 사람이 왜?"

쿠시다의 소박한 의문에 이케는 마침 질문 잘했다는 듯 입을 열었다.

"그게 말이야, 내 얘기 좀 들어봐~. A반에 카츠라기라는 대머리가 있다는 건 너도 알지~?"

"응. 카츠라기는 그 반 애들을 이끈다고 하고, 꽤 유명하니까. 난 저번 시험에서 같은 그룹이기도 했고."

"그 대머리가 말이야, 29일에 누군가에게 생일선물을 주려는 것 같더라고. 대머리 주제에 말이야."

대머리라는 키워드가 몇 번이나 나왔다. 쿠시다는 조금

주의를 주듯——.

"카츠라기는 어릴 때부터 전두무모증이라는 병을 앓고 있어. 놀리면 안 돼."

"윽……."

쿠시다에게 정면으로 지적을 받자, 까불거리던 이케가 꼭 뒷걸음질 치듯이 입을 꾹 다물었다. 하긴 어린 나이에 대머리인 건 멋을 내려는 의도가 아니면 대부분 병 때문이겠지.

아픈 사람을 놀리는 행위는 부끄러운 일이었고, 그건 이케 본인도 잘 알고 있을 터였다. 다만 그것이 웃음으로 이어지니까 아무 생각 없이 자꾸 입에 담았다가 오히려 자신의 호감도를 떨어뜨리고 말았다.

"무, 물론이지. 미안해, 키쿄. 기분 나쁘게 해서."

"아니야, 알았으면 됐어. 앞으로는 그러지 마."

그 이야기를 일단 매듭짓고, 역시 하나 더 하고 싶은 말이 있었는지 쿠시다가 뜸들이지 않고 바로 이야기를 꺼냈다.

"그리고 오늘 있었던 시노하라 일 말인데——."

"윽……."

이케는 잊고 싶었던 이야기겠지만 쿠시다의 말을 막을 수도 없었다.

"내가 말 안 해도 잘 알지?"

굳이 내용을 언급하지 않고 그저 그렇게 부드럽게 말했다.

"……나중에 사과할게."

"그래. 그럼 시노하라도 용서해줄 거라고 생각해."

불만스러운 표정을 지으면서도 이케는 쿠시다의 앞이어서 그런지 순순히 대답한 것 같았다. 키득거리는 야마우치를 이케가 조용히 째려보았다. 여하튼 쿠시다 덕분에 이케는 오늘 한 뼘 성장했는지도 모른다.

"그러니까 카츠라기가 누군가에게 생일선물을 주려고 한다는 이야기지?"

"맞아, 맞아. 키쿄 너라면 짐작 가는 부분이 없나 해서."

쿠시다는 자신의 네트워크를 사용해서 머릿속으로 검색하는 것처럼 보였는데, 걸려드는 부분이 없는지 잠시 후 고개를 가로저었다.

"뭐지, 카츠라기한테 그런 들뜬 이미지는 못 느꼈는데."

적어도 아직까지는, 하는 사족을 덧붙였다.

"상급생이라면 가능성이 있지?"

"그래, 내가 모르는 만큼 충분히 그럴 수 있다고 봐."

입학하고 얼마 되지도 않아 상급생과 사귀거나 생일선물을 주는 사이가 된 거라면 대단하군. A반의 리더를 있는 그대로 존경하고 싶다.

하지만 이 단계에서 상급생으로 범위를 좁혀도 괜찮을까? 좀 더 다른 관점에서 볼 필요도 있는 것 같은데, 분위기는 이미 여자 친구 찾기로 충만했다.

"이렇게 된 이상 오기로라도 카츠라기의 여자 친구를 밝혀내자!"

잔뜩 들뜬 분위기에 찬 물을 끼얹는 것 같아 미안하지만,

다른 가능성이 있다는 것도 지적해야 하겠지.

"너무 쉽게 여자 선배라고 단정 지어도 괜찮을까?"

"키쿄가 29일이 생일인 애가 없다고 했으니까 그것 말고는 없잖아. 아니면 그건가? 설마 호리키타라든가?"

근거 없는 이케의 발언이었지만, 가능성으로서는 제외하기 어렵군.

"뭐, 그런 거라면 있을 법한 이야기인가……."

"하, 너희, 농담하지 마라."

그때까지 묵묵히 이야기를 듣고 있던 스도가 이케의 멱살을 붙잡고 나를 노려보았다.

"으헥! 마, 만약이라는 이야기, 라니까!"

"어이, 아야노코지. 스즈네의 생일이 언제야."

"몰라."

"뭐야, 도움이 안 되는군."

그렇게 물어도, 호리키타의 생일이 언제인지 내가 어떻게 알겠는가?

"상식적으로 생각하면, 이 학교에서 아무도 호리키타의 생일을 모를 것 같은데."

유일하게 아는 사람은 학생회장이자 친오빠인 호리키타 마나부 뿐이겠지.

"그런가. 그것도 그러네. 나나 아야노코지도 모르는데 그놈이 알 리가 없나."

"난 알아. 호리키타의 생일은 2월 15일이니까 이번 사건과는 아무런 상관이 없어."

"……역시 쿠시다네."

나도 모르게 감탄하며 말했다. 설마 호리키타의 생일까지 알 줄이야. 천하의 쿠시다도 호리키타나 이부키같이 보통 내기가 아닌 애들의 개인정보는 파악하지 못했다고 생각했다. 특히 호리키타에 대한 건 더욱. 나와 당사자 이외에는 모르는 이야기지만, 쿠시다는 호리키타를 싫어하고 호리키타 역시 쿠시다를 싫어한다. 그래서 서로 생일을 알려주는 사이라고는 도저히 생각할 수 없었다. 제삼자의 말을 들어봐도 역시 호리키타는 남들과 말을 잘 섞지 않는다. 그래서 더욱 감탄할 수밖에 없었다.

"2월 15일이라고? 유용한 정보다."

스도가 씨익 웃었다. 숨이 막혀 얼굴이 새파랗게 질린 이케가 스도의 팔을 마구 때렸다.

"아, 미안. 깜박했다."

"켁켁, 켄은 힘이 무식하게 세니까 좀 조심하라고!"

"네가 오해할 만한 소리를 하니까 그렇지."

"그럼 아야노코지한테도 그렇게 하란 말이야! 왜 나한테만 그래!"

"네가 제일 가까이에 있으니까."

"이 단세포가!"

"뭐라고?!"

스도가 다시 멱살을 잡으려고 하자 허둥지둥 거리를 벌리는 이케. 제발 남의 방에서 우당탕거리며 소란피우지 말아 줬으면 좋겠다. 조만간 항의가 들어올 것 같으니까.

"이야기가 딴 길로 샜는데, 내가 하고 싶은 말은 좀 달라. 그밖에도 후보가 될 수 있는 존재가 있다는 거야. 선생님도 있고 케야키 몰의 직원일 수도 있지. 오늘 본 가게 직원도 미인이었잖아?"

"그, 그렇지. 듣고 보니 그것도 일리 있네."

물론 그런 연상이 고등학교 1학년을 상대해 줄 지와는 별개로, 법적으로나 도덕적으로 큰 문제가 될 수 있는 만큼 커플 성립은 거의 상상이 되지 않는다. 카츠라기 역시 그 부분은 이해하고 있겠지. 그러나 가능성으로 제외시키기에는 아직 너무 이르다.

어쨌든 지금 주의해야 할 것은 마음대로 상급생이라고 단정 짓는 부분이다.

요컨대 아직은 상대의 범위를 좁히기 어렵다. 그냥 내버려두는 것이 제일이라는 사실을 알아주었으면 좋겠다.

"우리끼리 마음대로 들떠서 카츠라기의 여자 친구를 찾으려고 하는 건 그만두는 게 어때?"

"넌 그래도 괜찮냐?! 그 대머리한테 연상에 포용력 있는 가슴 큰 여자 친구가 있어도?!"

설령 그런 이상적인 여자 친구가 있다고 해도, 저주해서 죽이고 싶은 감정은 전혀 일어나지 않는다.

"A반이라면 연상한테 인기 있어도 이상하지 않고 말이지."

반면 이쪽은 D반. 외모가 좀 반반하거나 성격이 좋은 정도로는 인기를 끌 수 없다.

……아, 꼭 그렇지도 않은가.

히라타 같은 애는 동급생뿐 아니라 상급생들에게도 인기가 있는 것 같았다. 게다가 예전에 봤을 때 코엔지도 상급생들에게 일정한 지지를 얻었었고.

결국 나와 이케 일행에게는 인기가 없는 공통적인 이유가 있다는 거겠지.

"나는 그 녀석에게 선수를 빼앗기는 것만큼은 절대 싫단 말이다!"

"하지만 어쩔 방법이 없잖아."

"아니라니까. 질 것 같은 상대라고 해서 꼭 우리 쪽에 승산이 없는 건 아니라고."

스도는 반바지 아래로 드러난 튼튼한 허벅지를 찰싹 때렸다.

"농구는 승리를 위해서라면 반칙 직전까지 가는 플레이도 아슬아슬하게 펼치지. 아니, 이기기 위해서라면 필요에 의해 반칙할 때도 있어. 그만큼 승리를 향한 집념이 강하고 그건 아주 중요해. 선물로 여자랑 거리를 좁힐 가능성이 있다면, 그걸 막으면 그만이야."

지나친 억지다. 하지만 이것이 정말 승부를 가리는 일이었다면 스도의 생각은 완벽한 정답이었다. 나 역시 그렇게 할 것이다. 다만 지금은 그럴싸한 이유가 아니라 순전히 개인적인 질투에 의한 것. 칭찬할 만한 행동이 아니다.

그래도 평소의 스도와는 다르게 단단히 기합이 들어간 것처럼 보였다.

"그러고 보니 이제 곧 대회라고 했나?"

야마우치도 그걸 알아차렸는지 스도에게 물었다.

"응. 목요일부터. 경기에 출전할 수 있을지는 모르겠지만 언제든 뛸 수 있도록 준비되어 있지."

손가락을 쫙 펼친 왼손에 오른손 주먹을 탁 치며 만전 상태를 어필했다.

"좋았어, 그거야! 방해하자!"

스도의 터무니없는 생각에도 이케는 기분에 취해 결행하기로 정했다.

"쿠시다, 뭐라고 말 좀 해줘."

"방해하면 안 돼, 칸지."

"엥, 그런…… 키쿄도 카츠라기의 상대가 누구인지 궁금하잖아?"

"그야 나도 궁금하기는 하지만 그래도 방해는 안 돼."

모처럼 방해 공작을 펼치자며 들떠 있는데 찬물을 끼얹어서 불만인 표정이었다.

"그렇다는데."

쿠시다에 편승해서 방해공작을 막은 것이 불만이었는지, 아니면 시노하라와의 일을 아직 마음에 담고 있는지, 이케가 내게 이렇게 말했다.

"그럼 아야노코지. 네가 정체를 밝혀내, 카츠라기가 선물을 주려는 상대가 누구인지."

"무리야."

"무리라도 해. 어차피 한가하잖아?"

그 점만큼은 부정 못 하겠는데……. 그렇게 궁금하면 자기가 직접 알아봤으면 좋겠다.

"밝히고 뭐고, 같은 반도 아니고 친구도 아닌데."

연락처도 방 호수도 모르고, 성만 알지 이름은 모르는 상대를 조사하기란 하늘의 별 따기다.

"카츠라기의 연락처라면 내가 아는데? 알려줄까?"

"…………."

그렇다…… 지금 내 옆에 있는 건 호리키타의 생일마저 파악한, 1학년 중 교우관계가 가장 넓은 미소녀였다. 카츠라기의 연락처를 알아도 전혀 이상하지 않다.

"연락처를 어떻게 알아냈어?"

"저번 특별시험에서 같은 그룹이었거든. 그래서 알게 되었지."

과연. 그런 데서도 놓치지 않고 연락처를 교환할 수 있다니 정말 대단하다.

"가르쳐줄까?"

"아니, 됐어. 내가 갑자기 전화하면 카츠라기도 깜짝 놀라겠지."

모르는 번호로 전화가 오면 무시하고 안 받을 수도 있다.

"네가 방해하는 걸 막았으니까 책임을 지라고."

"책임을 지라고 해도 말이지……."

"나도 궁금하니까 알아봐라."

스도가 잘났다는 듯이 강한 어투로 명령했다.

"스스로 알아볼 마음은 없어?"

"뭐라고? 이 몸은 목요일 대회 때까지 바쁘단 말이지. 앞으로 연습할 시간도 며칠밖에 안 남았다고."

동아리 활동을 명분으로 내세웠다. 내가 대답 없이 입을 꾹 다물자, 무섭게 노려보았다.

"힘으로 하게 만들어줄까?"

스도가 팔을 마구 휘둘렀다. 대답 여하에 따라 내게도 헤드록을 걸려는 속셈일까. 이 그룹에서 가장 발언력이 약한 내가 표적이 되었으니 피할 길이 없다.

"……알았어. 내일 감시해볼게. 하지만 과도한 기대는 하지 마, 어떻게 될지는 나도 모르니까."

일단 지금은 이런 식으로 넘겨야겠다.

그리고 나중에 적당히 알아보고, 결국 무리였다고 보고하면 그걸로 끝이다.

3

"더워…… 죽을 만큼 더워……."

다음 날 나는 카츠라기가 밖에 나가는 타이밍을 살피기

위해 가로수 길 중간에 서 있었다. 각 학년 기숙사로 길이 갈리는 분기점이어서 만약 상급생과 접촉을 시도한다면 반드시 이 길을 지나갈 수밖에 없었다.

게다가 가게들이 모여 있는 케야키 몰로 가는 길, 학교로 가는 길로도 통하기 때문에 카츠라기가 어디에 가든 놓치지 않고 파악할 수 있다. 원래라면 로비에서 시원하게 기다리는 게 좋지만, 안타깝게도 거의 면식이 없는 다른 반 여자애들의 차 모임이 펼쳐져 로비를 압도하고 있었다. 비유하자면 들어가고 싶은 가게가 있지만 빈자리가 거의 없어 들어가기 망설여지는 그런 느낌. 문이 살짝 열려 있는 그곳에 들어가 느긋하게 앉아 있을 만큼 내 마음은 성숙하지 못했다.

이따금 남학생 혹은 여학생들이 놀러 가는지 와자지껄 떠들며 길을 스치고 지나갔다. 물론 학생들은 전부 사복을 입었다. 그 모습을 볼 때마다 어제 카츠라기의 교복 차림이 떠올라 의문을 느꼈다. 여름방학 중에 교복을 입으면 안 된다는 규칙은 없다. 하지만 교복은 통풍이 잘 안 돼 입으면 상당히 덥다. 멋 부리기가 귀찮아 교복을 입고 나간다는 건 설득력이 없는 셈이다. 물론 교복이라도 하복이었다면 그나마 이해해 볼 여지도 있다. 하지만 카츠라기는 하복도 아니고 긴 팔을 단정하게 입었다. 최근 깨닫게 된 사실인데 교복에는 몇 가지 변형이 있다. 항상 포인트가 부족한 나와는 무관하지만, 비싼 하복이 상품으로 팔리고 있다는 사실을 최근에야 알았다. 반 여자애들은 언젠가 사고 싶다고 희망하면서도 계속 꾹 참고 있는 상황이 이어지는 듯했다. 여하튼 밖에 나갈 때는 사복을 입는 것이 기본인데, 굳이 교복을 입은 까닭은······.

그런 생각을 하고 있는데, 신기하게도 똑같은 인종이 내 시선을 끌었다. 어제 카츠라기도 그렇고, 교복을 선호하는 학생들도 적지 않은 모양이다.

상급생이 생활하는 기숙사에서 남녀 두 사람이 걸어왔다. 그들은 나를 발견하자 진로를 틀어 가까이 다가왔다.

"오랜만이군."

"이렇게 더운 날씨에 누가 교복을 입고 있나 했더니, 호리키타의 오빠였군······."

카츠라기와는 다르게 둘 다 하복 차림이긴 했지만, 휴일에 교복이라니 위화감이 느껴졌다.

"우왓, 회장. 이 애 꼭 '성가신 사람이랑 마주쳤다!' 하는 표정인데요."

알기 쉽게 그런 표정을 지어봤을 뿐인데, 호리키타 오빠의 옆에 있던 여학생인 3학년 타치바나 서기가 호들갑을 떨었다. 그나저나 여학생 교복은 왜 그럴까. 남학생 교복과 달리 하나도 안 더워 보인다. 이 정도 청량감이면 불만 없겠는데.

"여름방학이라도 학생회는 꽤 바쁜가 보죠."

타치바나 서기는 노트처럼 보이는 것을 안고 있었다.

순간 벌써 2학기가 시작됐나? 하고 착각해버릴 것 같다.

"여름방학을 이용해 학생회실 보수 공사를 하고 있어서 그 관계로."

학생회장이 번거롭게 대답할 필요도 없다는 식으로 타치바나 서기가 설명했다.

"아, 네. 그럼 이만."

"우왓, 자기가 물어봐놓고 엄청 담백한 반응. 그리고 너, 좀 더 발언에 신경 쓰는 게 좋아. 이 사람이 누구라고 생각하는 거야? 무려 우리 학교의 학생회장이라고!"

그거야 잘 알고 있다. 그리고 아마 엄청난 권력의 소유자라는 사실도 말이다.

처음에는 존경하는 감정이랄까 경어를 쓰려고 했는데, 그만둬야겠다. 그도 딱히 내가 경어를 쓰길 원하는 것 같지 않으니 사양하지 않으련다. 그나저나 타치바나 서기라는 선배는 생각했던 인상과 상당히 다르다. 좀 더 진지한 사람일 줄 알았는데 꽤 느슨한 느낌이다.

"학교에 어울리게 페널티라도 주나? 공교롭게도 포인트가 바닥났는데."

타치바나 서기의 말에 어깨를 으쓱거리며 그렇게 대답했다. 호리키타의 오빠도 이런 녀석은 상대하지 않으리라고 생각했는데, 지나가기는커녕 눈을 가늘게 뜨고 이상한 말을 했다.

"아야노코지, 지금부터 별 계획이 없으면 좀 같이 가줬으면 하는데."

"회, 회장?"

학생회장이 그렇게 말하자 타치바나 서기의 눈이 휘둥그레졌다. 나 역시 깜짝 놀랐다. 하지만——

"일정이 꽉 차서. 미안."

"허어억?! 지금 거절했니?!"

그리고 그런 학생회장의 제안을 내가 거절하자 눈이 더욱 커지는 타치바나 서기.

"그럼 언제 시간이 비지? 너한테 맞출 수 있어. 2학기가 시작된 후여도 상관없고."

아무래도 호리키타의 오빠는 물러설 기미가 보이지 않았다.

문제를 자꾸 뒤로 미루면 대부분 제대로 되는 일이 없으니까. 게다가 다음에 다시 만나게 되면 시간을 엄청 빼앗길 가능성도 있다. 그럴 바에야 차라리 지금이 낫다.

"그럼 지금 갈게. 다음 일정까지 시간이 조금 비니까."

"아까는 일정이 꽉 찼다고 했잖아?"

그런 타치바나 서기의 일침은 전부 패스하기로 한다.

"원래 어디 갈 계획이었지? 네 일정에 맞춰도 상관없어."

"아…… 누굴 좀 기다리고 있어. 가능하면 여기서 움직이고 싶지 않은데."

"하지만 여기는 덥잖아? 약속 장소로는 부적합해."

"그건 나도 잘 알아."

더워도 벌칙 게임 같은 걸 성실하게 해내는 나는 대단하다. 자화자찬이다.

"가끔은 서서 대화하는 것도 나쁘지 않아. 넌 힘들면 먼저 기숙사로 돌아가도 돼."

"아니에요. 이 애랑 회장을 둘만 남기고 싶지 않다고 내 안테나가 말하고 있어서!"

그렇게 학생회장에게 경례한 타치바나 서기는 마치 보디 가드처럼 달라붙었다.

"학생회에 결과 보고가 올라왔어. 무인도, 그리고 선상에서의 시험은 많이 힘들었나?"

"학생회라는 거 권력이 상당하네. 그 결과를 보고받다니."

"결과라고 말했지만 자세한 내용까지 보고받은 건 아니야. 개인적인 활약상 같은 건 몰라."

"그거 다행이군."

"그러게, 참 다행이지~? 낙제 수준을 학생회장한테 안 들켜서."

타치바나 서기가 말끝마다 독설을 내뱉었다. 언제부터인가 나를 적대시하고 있다. 학생회장한테 반말하고 있으니 무리도 아닌가.

"하지만 정보란 늘 새기 마련이지. 네가 무인도에서 다른 반을 앞지른 것, 여객선에서 배정된 토끼 그룹에서 D반의 우대자가 아슬아슬하게 이겼다는 건 파악했어."

모른다고 말했으면서 바로 누설하고 있다. 이래서야 유착을 의심할 수밖에 없지.

"그리고 호리키타 스즈네의 이름이 무인도 시험 종료 후에 올라왔어. 반의 중심이 되어 다른 반을 이겼다는 것. 하지만 난 거기서 진짜 관여한 사람은 너였다고 생각해."

그에게는 절대적 확신이 있는 모양이었다. 냉정하게 그렇게 중얼거렸다.

"완전히 과대평가인데?"

"리더의 이름이 최종적으로 너로 바뀐 모양이던데. 그건 어떻게 설명할래?"

"……그런 것까지 파악한 건가."

"이걸 아는 사람은 나와 특별시험 위원들뿐이야. 그리고 방금 이 자리에서 타치바나 서기가 들었고. 너희 담임도 모르는 정보지. 안심해."

하나도 안심 못 하겠는데. 이 남자는 도대체 어느 정도의 권력을 가지고 있는 걸까. 보통 학교 학생회장이라고 하면 권력 따위 없고 그저 명색뿐인 존재가 아닌가. 그런데 교사보다도 위에 있다니 뭐지?

"도대체 뭐야, 학생회장이라는 거."

"학생회 그 자체에는 아무런 힘도 없어. 그 자리에 앉는 인간의 능력 여하에 달렸지."

"그건 또 대단한 발언이네. 전에도 물어봤지만, 정말로 A반 맞지?"

재차 확인할 것도 없다고 생각했지만 이 기회에 다시 한

번 물어보았다.

"당연하잖아! 당연한 얘기라고!"

"하지만 좀 이해가 안 가는데. 호리키타랑 나랑 도대체 무슨 차이가 있지? 오히려 데이터만 놓고 보면 그 녀석이 훨씬 우수한데. D반인 나를 이렇게까지 신경 쓰는 이유를 모르겠어."

"넌 한 가지 착각을 하고 있어. 난 D반 인간이 다 멍청하다고는 생각하지 않아. 이 학교는 단순히 우수한 순서대로 A반부터 D반까지 나누는 게 아니니까."

"저기, 회장…… 괜한 참견이라는 건 잘 알지만, 너무 많이 말하는 건?"

"괜찮아. 이 남자애라면 당연히 그걸 알고 있을 테니까."

나를 어디까지 계속 과대평가할 셈일까.

묘한 첫 만남 이후로 이 학생회장은 나에게 몹시 집착하고 있다.

"그럼 호리키타를 부정한 이유는? 바로 D반이어서잖아?"

"환경이 어떠하든, 동생인 이상 능력을 전부 파악하고 있어. 그 녀석은 D반이 될 만해서 낙오된 거야. 그 이상도 그 이하도 아니야."

여동생에 대해서는 철저하게 엄격한 시선으로 보는 남자군.

"전부 호리키타가 낸 생각이야. 네 여동생은 나 말고 딱히 친구가 없어서, 필요한 역할을 내게 부탁했지."

"아니야. 그 녀석이 떠올릴 수 있는 아이디어가 아니야."

남매로 오랜 시간 함께 했기 때문인지, 본인의 사고를 완벽하게 파악하고 있는 것 같았다. 그나저나 이제 겨우 수긍이 간다. 이 남자가 나를 눈여겨보는 이유 중 하나는 차바시라 선생님과 같지 않을까.

내가 입학시험 때 쳤던 올 과목 점수 50점이라는 장난질에서 본질을 간파했다면. 이력서나 생활기록부와의 차이를 알아차려도 이상하지 않다.

"스토커처럼 남의 개인정보를 캐는 건 그만둬. 난 학교생활을 조용히 보내고 싶으니까."

그렇게 호소했지만 학생회장은 안경을 한 번 만진 뒤 다시 뜻밖의 말을 했다.

"예전에도 한 번 제안했었는데, 학생회에 들어오지 않을래?"

눈이 휘둥그레지는 타치바나 서기. 너무도 놀라운 발언이었던 모양이다.

"상당히 태평한 학생회군. 아직도 자리가 안 찼다는 말이야?"

"회, 회장? 학생회에서 저번에 1학년 여학생을 한 명 뽑았잖아요. 그걸로 끝 아닙니까? 2학년도 새로 받아들여서 자리가 다 찼는데요."

그렇다는데? 하고 눈으로 말하자 이 남자는 말도 안 되는 소리를 꺼냈다.

"딱 하나 공백 상태인 자리가 있잖아."

"딱 하나라니…… 서, 설마?!"

"아야노코지. 네가 원한다면 내 권한으로 부회장 자리에 앉혀줄게."

"자, 잠깐?!"

타치바나 서기가 마구 뒷걸음질 쳤다. 지켜보니까 꽤 재미있는 사람이다.

"전대미문입니다! 1학년에, 그것도 D반에다가, 이렇게 예의도 없는 남자애가 갑자기 부회장이라니요!"

"거듭 말하지만 거절할게."

"심지어 그걸 앞뒤 재보지도 않고 바로 거절하고!"

그나저나 참 이상하군. 농담은 아닌 듯한데, 나를 향한 평가와 대하는 태도가 예사롭지 않다. 물론 호리키타의 오빠는 어느 정도 정보를 가지고 있다. 이케와 야마우치(한테는 미안하지만)랑 비교하면 나를 선택한 이유도 모르는 바가 아니지만, 카츠라기나 이치노세를 비롯해서 히라타, 능력치만 가지고 말하자면 코엔지 등 높은 잠재력을 지닌 학생이 사방에 널렸다. 굳이 억지로 나를 뽑을 이유가 전혀 없을 터다.

내가 아니면 안 되는 뭔가가 있다는 걸까.

"학생회장인 내가 할 말은 아닐지도 모르지만, 내년부터 이 학교에 큰 변화가 있을 거야. 그것도 원하지 않는 방향으로. 그때 규율을 지키기 위해 지금 단계에서부터 대항할 수 있는 노력을 해둬야 해. 이미 늦었을 정도지만 말이지.

하루하루 지날수록 그게 얼마나 필요한지 느끼고 있어."

"회장, 그거, 나구모가 학생회장이 되었을 때의 이야기
죠……? 난 그 애가 학교를 안 좋게 만들 거라는 생각은 안
드는데……."

나구모라는 이름은 1학년 중에서 들어본 적이 없다. 내년
부터 바뀐다는 건 2학년이라는 말인가.

"통상 학생회는 부회장을 2명까지 둘 수 있어. 보통 한 명
이 맡아서 하고 있지만, 강하게 밀어붙이면 무리인 이야기
는 아닐 거야."

"아, 아니아니아니, 회장. 그건 무리입니다……. 나구모
가 허락할 리 없어요."

"부회장이고 나구모고 어쨌든 난 안 해. 아무리 좋은 대우
를 해줘도. 넌 졸업하고 이 학교를 떠나면 그만이잖아. 남
겨진 학생들 걱정 따위 할 필요는 없어. 아니면——."

일부러 뜸을 들여 다음 할 말에 무게를 실었다.

"여동생이 걱정되니까 좀 도와달라는 말이라면 상담에 응
할 여지가 있을지도 모르겠지만."

"……그런가."

그렇게 말했으니 이 남자도 계속 집요하게 부탁하지는 못
하겠지. 실제로 완전히 포기한 듯, 더는 학생회에 대해 말
하지 않았다.

"시간 빼앗아서 미안했다. 내 용건은 그게 전부야. 하지만
언제든 학생회를 찾아와도 좋아. 차 정도는 대접해줄게."

이 학교에서 확고한 지위를 구축한 저 남자에게도 불안요소가 있군.

그런 의외의 면을 느끼면서 나는 돌아가──고 싶었지만 갈 수 없었다. 돌아가기 딱 좋은 타이밍이었는데 카츠라기를 기다려야만 하다니.

4

상황이 나아진 것은 호리키타의 오빠와 이야기를 나눈 지 30분 정도 지나서였다. 어제와 똑같은 복장을 한 카츠라기가 천천히 이쪽으로 걸어왔다. 나는 길에서 살짝 벗어난 곳에서 그 모습을 훔쳐보았는데, 어제 샀던 것으로 보이는 가게 봉투가 그의 손에 들려 있었다.

"어떻게 된 거지……?"

29일이 되려면 아직 멀었다. 보통은 방에 보관해두는 것이 정석이다. 그런데 그걸 가지고 돌아다니다니, 미리 줄 예정이라도 있나? 게다가 교복 차림인 것도 마음에 걸린다. 정장으로는 통하겠지만, 이 더운 여름에 저 차림으로 선물을 건네는 그림은 솔직히 별로 보고 싶지 않다.

나는 숨죽여 카츠라기가 어디로 향하는지 확인했다. 그리고 곧 다가온 갈림길. 카츠라기는 상급생 기숙사 쪽 길로는 가지 않았다. 설마, 하고 상상하지도 않았던 길 쪽으로 향했다.

그 길 끝에 있는 건물은 한창 여름방학 중인 학교. 눈치채지 못하게 조심조심 그의 뒤를 밟았다.

"그래서 교복을 입은 건가——."

좋아서 입은 게 아니라 학교에 들어가기 위해서였군. 이제야 이해가 간다.

카츠라기는 정면 현관을 통해 안으로 들어갔다.

이렇게 되면 이제 카츠라기의 뒤를 쫓을 수 없다.

사복으로는 출입이 금지되어 있는 이상 나는 학교 안으로 들어갈 수 없었기 때문이다.

'카츠라기는 만났어?!'

휴대폰이 진동해서 확인해보니, 기숙사 자기 방에서 보낸 것으로 보이는 태평한 채팅 메시지가 화면에 떠 있었다.

일부러 바로 읽지 않고 휴대폰을 도로 넣은 나는 공략 방향을 바꾸어 어제 선물을 골랐던 케야키 몰로 향했다. 거기서 여자애가 좋아할 법한 가게를 적당히 골라 들어갔다. 다른 가게에는 어떤 물건을 팔고 있는지 궁금했기 때문이다. 그런데 다른 가게와 비교해도 큰 차이는 별로 느껴지지 않았다. 결국 나는 어제 카츠라기가 생일선물을 산 가게로 다시 향했다. 그리고 초콜릿이 들어 있는 작고 얇은 상자가 쌓여 있던 곳 앞으로 갔다. 상급생뿐 아니라 남자에게 줄 가능성도 열어뒀었는데, 다시 봐도 그럴 가능성이 높지는 않은 것 같았다. 하트 모양 등 여자애용 장식이 가득했으니까.

"오호호, 그렇지?"

시끌벅적해지기 시작한 가게 안에서 여학생이 내 등 뒤를 스치고 지나갔다.

그 순간 쿵 하고 어깨에 가벼운 충격을 받았다.

"으—앗."

내 무릎이 앞에 나열되어 있던 상품과 살짝 부딪히면서, 산처럼 쌓인 초콜릿이 눈사태처럼 무너지고 말았다. 대화에 정신이 팔린 여학생은 이쪽에서 벌어진 참극도 모르고 계속 말하며 가버렸다.

"아, 진짜……."

존재감이 없다는 건 원래도 알고 있었지만, 그래도 조금은 조심하란 말이다.

"여기서 뭐하냐."

"헉……."

필사적으로 상품들을 원래 자리에 되돌리고 있는데 뒤에서 덩치 큰 남자가 말을 걸었다. 학교에 있어야 할 카츠라기였다. 그는 이상하다는 표정으로 나를 내려다보고 있었다.

"생일선물을…… 사러 왔는데."

갑작스러운 조우에 그렇게 대답할 수밖에 없었다. 카츠라기는 여기저기 널브러진 물건들을 쳐다보더니 큰 덩치를 확 접어 주워주기 시작했다.

"아, 괜찮아. 내가 하면 돼."

"신경 쓰지 마. 다른 손님들이 불편해할 거 아냐. 빨리 치우는 게 좋아. 한 사람보다는 두 사람이 하는 게 낫지."

그렇게 말하며 싫어하는 기색도 없이 도움을 자청하고 나섰다. 다른 가게에 들렀다가 왔어도 도합 30분 정도. 그 사이에 학교에서 볼일을 마친 걸까. 하지만 카츠라기의 손에는 이 가게에서 주는 봉지가 들려 있었다. 안을 살짝 훔쳐보니 선물용으로 포장된 얇은 상자가 보였다. 아직 주지 않은 모양이다.

"이렇게 하면 되겠지."

우리는 둘이서 순식간에 물건을 정리했다. 다행히 점원이나 손님이 보지도 않았다.

"고마워."

기본적으로 카츠라기는 좋은 녀석인 것 같았다. 무인도 시험 중에도, 우리가 찾은 옥수수를 지켜주고, 묘하게 선의를 드러냈다. 물론 반 대결일 때는 봐주지 않겠지만, 인격은 결코 나쁘지 않아 보였다.

"여자 친구한테 주려고?"

"뭐? 아니, 여자 친구 아니야. 그냥 반 친구. 사는 건 다음에 해야겠어."

진짜로 살 목적이 있었던 게 아니어서 그렇게 둘러대고 코너에서 멀어졌다. 카츠라기 역시 나를 따라와서, 잡담을 조금 나누며 정보를 끌어내보기로 했다.

"너도 생일선물 샀어?"

"뭐? 어째서 그렇게 생각했지?"

"손에 이 가게 봉투가 들려 있고, 나랑 같은 코너에 있었으니까."

"그렇군. 하긴 그래. 특별히 이상하게 생각할 일도 아니었나."

이해가 됐는지 고개를 끄덕인 카츠라기가 내 눈을 쳐다보았다.

"찾는 게 없어서 곤란해하던 참이야. 넌 뭘 샀어?"

"별거 아니야. 네가 넘어트린 초콜릿. 이 가게에 있는 상품들도 나쁘지 않다고 생각하지만 취향은 사람마다 다르니까. 다른 가게도 돌아보고 결정하는 게 좋을 거야."

누구라고 대답하지도, 누구냐고 묻지도 못한 채 둘이서 가게를 빠져나왔다.

"그런데 교복은 왜 입었어?"

어제 일은 당연히 말하지 않았지만, 카츠라기는 이틀 연속으로 교복을 입고 다녔다.

그걸 묻는 건 자연스러우리라.

"학교 안에 들어가려면 교복을 입어야 하니까. 그래서 어쩔 수 없이."

"그럼 학교에 간 거야?"

물론 봤기 때문에 학교에 들어갔다는 사실을 알고 있다.

남은 건 누구에게 선물을 주러 갔는가였는데. 카츠라기의 손에 아직 선물이 있었다.

정보를 얻을 수 있겠다고 생각했는데 아쉽게도 아닌 것 같다.

"응. 여러 가지로 개인적인 일이 있어서."

자세하게 말하지 않았지만 카즈라기는 생각할 것이 있는지 학교 쪽을 한 번 쳐다보았다.

"넌 생각해본 적 있어? 이 학교에 다니는 것의 단점에 대해서 말이야."

"단점?"

"그래. 그것도 반별로 말고 모든 재학생에게 똑같이 미치는 것."

수수께끼 같은 질문에 나는 잠시 고민해보았다. 반별이라면 당연히 케이스 바이 케이스로 곤란한 문제가 나온다. 한때의 D반처럼 포인트 부족으로 골머리를 썩을 수도 있겠지만, A반이 그런 사태에 빠질 거란 생각은 하기 어렵다.

모든 재학생에게 똑같이, 라는 부분을 봐도 그건 부정할 수 있다. 그렇다면 도대체 뭘까.

진지하게 답을 찾았지만 짐작 가는 부분이 전혀 없었다.

"모르겠어? 물론 사람에 따라 다르긴 하겠지만 '외부와 연락을 취할 수 없다'는 거야."

"아아, 그렇군."

나에게는 단점이 아닌 장점이었기 때문에 생각도 안 해본 부분인데, 과연 평범하게 생각하면 그건 분명 단점일지도 모른다.

"넌 너희 가족들한테 연락하고 싶지 않아?"

"글쎄. 나는 그렇다고 쳐도, 어쨌든 상당히 많은 애들이 그런 이야기를 하는 것 같아."

특히 여학생들은 외롭다고 하는 애들이 많다. 하지만 이 학교는 정보 누설에 엄격해서 연락을 일체 허락하지 않는다. 부주의하게 규칙을 어겼다가는 주의를 주는 선에서 끝나지 않을 것이다.

"하지만 학교에서 베풀어주는 것도 많고, 불만을 터트릴 정도까지는 아니지 않나?"

"그건 그래. 포인트 제도도 시설을 충실히 갖춘 것도 다른 학교 학생들은 향유할 수 없는 이점이야."

하나 더 덧붙이자면 A반으로 졸업하는 이점도 얻을 수 있다.

아니, 그런데 어쩌다가 내가 자연스레 카츠라기랑 대화를 나누고 있지? 그것도 아무 일도 없는 여름방학에.

"넌 호리키타랑 친하지?"

"그런 유언비어가 퍼졌나 보네."

"유언비어? 나랑 만났을 때도 같이 있었던 걸로 기억하는데?"

"흔히 말하는 악연이랄까, 그냥 자리가 옆이어서 말하게 된 녀석이야."

학교에서는 별로 드문 일도 아니라고 생각한다. 카츠라기도 이미지를 떠올리기 쉬웠는지 고개를 끄덕였다.

"그런 거였어? 다른 반 사정은 아는 것 같으면서도 의외로 모르는 게 많으니까. 기분 상했으면 용서해줘. 별로 다른 뜻은 없었어."

"요즘 자주 듣는 소리니까 괜찮아. 호리키타가 꽤 활약하고 있는 것 같고."

"그래."

짧게 동의했지만 더 이상 말을 계속하려고 하지는 않았다.

"사실대로 말하면 이 가게는 세 번째야. 한 번 고민하기 시작하면 계속 생각에 빠지는 성격이어서. 고작 선물 하나라고 해도 받는 사람의 기분을 생각하면 빨리 결정을 내릴 수가 없어."

고심 끝에 선물을 줄 상대란 과연 누구일까. 조금만 더 속을 떠볼까.

"이렇게 말하면 뭐하지만 우정으로 주는 거지? 생일선물?"

"생일을 축하해주는 게 이상하게 느껴져?"

적어도 덩치 큰 스킨헤드라면 위화감이 생긴다. 물론 그건 완전한 편견이고, 비가 쏟아지는 날 고가다리 밑에서 고양이를 구해주는 불량 청소년도 이 세상에는 얼마든지 존재하지만.

"대놓고 물어볼게. 누구한테 주려고 그러는데?"

나는 정면돌파를 시도했다. 돌려서 묻는 방법을 써봐야 해결이 나지 않는다.

"누구에게, 말이야?"

그 질문은 본인에게도 복잡한 부분이 있었는지 당혹스러워하는 모습이었다.

"개인적인 일이야. 너한테 말할 건 아니야."

어쩔 수 없다고 생각하지만 역시 어물쩍 넘어가 버렸다. 그렇게 대답하면 나도 더 캐물을 입장이 못 된다. 유일무이한 친구라면 몰라도 말이지.

"그럼 난 여기서 이만."

카츠라기는 한마디를 남기고 기숙사로 먼저 돌아가 버렸다. 교복을 입었던 수수께끼는 밝혀냈지만 그보다 더한 수수께끼가 생겼다.

왜 학교에 간 걸까. 그리고 왜 가게에 다시 나타난 걸까. 그 이유가 선명하게 보이지 않았다.

5

"이케. 카츠라기에 대해 알아왔어."

"진짜? 좀 하잖아, 아야노코지! 다시 봤어!"

그렇게 말하며 어깨를 두드려 나를 칭찬하는 이케.

이게 다시 볼 만한 일인가. 이케의 마음속에서 내 평판이 상당히 낮았음을 알고 살짝 의문을 느끼면서도 상황을 보고했다.

"아쉽지만 상대가 누구인지는 알아내지 못했어."

그게 아니다. 정확하게 말하면 끼워 맞출 수 있는 여자의 모습을 보지 못한 거다. 아무리 조사해도 보이지 않는 존재. 카츠라기가 선물을 주려는 상대가 나오지 않는 것이다.

같은 학년에는 그날이 생일인 사람이 없다. 하지만 다른 학년에도 짐작 가는 학생이 없었다.

이렇게 되면 생각할 수 있는 존재는 완전히 다른 곳에 있지 않나 싶은데.

야마우치가 고개를 번쩍 들었다.

"헉, 나…… 알겠어. 카츠라기가 선물을 누구한테 줄 건지."

기쁨, 즐거움보다는 애수어린 표정을 지은 야마우치가 각오한 듯 말을 꺼냈다.

"야, 칸지. 중학교 때 말이야, 밸런타인데이가 지옥 같다고 생각한 적 없어?"

"뭐, 뭐야, 갑자기. 그야, 뭐, 괴롭긴 했지만. 그게 왜?"

"말하자면 그 연장선상이랄까…… 그 녀석, 혹시 자기 자신을 위해 산 게 아닐까?"

"설마── 아, 아니, 충분히 가능한가. 그 대머리가 인기 있을 것 같지도 않으니……."

두 사람은 왠지 이해하기 어려운 이야기를 하며 서로 납득하는 모습이었다.

하지만 나는 전혀 상상도 못 한 전개여서 의문이 생겼다.

"자기 생일을 축하하려고 자기가 선물을 샀다는 말이야?"

"그게 아니면 뭔데, 아야노코지."

꼭 화난 것처럼 노려보았다.

그게 아니고 뭐고 간에, 보통 자기 자신한테 생일선물을 주나?

물론 나에게 주는 보상 같은 이미지는 어느 정도 가지고 있다. 맛있는 것을 먹거나, 원하는 걸 사거나. 하지만 이번에는 그런 예에 해당하지는 않는 것 같은데. 굳이 일부러 여자애가 좋아할 만한 선물을 사고, 포장을 하고, 내용물도 초콜릿이다.

　단 음식을 지독하게 좋아한다면 다른 형태로 살 수 있는 걸 사지 않을까?

　"너, 정말 모르겠어?"

　"……안타깝게도."

　"카츠라기는 누가 아무리 봐도 여자한테 인기 있을 얼굴이 아니잖아? 그런데도 A반의 리더야."

　그 부분에 대해서는 코멘트를 삼가고 싶다.

　"즉 자존심이 아주 강하다는 거지. 자기가 인기 있다는 걸 주변에 보이고 싶은 게 분명해. 그러니까 말하자면 자작극."

　"자기가 자기를 위해 샀다기보다, 누군가에게 받았다고 보이기 위해 샀다는 거야."

　나온 결론이 틀리지 않다고 느꼈는지 이케와 야마우치가 고개를 끄덕였다.

　"나도 그랬거든. 중학교 때 말이야. 학교에서 제일 귀여웠던 애한테 받은 것처럼 보란 듯이."

　"이런 걸 묻는 것도 좀 그렇지만, 그렇게 하면 마음이 허하지 않아?"

"당연히 허하지! 하지만 받지 못하는 절망보다는 낫다고!"

버럭 화내고 말았다. 그 정도로 밸런타인데이나 생일은 이케에게 있어서 큰 이벤트인 모양이다.

"그나저나 하루키, 너도 나랑 같은 부류였군."

"뭐라고? 아니? 난 아닌데? 난 여자애한테 완전 인기 많았는데?"

"거짓말 마. 그럼 어떻게 그런 결론에 도달한 거야. 너랑 똑같다고 생각해서잖아?"

"아니라니까. 중학교 때도 칸지 너같이 인기 없는 녀석들이 있었으니까. 그래서 아는 것뿐이야."

명백한 허세로 보였지만, 진실을 확인할 방법도 할 생각도 없다.

"하지만 억측이잖아? 그건."

"괜찮아, 틀림없으니까! 분명 그것밖에 없다고!"

이제는 도달한 답을 의심할 여지도 없는지, 두 사람은 더이상 의논할 생각이 없어 보였다.

"야, 하루키. 우리, 대머리…… 카츠라기를 그동안 오해했던 게 아닐까?"

"그러게. A반이라고 무조건 적대시했는데, 갑자기 친근하게 느껴진달까."

"그렇다는 건 역시 너도 네 선물을 직접 준비했던 인기 없는 부류였군."

"아니라고. 어디까지나 같은 반이었던 애들이 떠올라 불쌍한 마음이 들었을 뿐이라니까."

이케의 지적에도 완강하게 부정하는 야마우치.

"좀 협력해줄까."

갑자기 그런 말을 꺼냈다.

"협력하다니 무슨 소리야."

"저 녀석한테 생일선물을 주는 거야."

카츠라기를 적대시하던 상황에서 일변하여, 이케가 카츠라기에게 동정심을 품은 모양이다.

"그야 물론 여자애한테 축하받는 게 제일이라는 건 나도 알아. 하지만 그건 무리잖아. 그렇다면 적어도 다른 누군가로부터 생일선물을 받는 게 위안이 되지 않겠어?"

그 이론은 어딘지 이상한 느낌이 들었지만, 전부 틀렸다고 부정하기도 어려웠다.

자기 자신을 속이기 위해 스스로 선물을 사는 것보다는 다른 누군가로부터 생일을 축하받고 싶겠지.

다만 조심해야 할 것은 동정심이란 의외로 귀찮고 성가시다는 점이다.

만약 정말로 카츠라기가 자신을 위해 선물을 준비한 거라면, 그걸 간파한 이케 일행에게 생일 축하를 받는다고 정말 기쁠까? 오히려 동정하지 말라고 화낼 가능성이 높다. 이케 일행은 뭘 사줄지 의논하기 시작했지만, 나는 다시금 그 결론에 대해 의문을 느꼈다.

내일 생일인 여자애가 없는 것은 사실이다. 하지만 모든 가능성을 배제할 수도 없는 노릇이다. 학교 선생님이나 관계자, 이 부지 내에 있는 수많은 직원들. 여성의 범위를 넓혀도 아직 후보자는 많이 있을 터였다.

게다가 자신이 자신에게 사주는 선물인데 과연 저런 식으로 당당하게 살까? 심지어 카츠라기의 복장은 여름방학 중에는 거의 입지 않는 교복 차림이었다. 눈에 띌 수밖에 없지 않은가.

누군가가 본다면 수상하게 여길 것은 쉽게 상상할 수 있고, 일반적으로는 교복을 입고 다니지 않는다.

"아야노코지, 너도 포인트 좀 내. 셋이서 1,500 정도 모으면 뭔가 괜찮을 걸 사 줄 수 있잖아."

그런 대화는 바로 어제도 했는데 말이지……

즉 지출도 두 배. 1,000포인트라는 지출은 적지 않다.

"그러니까 아야노코지. 좀 이르긴 하지만 내일은 우리끼리 카츠라기를 축하해주자."

이제 두 사람은 완전히 흥분해서 카츠라기에게 줄 선물을 사버리려는 듯 보였다.

"정말로 살 거야?"

"당연하잖아. 너도 인기 없는 남자 중 한 사람으로서 도와주고 싶은 생각이 안 드냐?"

음, 점점 귀찮아지니까 부정하지 말고 넘기자. 우리는 내일 다시 모이기로 정하고 그만 해산했다.

6

그리고 다음 날 오후에 다시 모였을 때 쿠시다의 모습도 보였다.

"안녕, 아야노코지."

"으, 으응. 안녕."

왜 여기에? 그런 의문은 다음 이케의 말에 해소되었다.

"아니, 그게 말이지, 어제 키쿄한테 상담을 좀 했거든. 카츠라기한테 선물을 주고 싶다고 말했더니 꼭 도와주고 싶다고 해서. 그래서 부탁한 거야. 생각해봐, 카츠라기 입장에서도 남자보다는 여자애한테 축하받는 게 더 기쁘지 않겠어?"

좋은 사람인 척 술술 말하고 있지만, 요는 쿠시다와 함께 있을 기회를 만들고 싶었을 뿐이겠지. 게다가 자기가 친구를 배려하는 좋은 녀석으로 포장될 수도 있고 말이다.

"나 역시 카츠라기한테 도움 받은 것도 있으니까, 물론 선물 값도 내게 해줘."

그런 고운 마음 씀씀이에 이케는 흑심을 품은 눈으로 쿠시다를 쳐다보았다. 야마우치도 사쿠라를 노린다고는 하나 쿠시다의 매력을 강하게 느끼고 있는지 남자들끼리 있을 때보다 몇 배나 즐거워 보였다.

"그런데 아야노코지, 왜 교복을 입고 있어?"

"그게 좀."

과연 너무 더워서 상의는 벗었지만, 역시 교복 차림은 안 좋은 의미로 눈에 띈다.

"어쨌든 빨리 가자!"

쿠시다를 사이에 둔 두 사람이 나를 두고 걸음을 뗐다. 그리고 곧 잡담을 꽃피우기 시작했다.

어떠한 순간에 어떤 상대를 만나도 대화를 나눌 수 있는 모습을 보면 매번 감탄사가 나온다.

나는 세 사람보다 조금 뒤에서 따라갔다.

그러던 중 의외의 인물이 밖에 있는 모습을 발견했다.

"미안하지만 먼저 갈래? 좀 들를 데가 생겼어."

"그건 괜찮지만 키쿄를 너무 기다리게 하지는 마라."

"응."

양해를 구한 나는 그 인물에게 다가갔다.

"꽤나 여유롭구나. 넷이서 느긋하게 쇼핑? 류엔한테 그렇게나 당했으면서."

"뭐, 그건 C반이 잘한 거니까. 지금 신경 써봐야 무슨 수가 있겠어. 안 그래?"

"그건 그래……. 하지만 납득 안 가는 부분이 너무 많아."

"예를 들면?"

"……별로."

사와지리 에○카 같은 말투로 나를 외면한 채 대답해주려고 하지 않았다.

"지금이 언제야?"

"뭐?"

"지금이 언제냐고 물었어. 우리는 몇 학년이지? 지금이 몇 월이지?"

"도대체 무슨 소리를 하는 거야."

"그러니까 우리는 이제 겨우 1학년 1학기를 끝냈다는 얘기야. 당황할 필요는 없어. 다소 리드 당했다고 해서 일희일비하지 않아도 돼."

"하지만 뼈아픈 패배라고. 방도를 고민하지 않으면……."

"넌 네 발밑도 안 보이는데 너무 앞만 보고 있어. 호리키타 스즈네라는 학생은 공부만 놓고 보면 제일 빛나는데, 특이한 경쟁에 들어가면 완전히 겉돌아. 그게 지금 네가 보여주는 모습이야."

"……나도 알아."

"뭐야, 자각하고 있단 말이야? 아무튼 넌 떨어질 때까지 떨어져 보는 편이 좋겠다."

"그게 무슨 의미지?"

지금은 어쨌든 철저하게 때려 맞아 좌절을 맛보고, 그런 후에 최종적으로 올라가는 게 좋다.

호리키타는 그럴 만한 능력을 지니고 있다고 본다.

"모든 일에는 순서라는 게 있어. 지금은 너무 초조해하지 말고 차근차근 밟아 가면 되지 않을까?"

"방금 순서라고 했는데, 그럼 넌 왜 무인도에서 적극적으로 나섰지? 그거 모순 아니야?"

"그럴지도 모르지."

차바시라 선생님과 나눈 대화를 모르는 호리키타로서는 이상한 생각이 드는 것도 무리가 아니다.

무인도 때에는 '능력을 보여주는 것'을 강요받았기 때문에 어쩔 수 없이 나섰을 뿐이다. 물론 선상에서의 시험은 부릴 말이 없는 나에게는 상당히 난해하게 느껴졌지만, 그래도 방법이 몇 가지 있었다.

그 방법들을 실행에 옮기지 않았던 건 자칫 너무 나섰다가는 나한테 좋을 일이 없었기 때문이다.

일을 시끄럽지 않게 만들면서도 차바시라 선생님에게 어느 정도 내 능력을 보여주면 시간을 벌 수 있다.

앞 시험도 내가 보기에는 대성공이었다.

"그것보다도 내 복장에 의문점은 없어?"

"상당히 더워 보이는 차림이긴 하지만, 별다른 느낌은 없는데."

여전히 남에게 흥미가 없는 녀석이다.

"오늘은 뭘 읽고 있어?"

"너랑은 상관없잖아."

그렇게 대답하며 책 제목을 보여주려고 하지 않았다.

"뭐, 아무래도 좋지만. 이케 일행이 기다리니까 그만 가야겠다. 너도 같이 갈래?"

"농담하는 거지? 사양할게."

그렇게 대답할 거라고 확신했기에 나는 두 말 없이 그 자리를 떠났다.

7

"뭐야, 너희는……."

별안간 아무런 관계도 없는 이케 일행에게 둘러싸이자 늘 냉정한 카츠라기도 동요를 감추지 못했다. 그때 저번 시험에서 대화해보았을 쿠시다가 말을 붙였다.

"갑자기 미안해, 카츠라기. 잠깐만 시간 좀 내줄 수 있어?"

"쿠시다. 도대체 무슨 일이야?"

"실은 이케한테 들은 게 있어서. 혹시 오늘 네 생일 아니야?"

"윽…… 맞는데…… 어떻게 알았어?"

아무에게도 말한 기억이 없는지, 조금 곤혹스러운 표정으로 우리를 쳐다보았다.

"그래서 여기 있는 우리 네 사람이 네 생일을 축하해주고 싶어서."

"아니, 그런 특별한 이벤트 같은 걸 받을 이유는 없는데. 안 그래?"

환영하기는커녕 경계하는 모습. 그도 그렇겠지. D반이 놓은 덫이라고 생각해도 이상하지 않다.

그래도 곧바로 거절하지 않은 건 아마 쿠시다의 존재가 컸기 때문이리라.

"오늘 누구랑 보낼 예정이 있어?"

"그런 건 아니지만……."

그거 잘됐다, 하고 만면에 미소를 띤 쿠시다가 손뼉을 치

며 기뻐했다. 평범한 남자라면 그 미소를 본 순간 반하고 말
리라.

하지만 그는 A반의 리더. 간단히 격침될 만큼 단순하지는
않아 보였다.

"미안하지만 너희랑 친한 것도 아니고. 무슨 목적이 있는
거면 그냥 말해."

"목적 같은 거 없다니까. 우린 정말로 카츠라기의 생일을
축하해주고 싶을 뿐이야."

이케가 진지한 표정으로 그렇게 말했다. 카츠라기를 진심
으로 동정해서 축하해주려고 생각하고 있다.

"으……."

곤란하네, 하고 카츠라기는 거부하겠다는 듯 입을 꾹 다
물었다.

그때 나는 카츠라기의 손에 어제와 똑같은 생일 선물 봉
지가 들려 있는 것을 알아차렸다. 이걸 산 건 이틀 전일 텐
데, 왜 계속 가지고 돌아다니는 걸까. 이케 일행은 그 의문
을 느끼지도 않고(혹은 느꼈으면서도 모르는 척하는 건지)
카츠라기에게 말을 건 거다.

"미안하지만 학교에 가야 할 일이 있어서. 미안하다."

"학교라니, 그러고 보니 요즘 들어 계속 교복 차림이네.
무슨 일이라도 있어?"

이케는 아무 생각 없이 물었을 테지만, 카츠라기는 그 위
화감이 느껴지는 말을 놓치지 않았다.

"……어떻게 된 거지?"

지금까지 지었던 소극적인 표정은 온데간데없이 사라지고 전투 모드에 들어간 것처럼 카츠라기의 얼굴이 확 일그러졌다.

"응? 뭐가?"

그런 변화를 눈치채지 못한 이케는 초연했지만 그 직후 나온 카츠라기의 말에 표정이 무너지고 말았다.

"내가 교복을 입고 다닌 걸 어떻게 알아?"

쏙 빨려 들어갈 듯 강렬한 눈빛에 사로잡힌 이케는 자기도 모르게 숨을 삼켰다.

무의식중에 내뱉은 말에 꼬투리가 잡혀 일이 난처하게 됐다고 생각했으리라.

"어? 아니, 그러니까 그건……."

"어제 너 본 후에 이케 일행이랑 합류했거든. 그때 내가 말했는데 말하지 말 걸 그랬나?"

그렇게 감싸줄 수밖에 없어서 내가 카츠라기에게 대신 대답했다.

"여름방학 중에는 드문 옷차림이다 싶어서."

"그런가…… 듣고 보니 그렇군."

"그래. 바로 그거야, 그거."

"그런데 학교에는 뭐 하러 갔어?"

당황한 이케의 모습을 여전히 수상쩍게 여기는 모양이었지만, 일단 화제를 돌리는 데 성공했다.

"개인적인 일이야, 너희가 무슨 상관이냐."

"괜한 참견일지도 모르지만, 혹시 뭔가 곤란한 일이라도 있는 거 아니야?"

"왜 그렇게 생각하지?"

"어제도 오늘도 같은 봉지를 들고 있잖아. 그걸 가지고 학교에 가는 게 좀 부자연스러워서. 게다가 어제 가게에서 만났을 때에도 들고 있었고. 못해도 오늘까지 벌써 세 번째 보는 건데."

우연히 봐버린 것도 있지만 그렇게 추리하는 건 그다지 어렵지 않았다.

"학생회에 볼일이 있어서. 그것뿐이야."

또 예상 밖의 이름이 나왔다.

"그럼 혹시 어제 교복을 입은 게 학생회실에 가기 위해서였어?"

"……그래. 하지만 아무도 없더군."

"어제까지 보수 공사인가 뭔가 한다고 했거든."

카츠라기가 조금 놀란 표정으로, 그걸 어떻게 아는지 물어왔다.

"학생회장이랑 좀 인연이 있어서."

"그 학생회장하고 아는 사이라고?"

"아는 사이라고 해야 하나…… 뭐, 그런 셈이야."

"아아, 그래? D반의 호리키타가 학생회장의 여동생이었나……."

머리회전이 빠른 카츠라기는 금세 독자적인 결론에 도달하고 받아들였다.

"그럼 동석하는 편이 유용하겠군. 시간 괜찮으면 같이 가 줄래?"

카츠라기가 그렇게 부탁했다. 이렇게 해서 카츠라기가 뭘 노리고 있는지 잘 알 수 있을 듯하다.

"우연이군. 마침 나도 학생회에 볼일이 좀 있었는데."

"그래서 너도 교복을 입은 거야?"

물론 카츠라기의 목적을 알아내기 위해서였는데, 이제 속내를 알아낼 수 있으리라.

내가 고개를 끄덕이자 카츠라기는 곧바로 학교, 그리고 학생회실로 향했다.

"실례합니다."

카츠라기가 또랑또랑한 목소리로 학생회실의 문을 두드렸다. 학생회장 호리키타 마나부와 서기 타치바나가 문을 열고 나왔다. 그리고 곧 내 존재를 알아차린 호리키타의 오빠.

"의외의 손님도 함께 왔군."

나는 가볍게 고개를 끄덕여 인사만 했다. 타치바나 서기는 굉장히 불쾌하다는 표정이었다.

"오늘은 부탁이 있어 찾아왔습니다. 기본적으로 학생의 요구는 학생회를 통해야 한다고 들었거든요."

"어제랑 그저께에도 학생회실을 찾은 모양이더군. 보수 공사 때문에 자리를 비웠어. 미안."

"아닙니다. 지금은 여름방학 중이기도 하고, 다짜고짜 찾아온 제가 잘못이라는 거 잘 알고 있습니다. 그래도 오늘 만날 수 있어서 정말 다행입니다. 안 되면 직접 기숙사로 찾아갈 수밖에 없다고 생각했거든요."

여름방학 중, 카츠라기는 왜 이곳을 찾은 것일까. 그리고 무슨 목적일까. 이제 곧 그 사실이 밝혀진다.

"이 학교는 재학 중에 허락 없이 외부와 연락하는 게 금지되어 있죠. 그 건에 대해 자세히 알고 싶어서 찾아왔습니다."

"말투를 보아 하니, 당연히 교칙은 잘 알고 있는 것 같은데? 어쩔 수 없는 이유를 제외하고 연락은 인정되지 않아."

호리키타의 오빠가 말한 어쩔 수 없는 이유란 당연히 중대한 병이나 부상 등 부득이하게 필요한 경우만으로 한정된다.

"네. 그런데 저 같은 경우에는 어떻게 대처해야 합니까? 부지 밖에 있는 가족 앞으로 물건과 메시지카드를 전하고 싶은데요. 물론 가족에게 답장을 받을 생각은 전혀 없습니다."

즉 일방적인 연락이라는 걸까.

"그래도 마찬가지다. 일방적이라고 해도 허락되지 않아."

사무적인 대답. 하지만 카츠라기가 그 말에 순순히 물러설 정도였다면 이곳까지 찾아오지도 않았으리라.

"외부와의 연락을 끊는다는 이야기는 물건 발송까지 엄격하게 미친다고 들었습니다. 하지만 문자 정보를 보내지 않으면 규칙을 어기는 건 아니지 않나요?"

"규칙상 금지인 건 마찬가지야. 이 학교 설립 이래 한 번도 바뀐 적 없는 규칙이다. 하지만 아무런 의미도 없이 금지된 건 아니야. 학교가 설립된 초기에는 규칙도 지금만큼 엄격하지 않았어."

호리키타의 오빠가 타치바나 서기를 쳐다보니, 서기가 고개를 살짝 끄덕이며 미소를 지었다.

"말 그대로야. 원래는 카츠라기가 희망하는 것처럼 물건만 보내는 건 허락되어 있었어. 그런데 그 약속을 깨는 사람이 몇 명 나타나 버린 거야. 물건 속에 허가받지 않은 편지를 첨부한 거지. 그런 경위가 있어서 지금은 전면적으로 금지되어 있어."

그런 거다, 하고 호리키타의 오빠가 카츠라기에게 완전 거부를 표시했다. 하지만 그렇다고 물러날 카츠라기가 아니었다. 1학년이라고는 하나 A반의 리더를 맡은 이 남자는 즉시 상황을 파악하고 자세를 바로 고쳤다.

"그럼 다시 한번 부탁드립니다. 가게 앞에서 직접 발송 신청을 넣어 주실 수 없을까요? 저는 손가락 하나 대지 않고, 상품 값만 치르겠습니다. 그렇게 하면 부정을 저지를 여지가 없으니까요."

"아무리 그래도 규칙 위반이니까……."

"규칙 위반? 이 학교는 실력지상주의, 필요하면 포인트로 뭐든 다 가능하다고 들었는데요. 시험 점수를 사거나 학생 간의 매매 등 다양한 용도로 쓸 수 있죠. 아닙니까?"

아무래도 보내고 싶은 생일선물의 가치가 카츠라기에게

몹시 큰 것 같았다.

"그런 거라면 이야기가 조금 달라지지."

호리키타의 오빠는 냉정하게 이야기를 들을 준비가 되어 있다고 태도를 조금 바꾸었다.

"구체적인 포인트 이야기에 들어가기 전에, 누구한테 보내고 싶은지 들려줄래?"

"쌍둥이 여동생입니다. 우리는 부모님이 안 계시기 때문에 축하해줄 사람은 저밖에 없습니다."

여자 친구다 뭐다 하며 우리끼리 했던 천박한 억측과 전혀 다른 결말이었다. 설마 남매라니.

"한 가지 정정하겠는데 포인트는 만능 제도가 아니야. 물론 네가 예로 든 행위는 가능하다. 하지만 그건『규칙에 기재되지 않은 것』이여서야. 현재 교칙으로 금지된 사항을 바꾸는 건 쉽지 않아. 학교에서 허락하지 않을 거다."

살짝 이해하기 어려운 발언이었는데, 언뜻 비슷한 것 같아도 사실은 다르다는 말이겠지.

이를테면 시험 점수.

나는 예전에 스도의 점수를 포인트로 구입했다. 거기에 '부정'은 없었다. 어디까지나 점수를 포인트로 샀다는 사실이 있을 뿐. 하지만 만약 스도가 낙제점을 넘긴 점수를 규칙 위반인 컨닝으로 얻었다고 가정해보자. 그리고 그 부정 사실이 들통 났다면, 컨닝이라는 부정을 없었던 일로 되돌리기란 어렵다.

"학교 규칙은 지키기 위해 있는 거다."

"이상한 이야기네요. 그렇게 하면 이 학교의 교칙은 허점 투성이인데요."

"하나도 이상하지 않아. 벗어날 수단이 있는 규칙을 학교 측에서 일부러 만들어뒀을 뿐이지."

카츠라기의 의문에 학생회장은 뻔하다는 투로 즉각 대답했다.

"…………."

아무리 머리 좋은 카츠라기라고 해도 상대가 너무 막강하다. 실력만이라면 또 몰라도, 서 있는 위치가 너무 다르다. 이 학교에서 3년 내내 A반, 게다가 학생회장까지 맡은 이 남자에게 빈틈이란 없었다.

"결국 포인트를 써도 방법이 없다는 거네요."

"그렇지. 학교가 규칙에 위반되는 행위를 포인트로 허락할 리는 절대 없어."

호리키타 마나부의 말처럼 포인트는 만능이 아니었다. 카츠라기는 많은 포인트를 들일 각오를 한 모양이었지만 그 유일한 방법이 막혀버리면 그걸로 끝이다.

"할 말 끝났으면 나가봐."

"그렇습니까…… 잘 알겠습니다, 그럼 저는 가보겠습니다."

카츠라기가 나를 쳐다보았는데, 좀 더 있다 가겠다는 제스처를 취하니 혼자 조용히 방을 나갔다.

"넌 안 가나?"

"방금 한 이야기, 그건 부정이 분명히 드러났을 때 아닌가?"

나는 일부러 카츠라기 편을 들 듯 말했다.

"그게 무슨 의미지?"

호리키타의 오빠가 나를 쳐다보았다.

"전에 우리 반 스도가 C반 학생이랑 싸워서 문제를 일으
킨 거 기억해?"

물론이라고 그가 고개를 끄덕였다. 상당히 큰 문제로 번
졌으니까 말이지.

"그때는 C반 애들이 학교에 고발해서 하나의 사안으로 떠
올랐으니까 처벌 심의 대상이 된 거잖아. 하지만 지금 이 순
간에 카츠라기가 부정을 저지른 건 아니야. 부정행위에 해
당하는 것을 부탁하고 싶어 했을 뿐이지. 그리고 그 사실을
아는 건 나와 카츠라기, 그리고 학생회의 두 사람뿐이고. 그
럼 부정을 눈감아주면 그만 아닌가."

이 기묘한 표현을, 두 사람이라면 당연히 이해하겠지.

교통을 위반했다가 경찰에게 걸렸어도 뇌물을 줘서 봐주
기가 성립한다면 그 사람은 처벌 대상이 되지 않고 위반을
허락받게 되는 셈이다.

"그리고 원래는 어려운 발송 처리라도, 너희라면 식은 죽
먹기 아니야?"

"그렇군. 그러니까 학교에 알리지 말고 끝내라는 거군."

카츠라기는 정직하게 학교의 허락을 구하려고 했다. 그게
무리라면 학교의 귀에 들어가지 않게 하면 그만이다. 성실

한 카츠라기는 상상조차 못 할 생각일지도 모르겠지만.

"당당히 부정을 눈감아주라고 말하다니, 참 무서운 애네!"

유일하게 타치바나 서기만 내게 조금 뒤늦게 지적해왔지만.

"어떻게 해서 그런 결론에 이른 거지?"

"이 학교는 폭력행위 금지를 교칙으로 정했어. 하지만 회장은 나를 처음 만났을 때 앞뒤 봐주지 않고 주먹을 휘둘렀잖아. 그건 즉 학교만 모르면 된다는 증거야."

아무리 학생회장이라고 해도 공적 자리에서는 절대 주먹을 못 쓸 것이다.

"그렇군, 만약 외부와 연락을 취한다면 그 방법밖에 없어. 하지만 카츠라기는 그 사실을 깨닫지 못했지. 그 시점에서 유일한 선택지를 놓친 거야."

"지금부터라도 도와줄 생각은 없고?"

"없어. 그 애를 위해 부정에 가담할 만큼의 사항은 아니야."

"엄격하네."

"그렇게 생각한다면 카츠라기가 나가기 전에 가르쳐줬어야지. 하지만 넌 그렇게 하지 않았어."

아, 열 받게 하는 녀석은 성가신데. 전부 꿰뚫어 보았군.

카츠라기에게 괜히 경계 당하지 않게 회피한 것까지 들켜버렸다.

"구경도 끝났으니 난 이만 돌아간다."

"타치바나한테 차를 내오라고 할 생각인데?"

"됐어. 안에 뭘 탈지도 모르고."

"저, 정말 예의가 없구나, 1학년!"

학생회실을 나가려고 하자 왜 그러는지 갑자기 일어선 호리키타의 오빠가 입구까지 따라 나왔다.

"이번에 카츠라기가 한 이야기는 못 들은 걸로 칠게. 이제부터 네가 뒤에서 움직인다고 해도 캐내는 짓도 안 할 테니 마음대로 해."

"아무 짓도 안 할 건데."

"그럼 그걸로 상관없고. 다만 나는 관여하지 않겠다고 공언했을 뿐이다."

조금 짜증날 정도로 그의 눈을 통해 정보가 읽혔다. 요컨대 자기는 터치하지 않을 테니 잘 속여 봐라, 그렇게 말하는 눈빛이었다.

그 시선을 피하듯 나는 학생회실을 뒤로했다. 내가 카츠라기에게 새로운 제안을 하려는 것까지 간파하다니.

"만만하게 볼 상대가 아니군, 저 학생회장."

8

"후우······."

기숙사 로비로 돌아가니 카츠라기가 깊은 한숨을 쉬며 앉아 있었다.

그는 금방 나를 알아보고 자리에서 일어섰다.

"널 기다리고 있었어. 오늘은 이상한 일에 동행하게 해서 미안했다."

"아니야, 마음대로 따라간 건 나지. 아무런 도움이 안 돼서 내가 미안할 정도야."

"그러지 않아도 돼. 원래부터 무리인 이야기였으니, 포기하는 수밖에."

어떻게든 해서 여동생에게 선물을 전해주려고 한 행동이었는데, 규칙이 그렇다면 어쩔 도리 없다며 카츠라기는 단념하려 하고 있었다.

"혹시 괜찮으면 이거 친구들끼리 먹을래? 난 단 건 별로라서."

그렇게 말하며 선물을 봉지째로 내게 내밀었다. 하지만 나는 그것을 받지 않았다.

"나는 필요 없어."

"그래? 그렇군, 하긴 원래 다른 사람한테 주려던 걸 받으면 기분이 좋지 않겠지."

그렇게 말하며 고개를 가볍게 숙이고 자기 방으로 돌아가려는 카츠라기.

"카츠라기."

나는 그를 불러 세웠다.

"왜."

"어쩌면 도움이 될까 해서. 선물을 여동생에게 보낼 수 있는 방법이 떠올랐는데."

"학생과 가장 가까운 학생회가 거절한 이야기야. 해결책이 없을 것 같은데."

"그건 너한테 교칙을 어길 각오가 없어서겠지. 그걸 도외시한다면 가능성은 있어."

"……난 위험한 행동은 안 해."

A반 리더에다가 성실한 카츠라기에게는 있을 수 없는 이야기리라.

특히 아랫반의 제안이면 있는 그대로 귀를 기울이리라는 생각도 들지 않는다.

"일단 이야기라도 들을 가치는 있다고 보는데. 그 선물을 전달하는 게 정말 중요하다면 더욱."

카츠라기도 선물을 보내는 허락을 받기 위해 여름방학 동안 계속 학생회실의 문을 두드렸을 정도다. 어중간한 감정이 아니라는 건 분명하다.

"이런 곳에 서서 얘기해도 될 내용인가?"

카츠라기는 타인의 시선, 그리고 감시 카메라의 존재로 관심을 돌렸다.

"그렇군. 여기서 할 이야기는 아니니까 내 방으로 갈까?"

어차피 평소에도 여러 아이들이 드나드는 방이니, 카츠라기를 부른다고 해서 문제 될 것은 없다.

나는 카츠라기와 함께 내 방으로 향했다.

다행히 반 아이는 단 한 사람도 마주치지 않고, 방까지 도착할 수 있었다.

나는 문을 열고 불을 켰다.

"들어와."

"꽤 깔끔하군. 아니 그렇다기보다 물건이 아예 없는 방이네. 처음 기숙사에 들어온 날이 생각난다."

"그런 말 많이 들어."

적당한 곳에 앉게 하고 에어컨을 켠 후 컵에 차를 따랐다.

"그래, 교칙이 뭐 어떻다는 건데?"

"예를 들어 이 학교에서 선물을 보내려고 하면 그건 쉬운 일이 아니야. 부지 밖으로의 배송은 원칙적으로 금지되어 있으니까. 우체국도 받아주지 않겠지."

부지 내에 우체국이 있지만, 기본적으로 교사들이 이용하는 곳이다. 학생들은 출입조차 하지 못한다. 말해봐야 거절당할 게 뻔하다. 그렇기에 카츠라기는 학생회를 통해 선물을 보낼 허가를 받으려고 부탁했다.

하지만 그것이 불발된 이상, 물리적으로 반출하기는 불가능하다는 결론.

"사실이잖아. 배송 수단이 없으면 방법이 없어. 아니면, 따로 물건을 보낼 방법이라도 있다는 거야?"

"있어. 깊이 생각할 것 없이 당당하게, 부지 밖으로 선물을 내보내면 돼."

"무슨 바보 같은 소리야. 그런 걸 누가 할 수 있다는 거야? 설마 부지 안에서 일하는 직원은 아니겠지?"

유일하게 외부 출입이 자유로운 사람은 학교 부지 내의

여러 가게에서 일하는 직원들뿐이었다.

즉, 그 직원을 잘 이용하면 선물 자체를 내보내기란 간단하다.

하지만 거기에는 큰 폐해가 따른다.

"이 학교에서 일하는 사람은 엄격한 규칙 아래에 놓여 있어. 우리 학생의 부탁을 받아주는 위험을 감수하려고 하지 않을 거야. 오히려 규칙을 어기려고 했다고 우리를 학교에 고발할걸."

그렇게 되면 카츠라기는 중징계를 받으리라.

"물론 아니야. 믿을 만한 외부인 연줄이 없으니까."

그렇겠지, 하고 카츠라기가 시선을 깔았다.

"설마 선물을 무단으로 내보내려는 건 아니겠지?"

"아무래도 그건 안 되지. 허가 없이 부지에서 물건을 내보내는 게 중대한 처벌 대상인 건 나도 잘 알아."

당연히 출입구는 삼엄하게 관리되고 있고, 만일 빠져나갔다고 해도 들키면 바로 퇴학이다.

교칙 위반을 무릅쓴다고 해도 리스크가 너무 높다.

"직원은 안 돼. 하지만 학생이라면 이야기는 달라져. 믿을 수 있는 녀석은 많이 있으니까."

"학생이라고? 그거야말로 헛수고야. 어지간한 이유가 없는 한 부지 밖으로 못 나가잖아."

"하지만 예외도 있어. 그 어지간한 이유와 필연적으로 관련된."

"예외……? 부지 밖으로 내보낼 수 있는 거라면……
설마──."

머리 회전이 빠른 카츠라기는 곧 결론에 도달했다.

"동아리에서 나가는 대회, 인가?"

"바로 그거야."

아무리 이 학교가 폐쇄적이라고 해도 피할 수 없는 것이
있다. 그 대표적인 예가 각 동아리가 나가는 대회이다. 교
외에서 진행되는 대회는 반드시 부지에서 벗어나 개최지로
가야만 한다.

"하긴 그거라면 부지 밖으로 물건을 내보내는 것도 가능
하겠다. 하지만 그럴 위험성이 있다는 건 학교 측도 잘 알
겠지. 짐 검사 같은 걸 분명히 할걸?"

"당연하지. 하지만 그런 거야 빠져나갈 길이 얼마든지 있
잖아? 올림픽 도핑 검사랑 달리, 온몸을 구석구석 훑지도
않을 거고."

"그건 그렇지만……."

카츠라기는 고민하는 모습을 보이면서 동시에 그 앞일까
지 주시했다.

"물건을 가지고 나가는 리스크에다가 그걸 실행할 학생의
부담까지, 간단한 일이 아니야. 하지만 아야노코지 네 말투
는, 그걸 맡길 만한 인재가 있다……는?"

"그래. 다만 설득은 네가 직접 나서야 할 필요가 있지만
말이지."

9

동아리 활동을 끝내고 돌아온 어떤 남자를 불러낸 것은 카츠라기를 방에 초대한 후 1시간 정도 뒤의 일이었다.

모레가 대회인 그에게 사정을 설명하고 협력을 요청하기로 한 것이다.

"뭐? 야, 농담하지 마. 누가 그런 걸 좋다고 흔쾌히 들어줄 것 같아?"

카츠라기의 제안을 받자마자 스도는 토하듯 거부 반응을 보였다. 그야 그렇겠지, 혹시나 위반 행위가 발각되면 어떤 페널티를 받을지 모르니까 말이다.

"애초에 이 대머리의 부탁을 들어줄 의리 같은 것도 없는데."

"그렇다는데?"

카츠라기도 스도를 믿지 않았고, 원래 이 계획은 아직 좀 회의적이기는 했다.

"이야기를 받아들이고 말고를 떠나서 스도한테 좀 묻고 싶어. 나갈 때 학교에서 어떤 검사를 해?"

"어떤 검사냐고 해도 말이지."

지금 상황이 잘 받아들여지지 않은 스도는 제대로 대답해주려고 하지 않았다.

"경우에 따라서는 카츠라기가 그에 상응하는 보수를 줄 가능성이 있어."

"보수라고?"

"……맞아. 당연히 줘야 한다고 생각하고 있어."

그 말을 듣자 좀처럼 의욕을 보이지 않던 스도가 살짝 진지하게 생각을 더듬었다.

"일단 아침에, 대회로 향할 버스에 오르기 전에 간단한 짐 검사를 하지. 그리고 휴대폰을 싹 거둬가. 개최지에 도착하면 그대로 옷을 갈아입고 시합하게 돼. 밥은 대회가 끝난 후에 현지에서 먹어. 더 자세한 건 나도 몰라."

"옷을 갈아입는 장소랑 짐 관리는?"

"평범하게 탈의실 사물함 안. 옷을 갈아입을 때는 아무래도 교사가 동행하지 않지만 감시는 엄중해. 화장실도 우리만 다른 장소를 사용하고, 다른 학교 애들이랑은 말도 못 섞어."

카츠라기는 이야기를 들으며 냉정하게 상황을 시뮬레이션 했다.

"역시 힘들겠군. 물건을 가지고 나가는 게 쉽지 않아 보여."

"먹을 밥은 가지고 가도 돼?"

"응, 그건 자유야. 소수에 불과하지만 싸오는 녀석도 있지."

"그럼 가져가는 건 비교적 간단할 것 같은데."

나는 자리에서 일어나 찬장에 두었던 도시락 통과 물통을 가지고 돌아왔다. 이건 원래 학교가 학생들을 위해 처음부터 준비해둔 비품 중 일부다. 모든 학생의 방에 하나씩 있다.

"도시락 통 안에 선물을 넣는 거야. 크기가 아슬아슬하게 들어갈 것 같아. 그리고 봉지는 둥글게 말아서 물통에 넣고.

이렇게 하면 모를걸."

아무리 교사가 꼼꼼하게 검사한다고 해도 내용물까지 보지는 않는다.

"잠깐만. 그게 성공한다고 해도 선물을 어떻게 발송해? 수단도 돈도 없는데."

"돈에 관한 건 걱정 안 해도 돼. 이걸 쓰기만 하면 되니까."

나는 우체국에서 입수한 착불 전표를 꺼냈다.

"나머지는 이걸 당일에, 틈을 봐서 다 쓴 다음 우체통에 넣기만 하면 돼."

"참 쉽게 말하네. 결국 그게 제일 중요한 부분이잖아."

"……물론 생각할 수 있는 수단으로는 제일 현실적이지만, 위험도 너무 높아……."

자기가 교칙 위반을 범해야 하는 데다가, 스도 같은 다른 반 아이를 휘말리게 해야 했기 때문이다. 원래라면 카츠라기도 바로 손을 떼려고 했을 텐데, 아직은 물러나려고 하지 않았다.

"공교롭게도 우리 반에는 이런 걸 부탁할 인재가 없어. 혹시 가능하다면 해주지 않을래?"

카츠라기가 고개 숙여 부탁했다. 카츠라기에게 여동생이 얼마나 소중한 존재인지 잘 알겠다.

"스도. 물론 평소 같으면 절대 받아들일 수 없는 이야기인 거 잘 알아. 하지만 이건 반대로 너한테도 큰 이점이 있어."

"이점? 아까 그 보수 이야기냐?"

카즈라기에게 눈빛으로 신호를 보내자 알고 있다는 식으로 고개를 끄덕였다.

"성공 보수로 10만 포인트를 줄게."

첫 번째 제시로 엄청난 액수를 불렀다.

그 순간 스도의 몸이 굳었다. 평소 겨우 1,000~2,000포인트를 변통하던 입장에서는 말도 안 되는 액수였다.

"그렇게까지 해서 그 물건을 보내고 싶은 이유가 뭐야?"

지나치게 큰 포인트에 스도는 오히려 경계심이 강해졌는지 그렇게 물었다.

"……나한테는 쌍둥이 여동생이 있어. 여기까지는 아야노코지도 아는 사실이야."

학생회실에서도 했던 말. 하지만 단순한 여동생치고는 너무 특별 취급하고 있다.

사이좋은 남매야 얼마든지 많이 있지만, 규칙을 어기면서까지 생일을 축하해주고 싶어 하는 건 좀 의문이다.

"동생은 몸이 많이 약하거든. 게다가 부모님과 할머니, 할아버지도 모두 다 돌아가셔서 지금은 친척 집에서 지내고 있어. 난 그 애한테 부모나 마찬가지야. 그런 내가 생일을 축하해주지 않으면 누가 해주겠어."

무슨 사연이 있으리라고는 생각했지만 상상했던 것보다 훨씬 무거운 사실이 숨어 있었다.

"이 학교의 교칙은 입학 전부터 알고 있었어. 하지만 설마 물건 하나조차 못 보낼 거라고는 생각 못했어. 그 부분은 내

실수라는 걸 인정해. 그래도 여동생에게 오빠로서 꼭 선물을 보내주고 싶어."

뭐, 나도 교칙을 대략 확인했는데 그렇게 구체적인 것까지는 다루지 않았었다. 어디까지나 재학 중일 때에는 허락 없이 부지 밖으로 나갈 수 없다, 연락을 취하면 안 된다고만 적혀 있었을 뿐이다. 물론 거기에는 편지도 주고받을 수 없다는 의미가 포함되어 있었겠지만, 물건을 보내면 안 된다는 규칙까지는 언급되지 않은 것도 사실이다.

"그래서 나를 찾은 거야?"

스도는 내 어깨를 꽉 움켜쥐더니, 카츠라기의 귀에 들리도록 일부러 작게 속삭였다.

"그런데 만약에 쟤가 배신하면 어쩌려고. 저번 C반 때처럼 그렇게 되는 건 사양인데?"

그때 함정에 빠져 농구부에서 쫓겨날 위기에 처해졌었지.

"그런 걱정은 안 해도 돼. 저쪽도 우리가 그렇게 여길 거라는 건 이미 계산이 끝났을 테니까."

아마도 어떤 제안이 있으리라. 카츠라기는 당연하다며 고개를 끄덕였다.

"선금으로 2만 포인트를 먼저 송금할게. 그리고 끝나면 성공 보수로 나머지 8만 포인트를 주고."

그렇게 하면 필연적으로 공범이라는 증거도 남는다. 둘 중 누군가가 배신하면 꼬리가 잡힌다는 소리다.

"선금으로 2만이라…… 그래도……"

그렇게 큰 포인트라도 스도가 망설이는 이유를 잘 안다. 이 녀석은 농구 생명을 고민하고 있다.

만약 농구 동아리 활동 중에 위법이 발각된다면 동아리 활동 금지까지 당할 수 있다.

그 위험 부담을 짊어져야 하는 게 걱정되겠지.

"만전책을 생각해둘게. 그리고 이게 먹힐 가능성도 의심되겠지만, 만약 발각된다면 나야말로 큰 타격을 받을 게 분명하잖아."

혹시 공공연하게 드러난다면 스도와 비슷하거나 혹은 그 이상으로 카츠라기가 타격을 입게 되리라.

그런 각오 없이는 성립하지 않는 이야기이다.

하지만 물론 카츠라기도 생각하고 있었다. 그에게 대가로 포인트를 줌으로써 서로 배신하지 않도록 제약을 걸 수 있다.

"그럼 남은 문제는 단순히 들켰을 때라는 건가……."

그 책임은 카츠라기도 져주지 않으리라. 즉, 실질적으로 스도 혼자 덮어쓰게 된다.

비싼 대가와 함께 저울에 달아서 어떤 판단을 내릴까.

나를 힐끔 쳐다본 스도는 어느 정도 수긍이 가는지 알겠다는 표정을 지었다.

"알~았어. 받아주면 되잖아? 하긴 나밖에 없겠지. 그런 위험한 제안을 받아줄 사람은."

"정말 괜찮아……?"

설득되길 바랐던 카츠라기였지만 실제로 받아줄 가능성

이 썩 높지 않다는 것을 알았을 터다. 많은 포인트를 준다고 해도 말이다.

혹은 좀 더 많은 포인트를 요구해서 이야기가 무산될 수도 있다. 그렇게 상상했겠지.

그런 의미에서는 스도라는 남자의 존재는 카츠라기에게 예상 밖이었고, 구세주이기도 했다.

"여동생이 병약하다는 소릴 들었는데 어떻게 거절하겠냐."

정이 많은 면을 보인 스도가 질렸다는 듯 머리를 긁적였다.

"…………."

하지만 진중한 카츠라기는 그런 스도의 모습에 솔직히 기뻐하지 못했다. 그는 어렵다는 표정을 지으며 아무 말 없이 팔짱을 끼고 고민에 빠졌다.

"뭐야. 받아준다는데 아직 뭐가 남았냐?"

"의심하고 있지? 내가 배신할지 안 할지."

"뭐야, 그게. 부탁해놓고 날 못 믿냐."

방어를 중요시하는 카츠라기답다. 상대가 적극적인 자세로 나오는 순간, 몸을 사리고 상황을 주시한다.

일이 순조롭게 흘러갈수록 더 신중해지는 성격이겠지.

무엇보다 그건 나도 잘 알고 있다. 하지만 안타깝게도 이번만큼은 기우에 불과하다. 스도는 겉과 속이 다르지 않다. 겸사겸사 말하자면 나 역시 그렇다. 이번 일로 카츠라기를 덫에 걸리게 하려는 생각은 전혀 없다. 굳이 말하자면 여기서 빚을 하나 만들어두는 것, 그리고 카츠라기가 프라이빗 포인트를 쓰게 만드는 데에 가치가 있다.

그리고 만일 카츠라기가 배신한다면 자폭할 각오로 휘말리게 하는 것도 가능하다. 그러니까 이번 일에 한해 말하자면 처음부터 약점을 드러낸 카츠라기에게는 기본적으로 우위가 없다.

이 선물 자체가 거짓일 가능성 역시 상황으로 봤을 때 없다.

나는 거기까지 결론을 내렸기 때문에 스도를 중개 역할로 소개했다. 얼마의 포인트를 제시할지는 몰랐는데, 그게 10만이라면 구미가 확 당기는 거래라고 할 수 있다.

"혹시 모르니까 송금은 스도 말고 아야노코지에게 할게. 아야노코지한테는 미안하지만 스도가 성공한 후에 포인트를 보내주는 형태로 부탁하고 싶다."

"왜 그렇게 번거롭게 하는데?"

"보험이라고 해두자."

만약 스도가 물건을 가지고 나갈 때나 발송 과정에서 걸렸을 경우, 많은 포인트를 주고받은 기록이 남아 있으면 학교 측이 의심하게 된다. 하지만 송금을 다른 사람에게 한다면 카츠라기까지 도달하지 않게 되는 수법이다.

스도는 다소 불만도 있어 보였지만 끝나면 포인트를 꼭 주겠다는 다짐을 받고 승낙했다.

"그리고 또 하나, 네가 거짓말을 하지 않도록 확실한 증거를 원해."

"뭐라고? 뭐야, 거짓말이라니."

카츠라기가 걱정하는 부분이 남아 있다는 건 알고 있었다.

그건 스도가 '선물을 우체통에 넣었다'고 거짓말을 하고 넣지 않을 가능성이다. 만약 거짓말을 했다고 해도 카츠라기에게는 확인할 길이 없다. 가족에게 연락을 받을 수 없는 이상, 선물이 전달되었는지를 확인하려면 2년이 넘게 걸려, 졸업한 후가 된다. 그래서는 소 잃고 외양간 고치기 격이다.

나는 몇 가지 '증거'를 준비하는 방법을 고민해보았다. 그리고 제일 간단하면서 확실한 수단으로, 휴대폰을 사용해서 증거 영상을 보내는 것이 좋겠다고 판단했다.

하지만 그런 제안을 하는 게 좀 꺼려졌다. 괜히 카츠라기에게 주목받고 싶지 않으니까.

"네가 진짜 보냈는지 어떤지, 나로서는 확인할 방법이 없잖아."

"내가 그런 걸로 거짓말을 왜 하겠냐? 바보야?"

"물론 나도 믿고 싶어. 하지만 우리는 아직 이렇다 할 신뢰가 쌓이지 않은 사이니까."

약간 불만스러워하는 스도를 앞에 두고 카츠라기가 잠시 고민에 빠져 팔짱을 꼈다.

"휴대폰을 쓰자. 당일 우체통에 넣는 순간을 동영상으로 남겨서 나한테 보내줬으면 해. 그렇게 하면 신빙성이 확 올라갈 거야."

아무래도 카츠라기가 훌륭하게, 내가 짜낸 방법을 생각해낸 것 같다.

"너, 지금까지 내 이야기를 어디로 들었어? 휴대폰을 다 거둬간다니까 그러네."

"물론 알아. 아야노코지, 네가 좀 도와줬으면 좋겠다."

"그게 무슨 말이야?"

"이 물통에는 아직 충분한 공간이 있어. 여기에 전원을 끈 네 휴대폰을 넣어주면 안 될까? 그렇게 하면 안 들키고 밖으로 가져가는 게 가능할 거야."

휴대폰은 원칙적으로 1인 1대. 짐 검사에서 스도는 자신의 휴대폰을 맡길 테니 의심을 살 일은 없다.

"물론 휴대폰을 제공해준다면 너한테도 보답으로 포인트를 줄게."

그렇게 말하며 1만 포인트를 제시했다. 나쁜 조건이 아니다.

"알았어. 그럼 협력할게."

"진짜 괜찮다고? 아야노코지."

"나도 도울 일이 있다는 거잖아. 카츠라기의 말도 이해가 돼. 게다가 포인트를 준다면 나야 환영이지."

"그럼 잘 부탁한다."

깊이 머리 숙여 인사한 카츠라기가 먼저 돌아갔다.

"……왠지 괜히 긴장된다."

"괜찮겠어? 스도."

"대회에 참가하는 건 이번이 두 번째니까. 일단 흐름은 알고 있지만 말이지……."

그래도 규칙을 어긴다는 생각에 다소의 저항감도 느끼는 듯한 말이었다. 하지만 원래 학교에서 태도가 불량한 스도여서 그런지 이번 일에도 비교적 관용적인 자세를 보여주었다.

"음, 휴대폰은 언제 맡으면 돼?"

"그렇군── 될 수 있으면 안전장치를 하나만 더 만들어 뒀으면 좋겠어. 내 휴대폰을 맡기면 대량의 포인트 거래 내역이 있으니까 만일의 경우 발목 잡히기 쉽잖아. 가능하면 제삼자의 휴대폰을 쓰는 게 좋을 것 같은데."

이케나 야마우치 등 이번 일과 전혀 상관없는 사람의 휴대폰을 입수하는 것이 가장 좋으리라.

"휴대폰을 누가 빌려주겠냐."

"5,000포인트를 주겠다고 하면 기꺼이 빌려줄걸?"

"……너 의외로 질이 나쁜 녀석이네."

그렇게 해서 카츠라기의 의뢰를 받은 나와 스도는 얼마 후 선물을 보내기 위한 행동을 일으켰다.

여담이지만, 스도는 학교 측의 눈을 훌륭하게 속이고 선물을 보내는 데 성공했다. 그 순간의 동영상도 잘 촬영했고, 데이터 전송과 삭제도 깔끔하게 해치웠다. 선물이 카츠라기의 여동생에게 무사히 도착했는지는 모르겠지만 분명 잘 갔을 것이다.

특히 아무런 문제없이 일을 끝낼 수 있었던 것은 스도가 잘했기 때문이지만, 어쩌면 호리키타의 오빠가 관여되어 있을지도 모른다는 느낌도 들었다. 우리가 어떤 행동을 일으키려고 한다는 걸 당연히 파악했을 테니, 그 남자라면 사전 작업을 해두는 게 가능했으리라. 반대로 생각하면 스도를 주시해서 교칙 위반의 순간을 지켜볼 수도 있었겠지.

이건 어디까지나 내 상상에 불과하고, 굳이 진실을 확인할 생각도 없다.

내 상상이 정말 맞는다면 묻지 않아도 언젠가 결국 진상을 알게 될 테니까.

10

아야노코지의 방에서 나온 카츠라기는 엘리베이터를 타고 자신의 방이 있는 층으로 돌아왔다.

그런데 무슨 일인지 방 앞에 두 남학생이 마치 매복하고 기다리기라도 하듯 서 있었다.

"남의 방 앞에서 뭐해."

"오! 이제 왔냐, 카츠라기! 왜 이렇게 늦어, 이 자식아!"

"뭐야…… 너희는? D반 애들, 이지?"

어쩐지 안면이 익은 두 사람이어서 카츠라기는 의문을 느끼며 물었다.

"그런 건 지금 중요하지 않아. 아무튼 축하한다!"

그렇게 말한 직후, 빵! 하고 폭죽이 터져 카츠라기를 덮쳤다.

"무, 무슨 짓이야!"

"무슨 짓이냐니, 이제 곧 네 생일이라며?! 그래서 미리 축하해주려고 왔지!"

"추, 축하? D반이 왜? 그럴 이유가 없잖아."

"이유야 있지. 동정끼리 앞으로 잘 지내보자고. 엉?"

상스러운 말에 카츠라기는 뒤로 물러나면서도 이케로부터 강제로 생일선물을 받았다.

"이거 먹어라. 우리의 아이돌 쿠시다 키쿄가 직접 고른 생일케이크라고!"

"바, 받을 수는——."

"괜찮으니까 받으래도."

이케가 상자를 마구 떠밀었다.

"그럼 이만!"

그리고 시원시원하게 물러가는 D반 남학생들.

남겨진 것은 방 앞에 널브러진 폭죽 찌꺼기와 케이크뿐이었다.

"케이크가 좀 따뜻한데……."

카츠라기가 느릿느릿 상자를 열어보니 상온에 녹아 흘러내린 초콜릿케이크가 들어 있었다.

"……이건, 신종 왕따인가……?"

카츠라기는 그렇게 생각할 수밖에 없었다.

○그러나 일상에 숨어 있는 위험성

그 일은 어느 날 저녁 6시에 갑작스럽게 일어난 사건에서 비롯했다. 학교에서 문자가 와 확인해보니, 수도국에 문제가 생겨 얼마간 기숙사에 단수가 될 예정이라는 내용이었다. 시험 삼아 수도꼭지를 틀어보았는데 정말 물이 나오지 않았다. 복구 작업에 시간이 조금 걸리는 모양으로 길면 새벽까지 물이 안 나올 수도 있다고 했다.

하지만 학교 측에서 학생들을 위한 대책을 마련해, 한 번에 2리터 이상의 물을 써야 할 경우에는 학생식당에서 나눠준다고 했다. 식당이 붐빌 수 있으니 주의하라는 내용도 들어 있었다. 그리고 금지사항으로 대 혼잡이 예상되는 편의점은 일시적으로 이용할 수 없고, 케야키 몰에 무료로 이용 가능한 생수가 설치되어 있는데 통상적인 이용은 인정하나 병에 물을 담아 돌아가는 등의 행위는 금지되었다. 나와는 상관없는 이야기지만, 문제가 있다고 한다면 바로 화장실이다. 변기의 물탱크에 물이 들어 있다고는 하나 한 번 물을 흘러내리면 끝이니 주의해야 하리라.

"마실 게…… 조금밖에 안 남았군."

냉장고에 든 차 음료는 컵 한 잔 분량만 남아 있었지만 오늘은 이거면 충분할 것이다. 저녁은 물을 쓰지 않는 요리로 때우자.

담담하게 저녁 준비를 시작했을 때, 갑자기 휴대폰이 울렸다. 그러나 받으려고 하는 순간 끊겼다. 두 번 정도 울렸을 뿐.

뭐지 싶어서 휴대폰을 잡고 전화 건 사람을 확인하니 호리키타 스즈네라는 이름이 찍혀 있었다.

나한테 먼저 전화를 걸다니 웬일이지. 호리키타는 내게 용건이 있어도 거의 채팅으로 끝낼 때가 많다. 조금 신경 쓰여서 전화를 걸어보기로 했다.

하지만 아무리 걸어도 호리키타는 받지 않았다.

이상하게 생각하면서도 그쯤 해서 호리키타와의 전화 연결을 포기하고 휴대폰을 테이블 위에 놓은 후 다시 요리에 들어갔다. 오늘 메뉴는 볶음밥이다. 미리 사둔 쌀과 볶음밥 재료를 넣으면 되는 간단한 메뉴다.

달걀을 넣고 마무리에 들어갔을 때 또 다시 휴대폰이 울렸다.

불을 끄고 다시 휴대폰이 있는 곳으로 가자, 전화가 또 끊겼다. 확인해보니 역시 호리키타였다.

재차 전화를 걸어보았지만 역시 아무리 기다려도 호리키타는 받지 않았다.

그 불가사의한 상황에 약간 의문을 느꼈다. 전화가 끊긴 직후에 우연히 바쁜 일이 생긴 것일까. 그럴 수도 있기야 하지만, 호리키타의 성격을 봤을 때는 상상하기 어렵다. 상황이 안정되면 연락하려고 노력하는 타입이니까 말이다. 예측하지 못한 사태가 일어났다고 해도 두 번이나 연속으로 착신이 끊기고, 이쪽이 다시 걸었는데 받지 않는 것은 이상하다.

이를 통해 도출할 수 있는 결론은 호리키타가 예상치 못한 사태에 빠졌을지도 모른다는 사실이었다.

"내가 지금 무슨 생각을."

너무 과장해서 생각한 자신이 어이없으면서도 요리를 중단하고 채팅 메시지를 보내보기로 했다.

'두 번이나 전화했던데 무슨 일이야?'

그렇게 보내자 지체 없이 바로 읽음 표시가 떴다. 하지만 답장은 없었다. 아무리 기다려도 변화는 일어나지 않았다.

'요리 중이라 바로 대답하긴 어려울지도 모르지만, 연락하면 대응할게.'

그렇게 다시 보냈다. 역시 바로 읽었지만 답장은 없어서 다시 요리에 집중하기로 했다.

1

저녁식사를 마친 후에도 호리키타로부터 연락은 없었다.

마지막 남은 보리차를 다 마셨을 무렵, 다시 이상한 예감이 머리를 스치고 지나갔다.

"설마—— 진짜로 위험한 상황인가?"

예기치 못한 사태에 휘말려 어딘가에 쓰러져 있다거나 한 건 아닐까.

평소의 호리키타답지 않은 반응인 것만은 틀림없다.

휴대폰 상태가 안 좋아 연락을 제대로 취할 수 없는 거라면 얼마든지 가능성이 있으려나.

하지만 만약 그렇다면 나한테 의논할 필요성이 별로 높지 않다. 다음에 학교에 직접 알리면 되니까 말이지.

이럴 때 호리키타의 방을 찾아가 줄 수 있는 친구가 있다면 이야기가 빠를 텐데…….

슬프게도 그게 가능한 친구가 한 사람도 떠오르지 않았다.

'괜찮아?'

흔해빠진 방법이지만 그렇게 상황을 살펴보았다.

"오…….'

이번에는 바로 읽지 않았다. 아까와는 휴대폰의 상황이 달라졌다. 배터리가 나갔거나 아니면 자동 오프가 된 걸까. 그런 것도 생각해볼 수 있는데…….

또 달리 생각할 수 있는 선택지는 무엇일까. 애초에 나한테 전화를 건 이유가 신경 쓰인다. 무슨 목적이었을까? 뭐가 됐든 확실한 것이 없어서 이상하다.

다시 현실적으로 가정해볼 수 있는 것은——.

첫 번째는 호리키타에게 다른 급한 일이 생긴 것이다. 이를테면 선생님이 불렀다거나 반 친구에게 전화가 걸려왔다거나. 하지만 이 가정은 가능성이 희박하다. 여름방학인 지금, 그것도 밤중에 학교 측으로부터 연락을 받았다고는 생각하기 어렵고, 호리키타에게 연락할 친구도 존재하지 않는다고 봐야 한다.

그렇다면 가장 유력한 가정은 나에게 뭔가 할 말이 있었다고 봐야 할까?

연락을 취하려고 했는데 무슨 사고가 나서 못 했던 거다.

그 후에는 잠이 들었거나 깜박 해서 답장을 잊어버렸다는 흐름.

"아무래도 안 와 닿는데."

호리키타는 어쨌든 우등생이고 야무진 성격이다. 그런 호리키타가 답장을 잊었을 거라는 생각은 도저히 들지 않는다.

통화로 직접 물어보려고 했지만 연결이 되지 않아, 어쩔 수 없이 다시 채팅으로 전환했다.

하지만 호리키타는 채팅 역시 답을 보내지 않았다. 한때는 내가 보낸 메시지를 읽었지만, 지금은 읽지 않는 것을 보아 그 상황에서 휴대폰을 만지고 있었음을 상상할 수 있다.

"신경 쓰이는데······."

여기 있어도 결국 할 수 있는 일은 한정적인데, 그냥 내버려두자니 마음에 걸린다. 일단은 내가 연락을 취하고 싶다는 것을 알게 하기 위해 계속해서 전화를 걸어보았다.

이렇게까지 했으니 할 일이 너무 많거나 착신을 모르지 않는 한 연락하겠지. 나는 계속해서 호리키타에게 전화를 걸었다. 그리고 네 번째로 전화를 걸었을 때, 드디어 연결에 성공했다.

"여보세요……."

호리키타에게서 놀라는 기색은 느껴지지 않았다. 하지만 어딘지 피곤해 보이는 목소리였다.

"계속 걸어서 미안한데, 네가 나한테 전화하다 끊은 게 신경 쓰여서. 자고 있었어?"

"그런 게 아니야. 미안해, 답장 안 해서."

당황하거나 어딘지 이상한 느낌은 없었다.

"지금 좀 일이 많아서, 할 말이 그것뿐이면 끊어도 될까?"

수화기 너머로 호리키타의 목소리와 함께 묵직한 금속음이 들렸다.

"방금 그거 무슨 소리야?"

"아니, 별로 아무것도 아니야. 그럼 이만."

더 파고들길 원하지 않는지 급하게 전화를 끊는 호리키타. 조금 궁금하긴 했지만 일단 연락이 됐고, 본인이 아무일도 아니라고 하니까 괜찮겠지.

나는 일단 이 일을 잊고 느긋하게 밤을 보내기로 했다.

2

오늘은 더 이상 아무 일도 일어나지 않는다. 그대로 하루가 끝날 거라고 여겼다.

하지만 밤 9시로 접어들었을 때 휴대폰이 조용히 반짝였다. 신착 메시지가 도착한 것이다.

'자?'

호리키타의 채팅 메시지.

'안 자는데.'

'좀 할 말이 있는데 지금 시간 있어?'

조금 전 통화로부터 두 시간 정도 지났는데 그런 연락이라니.

'내가 걸게.'

그렇게 메시지를 보내고 전화를 걸기가 무섭게 호리키타가 받았다.

"무슨 일이야?"

"너한테 좀 하고 싶은 얘기가 있어서……."

아까처럼 애매모호하게 말한 호리키타가 잠시 입을 꾹 다물었다.

"이를테면 거북이 한 마리가 있다고 쳐."

"뭐라고?"

갑자기 호리키타로부터 엉뚱한 말이 흘러나왔다.

"그 거북이는 머리가 상당히 좋고 우수해. 그런데 만약에 사고를 만나서 몸이 발라당 뒤집어졌다면, 그건 심각한 일이라고 생각하지 않아? 자기 힘으로 몸을 다시 뒤집을 수가 없으니까."

"그렇겠지. 하지만 거북이는 혼자 몸을 못 뒤집을 것 같아도, 보통은 목을 쭉 빼고 다리로 균형을 잡아 원래대로 돌아올 수 있는데. 참고로, 자기 힘으로 몸을 다시 뒤집지 못

하는 건 코끼리거북 아니면 바다거북이야. 둘 다 애당초 몸이 뒤집히는 상황이 발생하기 힘든 생물이니까 말이지."

"…………."

내 쓸데없는 사족에 호리키타가 침묵했다.

"그 말은 필요 없어. 그냥 몸을 원래대로 못 뒤집는다는 가정 하에 들어주면 이야기가 빠를 것 같은데."

그렇겠지. 내가 생각해도 감탄사가 나올 만큼 쓸데없는 사족이었다고 생각한다.

"그래서, 그 원래대로 못 돌아오는 상황이 뭐 어쨌는데?"

"만약 네가 그런 상황을 목격했다면 어떻게 할래? 참고삼아 듣고 싶어서."

"내가 그런 상황을 만난다면, 아마 거북이를 뒤집어 주겠지. 별로 힘든 일도 아니고."

구해줄 이유도 없지만 보고도 못 본 척할 이유도 없다. 그렇다면 도움의 손길을 내미는 것도 나쁘지 않겠지.

그런데 이 이야기가 뭘 가리키는 걸까.

단순히 생각해서 지금 호리키타가, 몸을 도로 뒤집을 수 없는 거북이처럼 곤란한 상황에 놓여 있다는 걸까?

하지만 통화 자체는 차분했고, 목소리에 초조한 느낌은 전혀 없었다. 그렇게까지 절박한 상황은 아닌가.

"그래서…… 곤란한 일이 뭔데?"

돌려 말하는 호리키타에게 대놓고 물었다.

어떤 곤란한 일이든 길게 끌어서 좋을 것은 없다. 그러니

캐묻는 쪽이 빠르다.

"딱히 그런 거 없어."

"아니, 지금 이야기가 딱 그런 흐름이잖아."

"뒤집힌 거북이 이야기를 했을 뿐이지 나랑은 상관없는걸."

"……그럼 거북이 이야기를 왜 했는데?"

"그냥 기분이 그래서. 너랑 뒤집힌 거북이에 대해 얘기하고 싶었어."

얼토당토않는 말이군.

"너답지 않아. 아니, 도움을 청하는 것도 너답지는 않지만…… 의지할 상대가 없어서 나한테 전화건 거잖아. 그럼 간결하게 말하는 게 편할 거라고 생각하는데."

그렇게 타이르듯이 말하자 조금이나마 마음이 열렸는지 이야기를 꺼내기 시작했다.

"네가 누군가를 도와주고 싶어 안달이 났다고 말한다면, 응할 수도 있겠지만."

"그, 그래. 그렇게 생각해도 되니까 얘기해줘."

엄청나게 비뚤어진 호리키타는 그런 황당하기 그지없는 말투를 썼다. 이렇게 된 이상 아무래도 좋지만 말이다.

"아주 조금 곤란한 상황에 놓였어."

그렇게 해서 겨우 솔직하게 인정했다.

"지금 어딘데."

"내 방이야."

"설마 시커먼 벌레라도 나왔어?"

그거라면 말할 여유는 있어도 대처할 수는 없는 이미지가 쉽게 그려진다. 시기적으로도 딱 들어맞고.

하지만 이 기숙사는 늘 청결을 유지하고 있고, 호리키타가 지내는 곳은 위층이다. 벌레가 나올 가능성이 낮아 보이는데.

"아니야. 그런 건 나 혼자 처리할 수 있어."

"처리하다니 어떻게? 세제로? 뜨거운 물로? 슬리퍼로? 그게 아니면 뭔데?"

곧바로 내용을 알려주지 않는 것도 걸린다.

아무리 추리해 보아도 호리키타가 어떤 상황인지 상상도 되지 않았다.

"내가 곤란해하는 건…… 아, 아니야, 역시 됐어. 혼자 해결할게."

"혼자 해결하려는 그 뭔가가 해결되지 않은 채 벌써 2시간이 넘게 지났잖아?"

연락했을 때 이미 곤란한 상황이 펼쳐졌을 터. 그럼 상당히 고전 중이라는 소리다.

"그렇지……."

긍정하긴 했지만 무거운 내용인지 곧바로 대답하려고는 하지 않았다. 하지만.

"……그래. 하긴 이제 슬슬 체력적으로 한계가 오고 있기는 해. 솔직하게 말할게."

드디어 본론으로 들어가는구나. 그렇게 생각했는데 호리

키타가 이렇게 말을 꺼냈다.

"……지금 내 방에 좀 와줄 수 있을까……."

어딘지 창피해하는 듯한, 민망해하는 듯한, 조금 의미심장하게 들리는 발언.

"지금이라니, 벌써 9시인데."

"그건 나도 아는데…… 네가 오지 않고서는 해결할 방법이 없……다고."

달아오른 듯한 목소리. 살짝 고통을 동반한 것 같이 초조함이 실린 목소리였다.

"좀 저항감도 드는데 말이지. 이런 시간에 여자애들이 있는 위층으로 올라가는 건."

"알지만 네가 직접 와주지 않으면 해결하기 어려워."

그런 식으로 말한 호리키타는 일방적으로 전화를 끊어버렸다.

"왠지 좀 무서운데…… 그래도 갈 수밖에 없겠군."

어쨌든 더 늦어져도 안 되니까 휴대폰과 열쇠만 챙겨서 방을 나섰다.

3

다른 여자애와 마주치고 싶지 않은 생각에 아무도 엘리베이터에 타지 않는 타이밍을 노렸다.

살금살금 움직이는 게 한심하지만 난 원래 그런 인간이다.

타이밍 좋게 호리키타가 생활하는 13층까지 도착한 나는 벨을 눌렀다. 얼마간 기다려봤지만 문이 열릴 기색이 없어서 느릿느릿 문손잡이를 돌려보니 잠금장치가 되어 있지 않아 쉽게 열렸다.

"호리키타?"

호리키타의 방은 방 하나에 부엌이 딸린 구조였는데 중간에 문이 하나 더 있어서 침실까지는 보이지 않았다.

입거 초기와 거의 달라진 게 없는 복도와 부엌에 호리키타의 모습은 없었다.

"혼자 온 거 맞지? 안으로 들어와도 돼."

문 너머로 그런 소리가 들렸다.

"아무리 기숙사 안이라지만, 여자애가 겁도 없이."

"괜찮아. 만약 누가 침입한다고 해도, 지금의 난 오른손의 파괴력만으로도 충분하니까."

뭐야, 그 표현은.

나는 그렇게 생각하면서 안으로 들어갔다.

호리키타가 내 쪽에 등을 보인 상태여서 표정을 살필 수 없었지만, 특별히 평소와 다른 것 같지는 않았다. 실내도 심플해서 딱히 이상한 부분은 눈에 들어오지 않았다.

"들어왔는데. 뭐가 문제야?"

"보면 알아."

그렇게 말하고 천천히 자리에서 일어선 호리키타가 뒤돌아보았다.

그리고 그 순간, 이해할 수 없는 감정과 이해할 수 있는 감정이 동시에 터져 나왔다.

"그렇구나…… 그런 거였구나."

"그런, 거야."

호리키타가 살짝 한심하다는 듯 시선을 회피하고 자신의 오른손을 보았다. 여성용 작은 물통에 손이 꽉 끼여 있었다.

"뭐랄까…… 너답지 않은 참상이군. 설마 놀고 있었던 거야?"

"바보 같은 소리 하지 마."

"아니, 충분히 있을 수 있지. 꼬깔콘을 손가락에 끼워 먹거나 하는 그런 느낌이잖아?"

내 말투에 욱했는지 호리키타가 잔뜩 굳은 표정으로 오른팔을 확 들어올렸다.

"노, 농담이야."

"농담은 재미없으면 의미가 없지. 네 건 하나도 재미없어. 낙제야."

"그건 내 농담이 재미없는 게 아니라 너를 놀려서 그런 거겠지."

"씻다가 이렇게 된 것일 뿐이야. 아무튼 좀 빼줄래?"

그런 거였군. 나는 물통 끝을 잡아 확 잡아당겼다. 그러자 호리키타의 몸도 같이 딸려 왔다.

"혼자서 못 뺀다는 건 완전히 꽉 꼈다는 얘기지. 좀 버티고 있어봐."

잡아당기면 잡아당기는 대로 몸까지 따라오면 빠질 것도 안 빠진다.

"그건 나도 알아. 하지만 나도 많이 지쳤으니까 빨리 좀 부탁할게."

2시간이 넘도록 고군분투해서 많이 지친 모양이다. 나는 다시 물통을 움켜쥐었다.

그리고 조금 더 세게 힘을 주어 물통을 잡아당겼다. 호리키타도 가만히 버티고 서서 고통을 견뎠지만, 정말 꽉 껴버렸는지 손이 빠질 기색이 전혀 없었다.

"이거 안 되겠는데. 이대로라면 안 빠질 것 같아."

"그래, 역시……."

물통을 못 뺄 것을 각오했는지 호리키타에게서 심한 낙담은 엿보이지 않았다.

"비누를 묻혀서 천천히 빼보자. 부엌으로 가자."

"하지만 재난은 한꺼번에 터지는 법이랬지. 단수한다는 얘기 까먹었어?"

그랬다. 12시까지는 기숙사에서 물을 쓸 수 없다. 유일하게 사용 가능한 것은 화장실 물이었는데, 아무래도 그걸 쓰는 것을 호리키타가 좋다고 하지는 않겠지.

"식당에 좀 다녀올게."

그 방법밖에 없겠다. 물만 구하면 빼는 건 가능하리라.

나는 곧바로 방을 빠져나와 식당으로 향했다.

하지만 여기서 또 예상하지 못한 사태에 빠지고 말았다.

"미안하구나. 생각보다 학생들이 더 많이 와서 동이 났어."

식당 아줌마가 미안하다는 듯 그렇게 말했다. 저녁식사 때 물을 필요로 하는 학생들이 전부 가지고 가버린 모양이었다.

"잘 알겠습니다. 자판기에서 사야겠네요."

"그렇게 할래?"

물통에서 손을 빼기만 하면 되니까 많은 양의 물은 필요 없겠지. 컵 2잔 정도면 충분할 것이다.

그렇게 생각한 나는 식당 근처에 설치된 자판기로 향했다. 하지만 불행은 연달아 일어나는 법. 자판기의 물, 차 음료, 주스 등이 전부 품절이었다.

"……전멸한 자판기는 처음 본다……."

4

"그래서, 빈손으로 돌아왔다고?"

물통 인간이 노려보았지만, 방법이 없는데 뭘 어쩌겠는가.

"내 방에서 가져오고 싶었는데 전부 다 써버렸더라고, 물."

이것도 불행한 흐름이 빚은 비극이라고밖에 할 말이 없다.

"그럼 이제 어떡해?"

"너만 괜찮으면 이케나 스도한테 물을 좀 나눠줄 수 없는지 물어볼까 하는데."

"거절할게."

그렇게 대답하지 않을까 싶어서 물어보기 전에 미리 확인받은 건데, 역시 그렇군.

"빚지는 게 싫어서 그런 거면 내가 필요하다고 둘러대도 되는데."

"그게 아니야. 그 애들이 썼던 물을 쓰는 게 거부감이 들어. 안에 뭐가 들어 있을지……."

꼭 세균 같은 취급이다. 절대 그렇지 않다……라고 말해주고 싶지만 나도 자신이 없다. 그 녀석들, 마시던 물이나 차 같은 걸 그대로 방치하는 버릇이 있으니까.

호리키타가 필요하다고 하면 아마도 깨끗한 걸로 주겠지만, 내가 필요하다고 하면 그런 걸 줄지도 모른다. 악의 없는 악의만큼 무서운 게 또 없으니까 말이지.

"그럼 한 번 더 도전해볼까?"

"응. 내가 아파해도 무시하고 그냥 계속해."

각오를 단단히 다진 호리키타가 오른팔을 내밀었다. 한시라도 빨리 이 상태에서 탈출하고 싶은 모양이다. 팔에 땀이 조금 맺힌 것처럼 보였다.

"알았어, 그럼 조금 차분하게 해볼게."

호리키타를 얼른 해방시켜주고 내 방으로 돌아가고 싶다. 이 어이없는 구도를 잠시만 참자고 생각하고 물통을 꽉 움켜쥐었다. 그리고 조금 전보다 두 배 가까운 힘으로 물통을 빼내려고 했는데, 호리키타의 표정만 고통에 겨워 일그러질 뿐이었다. 그래도 호리키타는 소리 한 번 지르지 않고 고통을 견뎌냈지만 물통이 찰싹 달라붙었는지 빠지지 않았다.

"역시 물이 필요해."

미끄럽게 해서 뺄 수밖에 없다. 만약 그래도 안 빠지면 구조대에 신고해야 할 수도 있다.

"그럼 12시까지 기다리라고? 이런 꼴로?"

"내가 전화번호를 아는 애 중에 믿을 만한 남자애는 히라타 밖에 안 남았어."

"그 애라면 수질이야 문제없겠지만…… 그래도 빚을 만드는 건 싫은데."

"내가 필요하다고 하면 되니까 넌 괜찮잖아."

"……그건 그렇지만."

왠지 내키지 않아 보였지만, 이 정도 희생은 감수해야 하니 결국 제안을 받아들였다.

"그럼 지금 당장 연락해볼게."

나는 히라타에게 전화를 걸었다. 하지만 여기서 또 불운이 겹쳤다. 아무리 걸어도 전화를 받지 않았던 것이다. 게다가 채팅을 걸어도 확인하지 않았다.

"모르는 건가, 자는 건가. 아무튼 반응이 없어."

"그래. 기쁜 감정과 안타까운 감정이 동시에 섞여서 복잡하구나."

"남은 건 쿠시다나 사쿠라한테 부탁하는 것밖에 방법이 없는데."

"사쿠라로 부탁할게."

쿠시다는 논외라는 듯 바로 대답했다.

"아직도 사이가 나빠? 쿠시다랑?"

"사이가 좋아질 이유가 없는걸. 그리고 그 애의 행동에는 납득할 수 없는 부분도 몇 가지가 있으니."

"뭐야, 납득할 수 없는 부분이라니."

"……배 위에서 쳤던 시험. 그 애는 처음부터 이기는 걸 방기했어. 무승부를 노렸다고."

저번 특별시험을 떠올리며 팔짱을 끼는 호리키타. 하지만 유감스럽게도 손에 낀 물통 때문에 우스꽝스럽기만 하고 카리스마는 찾아볼 수 없었다.

"그 녀석은 평화주의니까. 모두가 행복해질 수 있는 선택을 고른 것도 있겠지."

"결과 1을 전면적으로 부정하려는 게 아니야. 하지만 자기가 우대자라면 그건 논외지."

그렇게 딱 잘라 말했다.

배 위에서 치러진 시험은 12그룹으로 나누어 우대자를 찾는 게임이었다. 결과는 총 4개로, 결과 1이란 우대자의 정체를 모두가 파악하고도 우대자를 밝히지 않고 끝내는, 가장 도달하기 어려운 결과였다.

그 보상은 막대했는데 그룹 전체가 똑같이 50만 포인트를 받을 수 있었다. 하지만 유일한 결점은 우대자가 있는 반이 특별한 이득을 보지 못한다는 것이었다. 각 반이 평등하게 보상을 받기 때문에 격차가 좁혀지지 않는다. 우대자라는 유리한 특전을 살릴 수 없는 셈이다. 호리키타는 그것이 불만이었다.

"그 상황은 우리 D반이 절대 우위였어. 즉 우대자의 정체는 반드시 숨겼어야만 했고, 숨길 수 있었어. 그런데도 쿠시다가 우대자라는 사실이 모두에게 공개되어버렸지. 난 그게 그 애랑 관련이 있다고 봐."

요컨대 호리키타는 쿠시다가 뭔가 해서 결과 1이 되어버렸다고 말하고 싶은 걸까.

"그건 네 억측일 뿐이잖아."

"맞아. 하지만 그럴 가능성이 아주 높아. 추정 유죄야."

호리키타가 강하게 주장했다. 그 마음은 모르는 바도 아니지만 역시 물통이 팔에 낀 꼴이 우습다. 아무튼 지금은 호리키타의 생각을 조금 수정해줘야 할 필요가 있겠군. 이 녀석은 아직 성장 전 단계이다.

"네 기분은 알겠지만, 그러면 안 돼."

"그 애가 배신한 근거도 없는데 이렇게 말해서?"

"그게 아니야. 전부 네 책임이란 거야. 쿠시다가 배신했다고 가정하고 말해보자. 그게 사실이라면 쿠시다가 배신하게 만든 너한테 책임이 있어. 또 쿠시다에게 배신당했다고 해도 이겼어야지. 내 말이 틀려?"

자명하면서도 가장 난이도 높은 요구를 정답으로 들이밀었다. 호리키타는 내 불합리한 공격에 불만을 드러냈다.

"말도 안 돼. 그게 얼마나 비현실적인지 몰라?"

"비현실적? 난 그렇게 생각 안 하는데. 다시 말하지만 쿠시다가 배신해서 결과 1이 되었다면, 그건 굉장한 일이야. 어설픈 행동으로는 도저히 달성 불가능한 영역이라고 할 수 있으니까. 즉, 넌 저번 시험에서 쿠시다의 손바닥 위에서 놀아난 셈이야. 실력 차이로."

물론 내 말은 쿠시다가 배신자라는 가정 하의 이야기였고, 그게 아니라면 해당되지 않았다. 류엔과 카츠라기 중 누구인지는 몰라도, 더 강대한 힘으로 용 그룹의 아이들을 제압한 결과라고 볼 수밖에 없겠지.

그 경우에도 호리키타가 당했다는 것은 변함이 없다.

"자기 반에 우대자가 있다. 그걸로 승리를 확신해서 행동하지 않았던 거라면 모든 책임은 같은 팀 사람들에게 있어. A반을 목표로 한다면 그 정도 관리는 당연하지."

"……어려운 걸 참 쉽게 말하는구나."

"초조해지는 네 마음도 이해해. 그래도 네가 선택한 길이잖아. 그리고 넌 이전보다 성장했어. 처음 만났을 때 내가 같은 말을 했다고 해도 절대 귀담아 듣지 않았을 거다."

그렇다. 느리긴 하지만 호리키타는 착실하게 정신적으로 성장하기 시작했다.

처음 만났을 때처럼 모든 것을 거부하던 소녀가 아니다.

"나도 알아. 시험 결과는 받아들여. 낙관적으로 생각했던 걸 반성해. 어쨌든 지금은 이 손을 자유롭게 만드는 게 급선무야."

그건 그렇소, 하고 어딘가에서 박사가 고개를 끄덕이며 대답할 것 같은 상황이니까 말이지.

"사쿠라한테 좀 부탁해볼게."

밤도 점점 깊어져서 전화가 아닌 채팅으로 말을 걸었다.

'사쿠라, 단수된 거 너도 알지? 방에 마실 물이 없어서 지금 좀 힘든 상황이야. 자판기도 다 품절이던데, 혹시 괜찮으면 물 좀 나눠줄 수 없을까?'

보내고 잠시 기다려 보았지만 확인할 낌새가 없었다.

"안 되겠다. 자는지 몰라도, 모르는 것 같다."

"진짜, 오늘 되는 일이 하나도 없네……."

"지금 당장 빼고 싶은 거지?"

"이런 몰골로 내일이 될 때까지 기다릴 생각이었으면 널 부르지도 않았어."

그야 그렇겠지. 한시라도 빨리 빼고 싶을 것이다.

"그럼 너도 그에 상응하는 리스크를 감수할 수밖에 없어."

"……상응?"

호리키타가 경계하면서도 되물었다. 아마 속으로는 대충 짐작하고 있었으리라.

"이 방을 나가서 물을 쓸 수 있는 케야키 몰까지 가는 거야. 그 방법밖에 없어."

"역시 그렇게 해야 되는 거니……."

이마에 손을 얹었는데 어떤 동작을 해도 바보처럼 보였다.

"지금은 저녁식사라든가 방에서 여러 가지로 할 게 많은 시간대니까, 지금이 기회야."

　실제로·이 방에 올 때도 그렇고 식당에 가는 동안에도 아무도 마주치지 않았다. 12시까지 못 참겠다면 그 정도 위험은 감수할 수밖에 없다.

　"대를 위해 소를 희생할 수밖에. 그런데 네 친구들한테 부탁하면 안 돼?"

　"공교롭게도 오늘은 무리야. 노래방에 가기로 약속하는 것 같았거든. 지금 방에 없어."

　"진짜. 더 이상 반복할 생각은 없는데, 오늘 무슨 날이야……?"

　"얼른 끝내게 나가자."

　"자, 잠깐만 기다려. 아무리 그래도 이 상태로는 밖에 못 나가."

　"그럼 뭔가로 손을 가릴까? 이미 물통에 가려져 있지만."

　"쓸데없이 시비 걸지 마."

　"아, 알았어. 사과할 테니까 제발 팔 내려."

　또 나를 때리려고 해서 허둥지둥 거리를 벌렸다.

　"무슨 천 같은 거 없어?"

　"천……? 손수건이라면 있는데."

　그렇게 대답한 호리키타는 수납장에서 하얀 손수건을 꺼냈다.

　나는 그걸 받아 호리키타의 물통 위를 가렸다.

　"……노골적으로 이상하네. 게다가 다 가려지지도 않아."

　거의 다 가려졌지만 그래도 물통이 얼굴을 내밀고 있으면 아무 의미 없다.

"더 큰 건 없어?"

"그럼 목욕 수건이 있는데……?"

이번에는 목욕 수건을 꺼냈다. 그걸로 물통이 낀 팔을 감싸보았다.

"뭐, 이거면 어떻게든……."

다만 왜 목욕 수건으로 팔을 감싸고 밖을 돌아다니는지 의문으로 남을 것이다.

어떤 의미로는 물통이 팔에 낀 모습보다 훨씬 더 눈에 띌지도 모른다.

"게다가 상태가 좀 불안해서 걷다 보면 수건이 떨어질 것 같아."

"나머지 손으로 누르고 있는 게 좋지 않을까?"

목욕 수건을 접어 이제부터 목욕하러 가는 듯한 이미지를 만든다.

이렇게 하면, 응, 그나마 나아 보인다.

"이런 내 모습을 제삼자가 본다면 어떤 느낌을 받을까?"

"그러게……."

먼저 대전제로 보통은 목욕 수건을 들고 기숙사 안을 돌아다니지도, 밖에 나가지도 않으니까 말이다.

당연히 이상하게 생각하겠지. 게다가 옆에 내가 있으면 더욱 부자연스럽다.

"경우에 따라서는…… 어떨까? 예를 들어 내 방 욕실을 빌리러 가는 것처럼 보일지도 몰라."

지나친 비약일지도 모르지만 그런 식으로 보일 수도 있었기 때문에 말해보았다.

"거부할게."

호리키타가 목욕 수건을 치우며 퇴짜를 놓았다.

나 역시 그런 수상한 의심은 사고 싶지 않다.

"그럼 가방에 팔을 넣은 상태로 나가는 건 어때?"

"상상하기조차 싫어. 거부. 좀 더 말이 되는 대안을 생각해주겠니?"

위기 상황인 주제에 따질 건 다 따진다.

"그럼 차라리 그 상태 그대로 갈까? 그게 제일 간단하고 수건이나 손수건 같은 걸 떨어트릴 일도 없고."

"……그래."

이리저리 생각하면서 시간을 낭비할 바에야 행동으로 옮기는 편이 낫다.

나는 표정이 약간 뚱한 호리키타를 데리고 복도에 얼굴을 내밀었다.

"좋았어, 지금은 사람 없어. 가자."

"자, 잠깐만 기다려. 신발을 잘 못 신겠어."

한쪽 손을 못 쓰기 때문에 그런 부분에서도 시간을 잡아먹었다. 약간 지체한 후 둘이서 복도로 나갔다.

"통학로 중간에 수도꼭지가 있잖아? 거기까지만 가면 어떻게든 될 거야."

평소 걸음대로 걸으면 거의 5분 만에 도착한다. 상황이 상황인 만큼 그보다 배로 들지도 모르지만, 기숙사만 빠져나간다면 깜깜한 밤이라는 요행에 기대어 어떻게든 되리라.

우리는 엘리베이터 앞까지 도달했다. 두 대 모두 멈춰 있는 상태이니 엘리베이터에서 누군가를 맞닥뜨릴 걱정은 없었다.

"안 돼, 아야노코지. 엘리베이터는 안 탈 거야."

"뭐라고?"

"1층 로비에 감시 모니터가 있잖아. 그걸로 누가 볼지 모르니까."

하긴 1층에는 엘리베이터 안에 달린 카메라 영상이 나오는 모니터가 있다. 호리키타는 그걸 누가 볼까 염려했던 것이다.

경솔하게 카메라를 팔로 가렸다가는 오히려 더 수상한 영상이 되고 말 것이다.

"그럼 계단으로 내려갈까?"

여기서 내려가려면 상당한 시간이 걸린다. 게다가 한쪽 팔을 쓸 수 없으니 좀 위험하다.

"이 꼴을 누구에게 보이느니 계단을 선택할래."

고생, 위험을 자존심과 함께 저울에 단 호리키타는 자존심 쪽을 택했다.

비상계단은 두 군데가 있는데, 둘 다 엘리베이터에서 비슷하게 떨어진 위치에 있었다. 어느 비상계단을 택하든 다시 한번 학생들의 방 앞을 지나쳐야 하지만 어쩔 수 없다. 호리키타가 내 등에 몸을 숨기는 형태로 함께 계단으로 향했다.

그런데 호리키타의 말을 빌리자면 '오늘 무슨 날'인가 싶을 정도로 운이 따라주지 않았다.

도중에 모르는 학생의 방문이 열리는 소리가 났던 것이다.

현재 있는 곳에서 뒤로 방 세 개 정도 떨어진 위치였다.

"위, 위험해. 마에조노의 방이야."

같은 반 마에조노 말인가. 지금 호리키타가 마주치고 싶지 않은 인물 중 하나이리라. 하지만 몸을 숨길 곳이 없었다.

서서히 문이 열리고 나온 사람은 마에조노가 아니라, 쿠시다였다. 호리키타로서는 더욱 예측하지 못한 사태가 아닌가.

"고마워, 쿠시다. 이 빚은 다음에 꼭 갚을게."

"아니야, 괜찮아. 신경 쓰지 마. 그럼 잘 자, 마에조노."

보아하니 마에조노의 방에 놀러 온 모양이었다. 마에조노는 방 안에서 배웅할 생각인지 얼굴은 보이지 않았다. 탁 하고 문이 닫힌 후 쿠시다는 나와 호리키타의 존재를 눈치 채지 못하고 엘리베이터로 향했다.

"큰일 날 뻔했어……."

"그러게."

만약 쿠시다가 뒤돌아보기라도 한다면 우리의 존재를 알

게 되겠지. 식은땀이 흘렀다.

어쨌든 여기는 너무 눈에 띈다. 빨리 비상구로 나가야지.

하지만 다음 한 걸음을 내디딘 순간, 마에조노의 방문이 또 열렸다.

"쿠시다, 뭐 놔두고 갔어!"

그렇게 말한 마에조노가 밖으로 나오고 말았다. 당연히 뒤돌아보는 쿠시다.

"앗, 아야노코지랑 호리키타잖아? 안녕?"

"아, 안녕."

가벼운 인사를 주고받는데, 우선은 두고 간 물건 확인이 먼저인지 쿠시다는 마에조노의 방으로 향했다.

그리하여 마에조노도 필연적으로 우리를 보게 되고 말았다.

"휴대폰 놔두고 갔어."

"아, 미안, 고마워. 덕분에 살았어!"

"가자, 아야노코지. 여기 오래 있어 봐야 소용없어."

쿠시다와 마에조노가 두고 간 휴대폰에 정신이 쏠려 있는 지금이 기회라며 호리키타가 물통 끝으로 내 등을 밀었다.

뭐, 이런 모습을 들킨다면 호리키타의 자존심이 갈기갈기 찢기겠지.

나는 등 떠밀려 비상구에 도착해 문을 열려고 했다.

그런데──.

"안 열려……."

"농담이지? 비상구가 안 열리다니 그게 말이 돼?"

"하지만 정말로 안 열리는데."

비상구를 잠그는 것은 통상 금지되어 있는데, 이건 아무래도——.

"둘이 어디 가?"

비상구로 나가려던 우리의 모습을 본 쿠시다가 마에조노와의 대화를 끝내고 우리 쪽을 향했다.

"아, 아니. 계단으로 내려가려고."

잘 이해되지 않는 이유겠지만, 그렇게밖에 대답할 수 없었다.

"아마도 동쪽 비상구 계단에 전기가 끊겼나 그래서, 지금은 못 쓴다는 걸로 알고 있는데. 어두컴컴해서 위험하니까. 서쪽 비상구라면 쓸 수 있을걸?"

"그렇구나, 그렇게 된 거였구나."

호리키타는 쿠시다에게 말도 걸지 않고 내 등 뒤에 숨어서 넘어가려고 했다.

"호리키타는 왠지 평소랑 느낌이 다른데 무슨 일 있어?"

쿠시다가 그렇게 말하며 계속 걸어왔다.

아무래도 우리 바로 앞까지 올 모양이었다.

쿠시다의 생각을 알아차린 호리키타가 약간 톤 높은 목소리로 대답했다.

"아무 일도 아니야."

멈춰달라는 부탁을 담은 호리키타의 말. 그 마음이 전해졌는지 쿠시다가 걸음을 멈췄다.

"그래? 무슨 힘든 일이 있으면 말해줘. 아까 마에조노도 단수로 물을 못 쓰게 되서 곤란해 보였거든. 난 물이 남아 있으니까."

눈앞의 쿠시다는 지금 호리키타가 가장 원하는 것을 가지고 있다고 했다.

지금 여기서 부탁하면 바로 물을 구할 수 있는데——.

호리키타는 물통 끝을 마치 총구처럼 내 등에 대고 앞으로 밀었다.

쿠시다에게 부탁하는 것만은 용납할 수 없다는 뜻이리라.

"그럼 호리키타, 아야노코지. 둘 다 잘 자."

"응, 잘 자."

5

비상계단을 이용해 13층에서 1층까지 시간을 들여 내려왔다. 단수 소동으로 로비도 북적거릴 가능성이 있었는데 다행히 학생도 관리인도 보이지 않았다.

"지금이라면 나갈 수 있어."

"……으응."

내 그림자에 몸을 숨기고 뒤따라오는 호리키타와 함께 현관을 나섰다.

하지만——.

어둠이 펼쳐진 앞쪽에서 여러 남녀가 무리지어 잡담을 나누며 걸어오는 모습이 보였다. D반 학생은 아닌 것 같았지만, 호리키타의 입장에서는 그 누구든 별반 다르지 않을 것이다. 기숙사에서 나가 숨기에는 시간이 부족해 우리는 다시 몸을 뒤로 돌렸다.

"이대로라면 눈에 띌 텐데……."

남녀 무리가 기숙사와 점점 가까워지고 있었다. 지금은 일단 비상계단으로 돌아가야 할지도 모른다.

우리는 허둥지둥 비상계단 문을 열었다. 이쯤 되면 불운이 불운을 부른다고 해야 할까. 비상계단 바로 위에서 목소리가 들려왔다. 귀를 기울여 보니 3, 4층에서 생활하는 남자애가 내려오는 것 같았다.

저층에 사는 학생은 엘리베이터를 쓰지 않을 때도 많다. 그러니 비상계단으로 내려와도 전혀 이상하지 않다.

위로 올라가지도 못하게 된 우리는 어쩔 수 없이 로비에 다시 나가기로 했다.

"이제는 엘리베이터밖에 없어……."

"괜찮겠어? 모니터에 비칠 텐데."

"네가 가려주는 수밖에. 카메라의 위치는 알고 있으니까 가능할 거야."

약간 부자연스러울 테지만, 전혀 무리인 이야기는 아니다. 최대한 피하고 싶었던 방법이지만 도망칠 곳이 없는 이상 할 수밖에 없었다. 우리는 1층에 멈춰 있던 왼쪽 엘리베이터에 서둘러 올라탔다. 그리고 재빨리 카메라 앞에 내가 서고 호리키타가 등에 달라붙은 귀신처럼 내 뒤에 서서 팔을 감추었다.

이렇게 하면 모니터에 가볍게 비치는 것으로는 들킬 일이 없다. 어쨌든 1층에서 벗어나야 한다. 나는 적당히 아무 버튼이나 눌러 엘리베이터를 움직였다.

"일단 급한 불은 껐는데…… 원점으로 돌아왔네."

"그냥 포기할래. 도저히 밖에 나갈 수 있는 상황이 아니야. 이 정도로 해봤으니 그냥 단수가 끝날 때까지 얌전히 참아야겠어."

많이 고심했겠지만 어쨌든 호리키타가 그렇게 결정을 내렸다. 그럼 이제 13층으로 돌아가기만 하면 된다. 나는 아무 데나 눌렀던 버튼을 취소하고 13층을 눌렀다.

이제 더는 시련이 찾아오지 않겠지.

나와 호리키타가 왠지 안도감을 느끼기 시작했을 무렵, 그것은 예고도 없이 찾아왔다.

급상승하던 엘리베이터의 속도가 급속도로 떨어졌다. 최근 들어 엘리베이터에 타서 좋은 일이 없군, 하고 생각할 여유도 없었다. 고장도 버튼을 잘못 누른 것도 아니었다. 이것은——.

엘리베이터가 5층에서 멈췄다. 그렇다, 5층에 있던 학생이 엘리베이터 버튼을 누른 것이다.

누가 타든 호리키타의 이상한 모습을 목격하는 것을 피할 수 없다.

여러 사람이 한꺼번에 타서 엘리베이터가 꽉 차는 편이 차라리 들키지 않을 가능성이 높을 정도다. 하지만 무정하게도 열린 문 앞에 서 있던 사람은, 남학생 단 한 사람이었다.

설마 이 녀석일 줄이야……

그 남자는 우리가 있는 걸 봤는지 못 봤는지, 평소와 다름없이 우아한 동작으로 엘리베이터에 발을 올렸다.

우리 쪽으로는 눈길도 주지 않고 엘리베이터의 정면 거울을 향해 일직선으로 걸어 들어왔다. 그리고 거울을 보며 자신의 외모에 이상이 없는지 점검하기 시작했다.

"…………."

호리키타 역시 보란 듯이 자기 세계에 심취한 그가 황당했으리라. 그는 늘 가지고 다니는 것으로 보이는 빗을 꺼내 머리카락을 다듬었다.

"엘리베이터 보이. 최고층으로 부탁해."

거울에 비친 자신에게서 눈을 떼지 않으며 그 남자…… D반 코엔지 로쿠스케가 말했다. 여러 가지로 따지고 싶은 부분이 많지만, 지금은 묵묵히 따르는 게 좋겠지. 나는 아무 말 없이 최고층 버튼을 누르고 엘리베이터 문을 닫았다. 엘리베이터가 다시 상승하기 시작했다.

코엔지는 자신의 머리카락 확인에 여념이 없는지 우리 쪽으로 관심을 줄 기색도 없었다. 생판 모르는 사이라면 그게 자연스럽겠지만 썩어도 준치, 아니 같은 반 친구가 아닌가.

눈길 정도는 줄 거라고 생각했다.

그래도 불행 중 다행이다. 코엔지라면 호리키타에게도 흥미가 없으니 물통의 존재를 알아차리지 못 하겠지. 남은 건 녀석의 주목을 받을 만한 행동을 하지 않고 약간의 시간만 극복하면 된다. 그게 전부다. 그리고 만에 하나 눈길을 던져도 괜찮도록 호리키타가 자신의 위치를 잘 조정한 상태였다.

카메라의 사각지대를 유지하며 코엔지까지 커버하고 있다.

엘리베이터가 10층을 지났다. 가장 위층에서 무슨 볼일이 있는지 궁금했지만 묻지 않았다. 그리고 설마하고 생각은 했지만 정말로 아무 일도 없이 목적지였던 13층까지 도착했다.

느릿느릿 열리는 엘리베이터에서 나와 호리키타가 거의 동시에 내렸다.

결국 코엔지는 거울에서 한 번도 눈을 떼지 않고 최고층으로 사라졌다.

호리키타는 그 직후 잰걸음으로 자기 방 앞까지 무사히 도착했다.

"더 이상은 무리야. 이런 꼴로 주위를 경계하면서 걷는 건 무모해."

그렇게 말하며 제멋대로 방안에 쏙 들어갔다. 꽤나 조마조마했던 모양이군······.

나도 그 뒤를 따라 방으로 들어갔다.

바로 그 타이밍에 내 휴대폰이 진동했다.

'미안해, 답장이 늦었어. 뭘 좀 알아보느라 메시지 온 줄 몰랐어.'

사쿠라의 답장이었다.

"사쿠라?"

"응."

'물이라고 했지? 물론 괜찮아. 페트병 한 통 정도면 될까?'

'그거면 충분해. 고마워. 지금 가지러 가도 돼?'

'응, 기다리고 있을게.'

그런 대답이 돌아왔다. 직접 얼굴을 보면서 말하면 대화가 잘 진행되지 않지만, 채팅에서는 상당히 부드럽게 흘러간다.

"기뻐해라, 호리키타. 사쿠라가 물을 나눠준대. 좋다고 했으니까 지금 가져올게."

"응, 부탁할게. 사쿠라한테 내 이야기는 하지 말고."

"그래. 이제 곧 그 모습도 안녕이겠구나. 기념으로 사진 한 장 남겨도 될까?"

호리키타가 물통을 휘두르며 덤벼들어서 허둥지둥 복도로 몸을 피했다.

"하여간 무서운 여자애라니까. 저 녀석의 운동 신경을 봐서, 머리를 맞으면 죽을 수도 있겠는데."

팔이 물통에 낀 여고생에게 맞아 죽는 건 역사에 길이길이 남을 오점이다.

"자, 빠졌어."

오랜 고전 끝에 겨우 호리키타의 팔을 물통에서 빼내는 데 성공했다.

"정말 재난 같은 하루였어……."

물통에 시간을 빼앗기면 그렇게 생각하고 싶어지는 기분도 알 것 같다.

"아야노코지, 이번 일은 절대 아무한테도 말하지 마."

"충고하기 전에 다른 할 말이 있을 것 같은데?"

"……고마워."

순순히(?)는 아니지만 어쨌든 감사 인사를 듣는 데에는 성공했군.

"아무리 그래도 물통에서 손이 안 빠지다니, 호리키타와는 어울리지 않는 해프닝이었어."

"내버려둬. 나라고 좋아서 당한 문제가 아니니까."

뭐, 일상생활에 잠재된 위험이라고 할까, 세상에는 무슨 일이 일어날지 알 수 없는 법이지.

얼른 나가라고 재촉당한 나는 내 방으로 돌아왔다.

그래도 물통에서 팔이 안 빠지다니, 그게 있을 수 있는 일인가?

나는 남은 물로 물통을 헹군 다음 시험 삼아 손을 넣어 보았다.

그러자 꽤 아슬아슬한 사이즈여서 의외로 팔이 꽉 고정되
었다.

"로켓 펀치! 나 지금 뭐하냐."

순간 바보 같아져서 물통을 빼려고 했는데…….

"아, 안 빠지잖아?!"

○여난(女難), 재난의 하루. 천사 같은 악마의 미소

"오늘은 네 도움 좀 받자, 아야노코지!"

"……아침 댓바람부터 무슨 일이야…… 아주 기운이 넘치는데, 야마우치……."

쉼없이 울리는 초인종 소리에 잠에서 깬 나는 방문자 야마우치를 보고 한숨을 푹 내쉬었다.

"실례 좀 하자!"

아침부터 아주 기운이 넘친다. 이케와 스도가 같이 안 와서 그나마 다행인데, 도대체 무슨 일일까.

"뭐야, 자고 있었나? 벌써 여름방학도 며칠만 지나면 끝인데 아주 천하태평이시구만?"

그야 며칠만 지나면 끝이니까 편하게 있는 건데.

"나는 오늘을 특별한 하루로 만들기로 결정했어. 그러니까 좀 들어가게 해주라."

이야기에 따라갈 수 없었던 나는 비몽사몽 하면서도 야마우치를 안으로 들였다. 그리고 보리차를 한 잔 따라 내밀었다.

"그래서…… 그 특별한 하루를 만드는 게 나랑 무슨 연관이 있는데?"

"잊었다고는 말하지 마, 아야노코지. 나한테는 사쿠라의 연락처를 들을 권리가 있다는 걸!"

야마우치가 강력하게 주장하며 밀어붙였다. 약간이지만 핏발이 선 눈에 진심이 묻어났다.

"그렇구나……."

그 일은 전면적으로 내가 잘못했기 때문에 상황이 안 좋다고 해서 한 귀로 흘려들을 수도 없는 노릇이었다.

예전에 나는 야마우치에게 사쿠라의 연락처를 알려주는 조건으로 피에로 같은 흉내를 시켰다. 그 영향도 있어서 야마우치는 특히 호리키타로부터 평가가 내려간 상태였다. 사쿠라의 연락처를 알려주는 것이 도리인 줄은 알지만, 본인의 허락도 구하지 않고 저지른 일이라 그녀를 보호하는 걸 우선해서 아직도 야마우치에게 연락처를 알려주지 않았다.

그 빚은 반드시 갚아야 하겠지.

"연락처를 묻고 오라는 이야기라면 상당히 어렵다고 생각하는데……?"

"그게 아니야. 그건 포기했어."

야마우치는 그렇게 말하고 가지고 있던 하얀 종이 하나를 꺼냈다.

"나, 사쿠라에 대한 마음을 여기에 담았어!"

"거기에 담았다니…… 러브레터라는 소리야?"

"맞아! 내가 사쿠라를 얼마나 좋아하는지 썼지! 읽어 봐!"

그는 아직 스티커로 봉하기 전인 봉투에서 편지를 빼서 내게 보여주었다.

'친애하는 사쿠라 아이리 님께. 저는 예전부터 당신이 신

경 쓰였습니다. 저랑 사귀어 주십시오.'

"진부한 서론으로 시작하는, 심하게 간략화된 러브레터군⋯⋯."

그런 지적에도 야마우치는 의기양양한 표정을 지었다.

"문장을 길게 쓴다고 다 좋은 게 아니라니까."

그야 그럴지도 모르지만, 아무리 그래도 이러면 이야기의 맥락이 너무 없지 않은가. 편지를 받은 상대도 곤란해할 게 눈에 뻔히 보인다. 심지어 상대가 사쿠라라면 더욱.

"그리고 왜 손편지가 아니라 인쇄했어?"

"아니, 자랑은 아니지만 악필이거든. 인쇄해서 읽기 좋게 했어. 문장을 잘못 읽어버릴 염려를 배려한 느낌?"

살짝 자랑하듯 검지로 인중을 긁었다. 그건 별로 중요하지 않은 것 같은데 말이지.

"그리고 요즘에는 이력서도 인쇄해서 낸다잖아."

"상대방에게 마음을 전하려면 손편지가 좋다는 말도 있는데. 게다가 왜 으스스한 느낌이 나는 글자체를 쓴 거야."

괴기스러운 악령이 있었다! 하는 제목에 쓸 법한 폰트여서 꼭 상대방을 저주하는 것 같다.

"뭐랄까 임팩트가 있잖아? 줄곧 당신만을 생각했습니다, 같은 느낌으로."

"뭐, 그래. 그건 백번 양보해서 괜찮다고 치자⋯⋯ 문제는 마지막에 이 부분이야."

자신을 어필하기 위해 쓴 문장.

'나와 사귀어주면 매달 받는 포인트를 전부 내놓을 각오도 되어 있습니다. 당신께 바칩니다!'

"이건 아니지, 아무리 그래도……."

"왜? 귀여운 애는 물질적인 걸 좋아한다던데? 그리고 나는 포인트를 전부 줘서라도 사쿠라랑 사귀고 싶다는 걸, 좋아한다는 걸, 그 열의를 전하고 싶단 말이야."

그것 역시 사랑의 형태라고는 할 수 있지만 이래서야 꼭 돈을 위해 사귀어 달라는 문장 같다.

"됐어, 그걸로. 돈이 목적이어도 좋으니 사귀고 싶단 말이야. ……그렇게 위험해?"

내가 고개를 끄덕이자 야마우치는 납득할 수 없다는 표정을 지으면서도 어느 정도 받아들이는 자세로 나왔다.

"……한 가지 확인하겠는데, 정말로 고백할 생각인 거지?"

"그래. 2학기부터 나는 꿈같은 학교생활을 보내게 된다, 여기에 걸겠어! 벌써 키쿄한테 부탁해서 사쿠라를 불러내게 해놨지."

눈에 장난기 하나 없이, 하나의 결의를 단단히 굳힌 야마우치의 모습이었다.

그걸 봐버린 이상 함부로 여길 수도 없다. 사쿠라를 위하는 감정이 없으면 말릴 필요가 있겠지만, 방식이 지극히 진지하다. 그냥 있는 그대로 도와줘야 할 것 같다.

"그래서…… 나는 뭘 하면 되는데? 편지 내용을 체크해주면 돼?"

"그것도 그렇지만 하나 더 중요한 역할이 있어. 바로, 내가 쓴 편지를 사쿠라에게 전해주는 거다."

"뭐? 지금 뭐라고 했어?"

순간 잘못 들었나 싶어 다시 물었다.

"그러니까 나 대신 편지를 전해달라고. 나, 아침부터 긴장이 돼서 말이지. 이렇게 긴장한 건 국기관에서 결승전을 치러 우승한 이후로 처음이랄까. 그러니까 또박또박 말하면서 편지를 건넬 자신이 없어."

국기관에서 무슨 결승전을 치렀는지 늘 하는 거짓말을 자세히 물어보고 싶지만, 어쨌든 하이텐션으로 사랑도 직진하는 야마우치와 어울리지 않게 약한 소리였다.

"편지 내용이 문제라면 다시 똑바로 쓸게. 그러니까——제발 부탁해!"

간절하게 두 손을 모은 야마우치가 머리를 조아렸다.

"그리고 저번 일도 일체 없었던 일로 할게! 아니, 아야노코지한테 무슨 힘든 일이 생기면 내가 발 벗고 나설게!"

"……정 그러면 알겠어, 도와줄게."

"진짜?!"

"하지만 성공할지 실패할지는 아무도 몰라. 사쿠라의 감정에 달렸으니까. 그건 이해해줄 거지?"

"어어, 나도 바보가 아니야. 확률이 높지 않다는 건 알아."

자신도 속으로는 몹시 불안해했고, 승률이 절반도 채 되지 않는다고 생각하는 것 같았다.

실제로 사쿠라는 남자를 대할 때 한 걸음 뒤로 물러서는 구석이 있다. 그렇게 생각하면 절망적이라고도 할 수 있는 확률이었다. 그래도 이 녀석은 지금 이 순간, 싸울 결의를 다지고 이곳에 와 있다.

　"……알았어. 내가 네 마음을 잘 전해줄게. 그렇게 하면 되겠지?"

　그런 거라면 페어도 언페어도 아니다.

　"아야노코지……! 덕분에 살았다!"

　내민 손을 잡아주자 마치 신이라도 숭상하듯 야마우치가 고개를 조아렸다.

　그렇게 정했으니 우선 편지 내용을 조금 수정해야겠지. 받을 상대가 사쿠라라는 걸 생각하면 좀 더 부드럽게, 그리고 감정이 잘 전달되도록 쓰지 않으면 효과를 기대할 수 없다.

　야마우치는 각오를 다졌다. 그렇다고는 해도 원래라면 아직 시기상조일 것이다. 서로 연락처도 교환하지 않은 상태에서 고백이라니 너무 위험하다.

　성공률을 높이려면 좀 더 확실하게 공략할 필요가 있다. 하지만 야마우치의 행동도 틀리지는 않았다.

　사랑은 갑작스레 시작되는 법이고, 0에서 시작하는 형태도 이 세상에는 얼마든지 흘러넘친다.

　"우선 서론인데──."

　연애 경험은 야마우치와 마찬가지로 0이지만, 적어도 그럴듯한 문장을 생각해보자.

"아, 그렇지. 딱 하나만 주문할게. 고백에 대한 답은 교정 뒤편에서 듣고 싶다고 써줘."

"교정 뒤편? 제2체육관이랑 연결된?"

"그래그래. 왠지 소문이 돌더라고. 거기서 고백하면 잘된다고."

전설의 나무 아래와 비슷한 것일까? 소문이란 건 참 난데없이 생겨나는군.

"그렇군, 연출의 일환인가."

"물론 소문뿐만이 아니야. 학생의 고백 하면 교정 뒤, 이게 바로 정석 아니겠어?"

나로서는 고백과 교정 뒤편을 연결 지어 생각하기 힘들었지만, 야마우치가 어떤 상황을 상상하고 있는지는 잘 알 것 같았다.

1

목표인 사쿠라와의 접촉까지 30분 남았다. 그녀는 쿠시다의 권유에 어떤 감정으로 응할까? 그건 본인밖에 모르는 일이지만, 마음이 마구 요동치겠지.

한편 나는 약속 장소에 미리 가서 사쿠라가 등장하기를 기다렸다. 야마우치가 그녀를 기다리게 해서는 안 된다고 했기 때문인데, 아무리 그래도 30분 전은 너무 빠르지 않나. 그때 주머니에 매너모드로 넣어두었던 휴대폰이 진동했다.

"여보세요."

"어, 어떻게 됐어. 사쿠라가 보여?"

"아니, 전혀. 적어도 10분 전은 돼야 오지 않을까?"

"그, 그런가? 으으, 떨린다!"

야마우치가 조금 멀리서 이쪽을 향해 손을 흔들었다.

존재를 들키고 싶지는 않아도 상황이 궁금해서 지켜보고 싶었겠지.

"야, 야마우치. 정말로 편지 줄 사람이 나여도 돼? 역시 네가 직접 주는 게 나을 것 같은데."

"무, 무리라니까. 난 어릴 때 트라우마로 극도의 긴장감이 덮치면 손이 덜덜 떨린단 말이야."

아마 다른 사람들도 극도의 긴장 아래에 놓이면 몸을 떨 거라고 생각하는데…….

"실패하고 싶지 않은 기분은 나도 알겠지만, 잘 좀 생각해 봐. 간접적으로 받는 러브레터에 진정한 가치가 있을까?"

"아니, 하지만 흔히 있잖아? 귀여운 여자애가 방과 후에 불러내서 말이지, 잔뜩 기대하며 갔더니 전혀 다른 못생긴 애가 고백해오는 패턴. 지금은 그런 느낌의 역 패턴이라고. 쿠시다한테 내가 불러냈다는 걸 밝히지 말라고 말해뒀어. 아야노코지 네가 기다리고 있으면 실망하겠지. 하지만 진짜 고백할 사람이 나라는 걸 알면 비교가 확 되면서 필연적으로 고백 효과가 올라가는 거야. 그러니까 아야노코지, 편지를 줄 때 내 존재는 알리지 말아줘. 일단 너 같은 녀석이

201

고백한다고 착각하게 하는 편이 좋으니까."

작전을 술술 잘도 말하면서 내 험담을 아무렇지도 않게 끼워 넣는군. 그 목적을 비난할 생각은 없지만, 사쿠라의 감정도 배려해주는 게 좋다는 건 틀림없다.

"아무리 편지를 읽으면 누군지 안다지만, 그래도 보이지 않는 상대에게 고백 받으면 무서울 수도 있다고 봐."

"그건⋯⋯."

아직 시간은 있다. 어쩌면 생각을 재고할 수 있을지도 모른다. 고백은 기본적으로 단 한 번의 기회뿐. 그걸 후회가 남는 형태로 만드는 건 야마우치도 싫지 않을까?

"아직 시간은 있어. 다시 생각하는 게 좋을 것 같아. 그러려고 편지도 직접 쓴 거잖아?"

"그건 그렇지만⋯⋯ 으으, 내가 직접 고백해야 하는 게 맞나⋯⋯."

마침내 야마우치도 하나의 결론을 내려 하고 있었다.

"⋯⋯아야노코지?"

그때 등 뒤에서 조심스러운 발소리가 들려오더니 내 이름을 불렀다.

"사쿠라다! 나머지는 너한테 맡긴다!"

용기를 쥐어짜내려던 야마우치는 예상보다 빠른 사쿠라의 등장에 서둘러 전화를 끊었다.

나 역시 사쿠라와 만나버린 이상 이제는 어떻게 할 방법이 없다. 그냥 야마우치가 맡긴 편지를 건넬 수밖에.

"우연, 인 거지?"

"아, 아니야. 쿠시다가 너한테 만나자고 했지?"

"으, 으응. 할 이야기가 좀 있다고…… 중요한 이야기라고 하던데."

사쿠라가 주위를 둘러보았지만 당연히 나 말고는 아무도 없었다.

"사실 내가 쿠시다한테 부탁해서 너를 불러내 달라고 한 거야."

엄밀히 말하면 내가 아니지만 여기서 혼란을 줘봐야 소용없다.

"아야노코지, 가? 그, 그렇구나. 그거 다행이야. 평소에 쿠시다랑은 접점이 없어서, 내가 뭐 잘못했나 싶어서 불안했거든."

사쿠라가 가슴을 쓸어내렸다. 쿠시다가 불러내자 안절부절못했던 모양이다.

그런 사쿠라에게 소박한 의문을 느껴 물어보기로 했다.

"그런데 되게 빨리 왔네. 약속 시각까지 아직 30분 가까이 남았는데."

"그게…… 미리 와 있지 않으면, 불안해서."

주뼛주뼛 그렇게 설명했다.

"그런데 날 부른 사람이 아야노코지였구나. 이제야 마음이 놓여."

진심으로 가슴을 쓸어내린 사쿠라는 조금 전까지의 긴장

이 어디로 다 날아갔다는 듯 편안한 표정으로 돌아왔다.

"그런데 왜? 나한테 볼일이 있으면 직접 말하면 되잖아?"

"아, 그게, 좀. 복잡한 사정이 있었어."

"복잡한 사정이라니?"

뭐라고 설명해야 좋을까. 이건 나도 좀 골치가 아프다. 생물학적 남녀의 차이는 충분히 학습했지만, 이렇게 현실에 부딪쳤을 때의 대처법은 하나도 배우지 않았다.

거기에 성별의 차이 문제뿐 아니라 사쿠라 개인의 성격과 감정도 가미해야만 한다. 지성을 지닌 인간들끼리 형성한 사회의 복잡 괴이한 일면이기도 하다. 그렇게 생각하는 중에도 시간은 계속 흘러갔다. 침묵이 길게 이어질수록 경계심이 커져가겠지.

"사실은…… 너한테 이걸 전해주고 싶어서 쿠시다한테 부탁한 거야."

나는 야마우치에게 맡은 편지를 사쿠라에게 내밀었다.

"이게 뭔데……?"

"깊게 묻지 말고 일단 받아줬으면 좋겠어. 내용을 읽어보면 알 거라고 생각해."

보낸 사람이 누구인지 전하면 어떤 의미에서는 편지의 의미가 약해지니까 말이지. 그래서 밝히지 않고 편지를 주었다.

"으, 으응."

나는 왠지 죄악감과 비슷한 감정을 느끼며 시선을 피했다.

반면 사쿠라는 편지와 나를 번갈아 쳐다보며 사태 파악을 하려고 하는 모습이었다.

"펴, 편지…… 교정 뒤편…… 남자애……."

편지를 받아든 사쿠라는 어딘가 먼 곳을 바라보면서 뭔가를 조용히 중얼거렸다.

아차, 그런데 이 말투는 꼭 내가 쓴 편지라고 받아들일 수도 있겠는데. 그건 곤란하다.

"누군지는 밝힐 수 없는데, 어떤 녀석이 나한테 부탁한 거야. 보낸 사람은 편지를 다 읽고 나면 알 수 있어. 글씨가 못났기는 해도 열심히 쓴 모양이더라."

사고가 일어나지 않게 확실히 보충설명을 달았다.

"으, 으아아…… 이, 이런 일이…… 으아아아?"

남자가 쓴 고백 편지가 아닌지, 그런 예측은 사쿠라의 마음속에도 생겨나고 있었겠지. 다시 차분함이 사라지고 시선이 먼 허공을 향했다.

여기서 편지를 읽게 하면 반응하기 곤란하니까, 어쨌든 이 자리를 빨리 피해야겠다.

"어쨌든 난 전했어. 나머지는 네가 잘 결정해서 판단하면 돼. 그리고 직접 전하기 힘들면 나한테 채팅이나 전화로 말해줘도 되니까."

사쿠라의 경우 직접 대면해서는 예스라고도 노라고도 말하기 힘들 가능성이 있으니까. 그 정도는 도와주자.

"고, 고꼬꼬, 고꼬꼬꼬!"

"닭이냐?"

"그, 그게 아니라! 이, 이거, 고, 고백……."

"맞아, 고백이 담긴 편지야."

"꺄악?!"

"어이쿠."

뒤로 넘어가려고 하는 위험한 소녀를 재빨리 붙잡았다.

"괜찮아?"

손으로 등을 받쳤을 때 몸이 상당히 뜨거운 것을 알았다. 상상하지도 못한 일이겠지.

게다가 누가 편지를 줬는지 계속 추측하고 있는지도 모른다.

"아, 저기, 저기!"

사쿠라가 눈을 번쩍 뜨더니 무서운 기세로 몸을 일으켰다.

자기 발로 선 것을 확인한 나는 그녀의 등에서 손을 뗐다.

"호리키타……라든가! 화내면 어쩌지?!"

"뭐? 호리키타가?"

그 녀석이 화낼 이유는 어디에도 없다. 내가 야마우치 대신 편지를 전해주는 모습을 보면 '또 쓸데없는 일에 휘말리다니 힘들겠구나. 하아' 하고 어이없다는 듯 한숨을 푹 내쉬며 말하겠지.

적어도 화낼 만한 이야기는 아니다.

순간 내가 고백했다고 착각했나 싶었지만, 편지를 줄 때 분명히 '누군지는 밝힐 수 없지만 어떤 녀석에게 부탁받았다'라고 밝혔다. 틀림없을 것이다.

"우, 우와…… 으아아……."

사쿠라의 얼굴이 점점 빨개졌고, 지나치게 긴장한 나머지 기절할 것처럼 보였다.

그냥 편지를 전달받았다고 해서 보일 수 있는 반응은 아닌 것 같았다.

눈앞에 서 있는 남자가 러브레터를 건넸다. 그런 상황 속에 있는 듯한……. 그렇다면 고백의 여부와 상관없이 사쿠라가 당황하는 것도 무리가 아니다. 나라도 그런 상황에 놓이면 패닉 상태가 될지도 모른다. 호리키타의 이름이 나온 이유도 그거라면 연결이 되고 말이다.

"사쿠라. 혹시 몰라서 다시 한번 말하는데…… 그 편지는 다른 애한테 부탁받은 거라는 내 말, 똑똑히 들은 거 맞지?"

재차 묻자 사쿠라의 어깨가 움찔했다.

"뭐— 아, 아야노코지, 가 아니야……?"

"아까 말했잖아. 나는 전해달라는 부탁을 받았을 뿐이라고."

"……그, 그랬지. 그럴 리, 없겠지…… 그, 그, 그런데, 어떻게 하지?!"

"어떻게 하고 뭐고, 일단 읽고 나서 대답해주면 되지."

나는 방해가 될 것 같아 자리를 뜨려고 했지만, 무슨 영문인지 사쿠라가 소맷자락을 붙잡았다.

"뭐어어?! 무리야, 무리! 난, 그런 거……."

"지금까지 한 번도 고백 받은 적 없어?"

"없어!"

곧바로 대답하는 사쿠라. 이렇게 귀여우면 얼마든지 고백받고도 남을 것 같은데.

다만 그건 지금의 사쿠라를 보고 하는 말이지, 예전의 사쿠라라면 이야기가 다를지도 모른다.

"이 편지…… 같이 읽어, 주면 안 돼……?"

같이 읽어달라니…… 애초에 내가 지시한 대로 쓰인 러브레터인데 말이지.

사쿠라가 혼자 보는 것에 용기가 필요하다고 말한다면 도와줄 수도 있지만…….

야마우치는 그런 광경을 바라지 않으리라.

"일단 편지는 혼자 읽지 않을래? 그게 편지를 부탁받은 내 책임이기도 하거든. 부담스럽겠지만 이해해줬으면 좋겠어."

"응……."

사쿠라가 전혀 기뻐하는 것 같지 않아서 살짝 다독여 주었다.

"네가 좋아하는 사람이 보냈을 가능성도 있잖아."

"그럴 가능성은 이제 없어……."

"뭐?"

"아, 아니! 그게, 난 좋아하는 사람이 없으니까! 그, 그럼 읽어볼게!"

사쿠라는 고개를 살짝 숙인 후 기숙사 정문으로 돌아갔다.

방에 가서 야마우치가 쓴 편지를 읽어보겠지.

"어, 어떻게 됐어?! 느낌은?! 기뻐하는 표정이었어?!"

사쿠라가 편지를 가지고 기숙사로 돌아가는 것을 멀리서 확인한 야마우치가 재빨리 달려와 긴장한 표정으로 캐물었다. 여러 가지로 궁금하겠지만, 그럴 거면 그냥 처음부터 자기가 줬으면 좋겠다.

"아직 편지는 안 읽었어. 지금부터 그 심판이 내려지겠지."

"시, 심판이라니 너무 무섭게 말하지 좀 마. 난 반드시 잘될 거라고 굳게 믿고 있으니!"

"일단 물어보겠는데 그 근거는?"

"그야 나랑 대화할 때의 행동을 보고?"

"행동?"

"뭐랄까, 수줍은 듯이 시선을 피한단 말이야. 아마 날 의식하니까 눈을 못 마주쳐서 그런 것 아니야?!"

아니…… 그건 단순히 사쿠라가 다른 사람과 대면하는 게 서툴러서라고 생각하는데.

"그게 다가 아니야. 나랑 대화하고 나면 약간 무겁게 한숨을 내쉰다고. 말하자면 사랑의 한숨 같은? 왜, 있잖아. 좋아하는 사람을 떠올리면 『하아~』하고 한숨을 쉬게 되는 거. 그런 징후 같은 걸 느꼈어."

그건 아마도 저돌적으로 말을 걸어오는 야마우치를 상대하기가 피곤해서 그런 것 같은데……. 그런 당연한 행동도 좋아하는 아이가 하면 맹목적으로 나오게 되는 건지도 모른다.

2

내일 사쿠라가 내놓을 대답이 조금 신경 쓰이면서도 잘 준비를 하던 밤. 휴대폰이 한 번 진동했다.

　'자?'

　조심스럽고 짧은 문장. 사쿠라였다.

　얼마간 휴대폰을 만지지 않고 화면을 들여다보았는데, 다음 문장이 뜰 기미는 보이지 않았다. 아마 내가 잔다고 생각하고 배려해주는 모양이다. 나는 채팅 화면을 열어 읽음으로 바뀌게 했다.

　그러자 잠시 후 또 조심스러운 메시지가 날아왔다.

　'내가 깨운 거야⋯⋯?'

　'미안, 설거지 한다고 이제 봤어. 괜찮아.'

　살짝 거짓말로 답장을 보냈다.

　그러자 안심했는지 다음 문장은 약간 길었다.

　'내일 5시에 야마우치랑 만나야 하는데⋯⋯ 그 전에 좀 만날 수 있을까⋯⋯?'

　그런 내용의 메시지였다. 거절할 수도 있지만, 사쿠라에게는 달리 부탁할 상대가 없다.

　'어디서 만나기로 했는데?'

　'어제랑 똑같이 학교 교정 뒤.'

　이미 알고 있었지만 그 사실을 확인한 후 사쿠라와 만날 약속을 했다.

　사쿠라에게 수고를 끼치고 싶지 않아서 나 역시 교정 뒤에서 보기로 했다.

그럼 이제 잘까. 나는 하던 일을 얼른 마치고 불을 끈 후 자리에 누웠다.

그때 또 휴대폰이 울렸다.

'저기…… 자꾸 보내서 미안해. 잠깐만 통화 가능해?'

문장에서 느껴지는 불안한 느낌. 사쿠라를 내버려두고 자면 안 될 것 같군. 내가 전화를 걸자 사쿠라의 소심한 목소리가 들려왔다.

"잠이 안 와?"

"응…… 내일 일을 생각하니까 긴장이 돼서…… 하아."

우울하게 들리는 한숨이었다. 수화기를 통해서도 그 불안이 전해졌다. 고백에 대한 답을 고민하고 있겠지.

"나── 야마우치에 대해 아무것도 모르는 것 같아서…… 그게 왠지 두려워서……."

"그래……?"

"누군가를 좋아하게 되거나 싫어하게 되거나. 그런 게 굉장히 책임이 따르는 일이란 걸 깨달았어."

지금까지 주위와 거리를 두고 신경 쓰지 않으려고 해왔던 사쿠라에게는 자극이 너무 심한 이벤트겠지.

하지만 남이 나서서 도와줄 수 있는 범위는 한정적이다.

결국 모든 것을 결정해야 하는 사람은 사쿠라이고, 받아들일 사람은 야마우치. 이 도식만은 무너져서는 안 된다. 그건 연애 초보인 나라도 알 수 있다. 사쿠라에게 거절하면 된다거나 받아주면 된다는 식의 충고를 해줄 권리는 내게 없

다. 내가 할 수 있는 일이란 그저 잠자코 이야기를 들어주
는 것뿐.

"야마우치는 하나도 잘못이 없는데, 내 멋대로 그러니
까…… 싫다는 생각이 들어버려서. 하지만 나 따위한테 관
심 가져 주는 게 미안하다는 생각도 들고……."

사랑이란 참 어려운 거군, 하고 통감하게 된다.

"……계속 고민해봤는데도 어떻게 해야 좋을지 모르겠
어……."

그렇겠지. 전화 너머로도 계속 혼란스러워하고 있다는 걸
알겠다.

"어째서 나일까…… 하는 생각. 내가 왜 이렇게 고민해야
하지, 하고 생각해버리게 돼."

기뻐하는 게 아니라 오히려 싫다고 할까 곤란한 것 같았
다.

"아야노코지는, 그러니까…… 쓸데없는 걸 묻는 건지도
모르겠지만……."

"뭐든지 물어도 돼. 대답할 수 있는 거면 대답할게."

"그게…… 지금, 누구랑 사귄다거나…… 하나요?"

무슨 영문인지 갑자기 말을 높였다.

"아니 전혀. 현재는 물론이고 지금까지도 그런 적 없는데."

"저, 정말로?!"

"기뻐하는 것 같아서 왠지 듣기 거북한데?"

여자 친구가 한 번도 없었다는 말에 기뻐하면 상당히 상

213

처인데.

"앗, 아니, 전혀 안 좋게 말하려는 생각은 없었어! 나랑 똑같아서 좀 기뻤을 뿐이야."

"그냥 놀려본 거야."

"너……!"

분위기를 약간 가볍게 만들어주니 굳었던 사쿠라의 마음이 좀 풀린 모양이다.

"그럼 그러니까, 누군가에게 고백 받아봤다거나, 해본 적은?"

꽤 깊이 파고드는군. 딱히 감출 일도 아니니까 상관없지만.

"너랑 똑같아. 고백 경험 제로."

사쿠라는 이번 일로 기념비적인 1이 되고 말았지만.

"그렇구나!"

또 기뻐하는 뉘앙스였다. 그런 느낌으로 나와 사쿠라는 얼마간 시답잖은 이야기로 열을 올렸다.

이윽고 사쿠라에게 졸음이 찾아와 전화를 끊었다. 푹 잠들면 좋겠군.

그렇게 생각하며 나도 잠자리에 들었다.

3

약속 시간은 오후 4시였는데, 그 10분 전에 도착하니 사쿠라가 이미 복잡한 얼굴로 기다리고 있었다.

머릿속으로 온갖 생각을 다 하고 있는지, 초 단위로 표정이 바뀌었다.

침울한 얼굴, 긴장된 얼굴, 걱정스러운 얼굴. 속으로 무슨 생각을 하고 있을까.

"많이 기다렸어?"

"앗."

말을 걸자 사쿠라가 천천히 고개를 들고 조심스럽게 다가왔다.

내가 말을 걸어서 조금이나마 사쿠라의 부담이 덜어졌다면 다행인데.

"아야노코지, 고마워…… 와 줘서."

"별로 고마워할 일은 아니지. 그래서 할 말이란 게 뭐야?"

"응…… 그게, 어제 나한테 준 편지 말인데……."

"그게 왜?"

야마우치를 만나기 전 나를 먼저 불렀다는 건 생각하는 게 있다는 소리겠지.

이야기를 꺼내는 데 조금 저항감이 느껴졌는지 말이 생각대로 잘 나오지 않는 듯 보였다.

"편하게——."

그렇게 내가 먼저 말을 꺼내려고 생각한 순간, 두 건물 사이의 연결 복도를 걸어오는 여러 학생의 모습이 보였다. 체육복 차림인 것을 보아 동아리와 관련된 학생들인가.

"미안한데 좀 걸을까?"

"뭐? 아, 으응."

지금 누군가가 목격하는 것은 썩 좋은 일이 아니다. 우리는 사람들의 눈을 피해 교정 뒤편에 나무들이 우거진 곳으로 걸어갔다. 평소에 출입하지 않는 그 장소는 남의 눈을 피하기 좋은 곳이었지만, 나무 손질은 잘 되어 있었다.

잘못해서 약속 장소에 빨리 나타난 야마우치와 맞닥뜨리면 귀찮아질 게 분명하니 빨리 끝내야지. 그렇게 생각하고 있는데, 사쿠라가 이상하다는 듯 고개를 갸우뚱거리더니 오른손을 펼치고 하늘을 올려다보았다.

"왜 그래——."

그렇게 물어본 직후 사쿠라가 한 불가사의한 행동의 이유를 알았다. 뺨 위로 물방울 하나가 뚝 떨어진 것이다. 이게 인공적인 물방울이 아니라면——.

"비, 오는데."

하늘이 맑다고 생각했는데, 갑작스레 비가 쏟아지기 시작했다. 일시적인 소나기겠지만, 그 기세가 상상보다 훨씬 세서 순식간에 옷을 홀딱 적셨다.

"젠장, 일단 연결 복도 쪽으로 돌아가자!"

알겠다는 사쿠라를 데리고 원래 길로 돌아왔다. 비를 맞은 시간은 1분도 채 되지 않았지만, 갑작스런 폭우 탓에 사쿠라의 옷이 다 젖고 말았다. 머리카락까지 흠뻑 젖은 것을 알 수 있었다.

"운이 안 따라주네…… 괜찮아? 사쿠라."

"나, 난 괜찮아. 아야노코지는?"

"나도."

점점 더 거세지는 빗줄기를 바라보며 나는 작은 한숨을 내쉬었다. 하필 이럴 때 비가 내리다니, 너무 안 좋은 타이밍이다.

"이거, 괜찮으면 써."

주뼛주뼛 손수건을 내미는 사쿠라. 어딘지 낯익은 손수건이었다. 무인도 때 빌려준 것과 똑같다.

"난 됐으니까 너 닦아. 감기 걸릴라."

여자애가 비에 홀딱 젖었는데 먼저 닦을 수는 없는 노릇이다. 그런데도 사쿠라는 까치발을 하고, 손수건으로 젖은 내 머리카락을 닦아주었다. 사쿠라의 향기가 비 냄새를 타고 콧구멍을 간지럽혔다.

"나, 의외로 괜찮거든."

그렇게 말하며 머리카락에서 뺨, 그리고 목덜미로 빗물을 닦아 내렸다.

"…………."

나는 무심코 아무 말 없이, 옆에 서 있는 사쿠라를 훔쳐보았다. 왠지 야마우치가 노리는 이유를 알 것 같은 기분이 들었다.

비가 내리는 사고가 있었지만, 그것도 하나의 이벤트처럼 생각할 수 있기 때문이다.

갑자기 퍼붓기 시작한 비. 둘이서 허둥지둥 처마 아래로 몸을 피한다.

서로를 쳐다보며 비가 안 그치네…… 하는 말을 주고받다가 서서히 말수가 줄어든다.

서로의 시선이 얽히고, 토해낸 숨이 서로의 귓가에 닿는다.

남자들이 즐겨 상상하는 장면. 그런데 무슨 영문인지 지금 찰나지만 그런 장면이 내 머릿속에 떠올랐다.

야마우치가 원하던 것. 그것과 비슷한 감정인지도 모른다.

"금방 그치려나……?"

"방금 휴대폰으로 확인해봤는데, 소나기인 건 틀림없는 것 같아. 조금만 기다리면 그칠 거야."

"그래……?"

"응, 미안하다. 중요한 일을 앞두고 이런 꼴을 만들어 버려서."

"아니, 괜찮아. 별로 중요한 일 아니니까."

사쿠라는 중요한 일이 아니라고 딱 잘라 말했다. 그 말은 곧──.

"나…… 어떻게 해야 좋을까…….”

"그냥 마음 가는 대로 대답하면 되지. 받아들이거나 거절하거나. 아니면 친구부터 시작하자거나."

행동에 나서는 방식은 사람마다 다르다. 내가 괜히 참견할 건 없다.

"물론 대답을 보류할 수도 있고, 대답하기 창피하면 내가 대신 야마우치에게 전해줄게."

야마우치는 그걸 바라지 않겠지만, 사쿠라가 그렇게 희망한다면 들어줘야 하리라.

"……아니야, 내가 직접 말할게…… 그게 맞는 것 같아."

"그렇지. 그게 야마우치를 위한 길이기도 하고."

"응. 알았어…… 나, 거절할 거야."

야마우치에게 말하기 전에 내게 먼저 대답을 알렸다.

"그래?"

지금까지의 흐름으로 봐서 그렇게 되리라는 걸 거의 100% 알고 있었지만 말이다.

사쿠라가 자기 입으로 직접 말하는 게 중요하다.

"아, 으으, 그게. 난 누군가의, 그러니까, 마음이랄까 감정을 거절할 자격 따위 없다고 생각해. 잘난 척하지 말라고 생각할지도 모르겠지만…… 하지만……."

왜 그런지 사쿠라는 거절이라는 대답에 강한 죄책감을 느끼는 듯 보였다.

"네가 사과할 일은 아니야. 기본적으로 고백하는 쪽의 일방적인 마음이잖아. 거기에 응해줄 수 있는 건 자기 역시 상대를 좋아했을 때뿐이지, 그렇지 않다면 거절하는 게 이상한 일이 아니야. 자격이 없다니 절대 그렇지 않아."

그것만은 오해하지 않았으면 해서 강한 어조로 말했다.

비는 이제 곧 그칠 것 같지만 야마우치가 언제 나타날지는 알 수 없다.

"난 돌아가는 편이 좋겠지? 일단 갈게."

아직 빗줄기가 거셌지만, 한 걸음 앞으로 내디뎠다.

"아, 안 돼! 아야노코지가 없으면 나 아무 말도 할 수 없게, 되니까…… 부탁이야……."

또 소매를 붙잡았다. 그리고 힘껏 잡아당겼다.

"부탁이야…… 날 혼자 두지 말아줘."

"네가 원한다면."

그렇게 짧게 대답한 나는 그곳에 조금만 더 머물기로 했다. 사쿠라에게는 여러 가지 도움도 많이 받았으니까.

이윽고 15분 정도 지나자 야마우치가 등장했다. 그것도 충분히 이른 시간이었다.

그의 표정이 지금까지 본 적 없을 만큼 딱딱하게 굳었다.

"왜…… 왜 네가 여기 있는 거야, 아야노코지."

"미안해. 사쿠라가 둘이서만 만날 용기가 안 난다고 같이 있어 달라고 부탁해서. 난 신경 쓰지 마."

그래도 불편했겠지만 야마우치도 마음을 고쳐먹을 수밖에 없다.

순간 의아해하면서도 야마우치는 눈앞에 있는 사쿠라에게 필사적으로 의식을 집중하려고 노력했다.

"마, 많이 기다렸지? 편지, 읽어줬구나?"

"응…… 저기…… 하나만 물어봐도 될까……?"

"뭐든지 물어봐……."

치맛자락을 꽉 움켜쥐고, 목구멍 밖으로 소리를 쥐어짜내듯 말하는 사쿠라.

"어, 어째서, 나……야? 나보다 귀여운 애라든가, 얼마든지 많은데……."

"난 사쿠라가 좋아!"

야마우치가 그렇게 소리쳤다. 사쿠라의 어깨가 움찔했다.

"미, 미안해. 큰 소릴 내려던 건 아닌데…… 그, 그래서 네 답은?"

서툰 고백에, 서툰 대답.

제삼자가 된 입장에서 가만히 듣고 있으니, 이건 저렇게 말하면 좋을 텐데 저건 이렇게 말하면 좋을 텐데 하고 생각하게 된다.

하지만 당사자는 입에서 심장이 튀어 나올 것 같이 긴장되는 순간이니, 머리가 잘 돌아가지 않을 것이다.

최선의 선택을 하기가 아무래도 힘들다.

"미……미안해!"

야마우치를 앞에 둔 사쿠라는 눈시울을 조금 붉히며 그렇게 말하고 고개를 푹 숙였다.

그 순간 야마우치의 마음속에 있던 마지막 희망의 빛이 꺼지고 말았다.

"나, 나는, 네 마음에, 그러니까, 응해 줄 수가 없어……."

그 말을 내뱉기 위해 사쿠라는 얼마나 많은 용기를 꺼내야 했을까. 나는 처음으로 '사랑'의 한 가지 형태를, 이상하게도 가장 가까이에서 목격하게 되고 말았다. 분명 야마우치도 제삼자가 있는 곳에서 차이고 싶지는 않았으리라.

어쩔 수 없었다고는 해도 복잡한 심정이 들게 한 것은 틀림없다.

"그렇구나……."

야마우치는 필사적으로 이 상황을 받아들이려고 노력하는 모습이었다.

사쿠라와 마찬가지로 목소리가 살짝 떨렸는데 나는 그 모습을 보고 웃을 수 없었다.

"고마워, 사쿠라. 일부러, 그러니까, 직접 말해줘서."

"그, 그럼 안녕……!"

이 자리의 무거운 공기를 견디지 못한 사쿠라는 야마우치에게 깊이 고개를 숙인 후 반달음질로 뛰어가 버렸다.

"아아……."

힘없이 뻗은 야마우치의 팔은 사쿠라에게 닿지 않았다.

처음 목격한 사랑의 종국에 나는 어찌할 바 몰라 아무 말 없이 그 자리에 서 있었다.

야마우치는 얼마간 분한 마음을 꾹 참다가 이윽고 고개를 들어 나를 쳐다보았다.

방해꾼처럼 고백 현장에 있었던 내게 욕이라도 퍼부으려는 걸까.

아니면 엉뚱한 화풀이라도 하려는 걸까.

어쨌든 불평불만을 쏟아 내리라고 짐작했다.

그런데——.

"차, 창피하다. 친구 앞에서 여자한테 차이다니. 얼굴에 불이 난다."

그는 나를 탓하지 않고 그렇게 말했다.

그의 얼굴에는 차인 충격도 번져 있었지만, 그것이 전부는 아니었다.

"아니, 뭐랄까, 그래…… 속이 시원해졌다고 할까."

야마우치는 어딘지 후련한 표정을 지으며, 옆에 서 있던 나를 똑바로 쳐다보았다.

"뭐라고 할까, 내가 바보였어. 사쿠라한테 민폐만 끼쳤다는 걸 이제야 깨달았어. 좋아하지도 않는 나한테 상처주지 않으려고 말을 고르려고 노력했고. 죄책감으로 가득하더라. 좋아하게 되는 건 자유지만, 마음을 전하는 데에는 책임감이 따른다는 것도 이번에 알게 됐다."

문득 야마우치의 어깨를 보니 옷이 젖어 있었다.

그러니까 약속 시간보다 훨씬 전부터 밖에 있었던 것이다.

어쩌면 이 근처에서 줄곧 고백할 생각에 떨고 있었던 건지도 모른다.

"생각보다 상태가 괜찮은데?"

"나, 충격은 충격이었지만, 못 견딜 정도는 아니랄까. 사쿠라는 귀엽고 내 여자 친구면 좋겠다고 생각했었는데, 뭔가 그게 아닌 것 같아. 그저 그 애의 얼굴을 보고 몸매를 보고, 너무 안이하게 행동으로 옮겼다고 할까. 정말 진심으로 좋아한 건 아니구나 싶어. 아마 진심으로 좋아한 아이였다면 차인 순간 훨씬 더 충격적이고 고통스럽고 슬프고 분했

223

을 것 같아."

나는 굳이 아무 말도 하지 않았다. 그저 야마우치가 토해
낸 말을 조용히 들어 주었다.

"그러니까—— 오늘로서 적당한 사랑은 졸업할 거다. 정
말 좋아할 여자애를 찾는 거. 그것부터 해야겠지."

아무래도 야마우치는 이번에 차이면서 한 단계 성장한 것
같다.

"너한테는 고마운 마음이야, 아야노코지. 이상한 일에 휘
말리게 해서 미안했다."

"괜찮아. 친구……니까."

"이 빚은 반드시 갚을게. 휴대폰 빌려달라고 했었지?"

"괜찮겠어? 고백에 성공하면 빌려주겠다는 조건 아니었나?"

"이번에는 특별히 들어준다. 대신 금방 돌려줘야 해."

그렇게 말한 야마우치는 자신도 사쿠라가 떠난 쪽으로 달
려나갔다.

어느새 비구름 사이로 햇빛이 비치기 시작하고 있었다.

○다른 반과의 교류회

"오늘은 또 오늘대로 덥네……."

내가 이번 여름에 이 말을 몇 번이나 하는지 모르겠다.

하지만 더운 건 더운 거니까 어쩔 수 없다. 말로 하면 더 더운 줄 알지만, 아무리 해도 말할 수밖에 없었다.

이런 폭염을 반길 존재는 매미 정도 밖에 없으리라.

그건 그렇다고 치고, 이번에 나는 굉장히 희귀한 사건에 휘말리고 말았다. 다만, 사건이라고 말해도 아마 사정을 알면 다수의 남자애들로부터 강한 반감을 사고 말, 그런 사건이겠지.

그런데 그 사건에 한 가지 성가신 문제가 있는데…….

뭐, 그건 나중에 차차 이야기하기로 한다.

기숙사에서 학교로 이어진 가로수길의 끝에 위치한 휴게소. 지금 나는 거기에 있다. 휴게소에는 벤치 몇 개와 자판기가 설치되어 있고 경치도 좋아 봄철이면 학생들이 끊이지 않았다. 휴식이나 잡담하기에 최적인 인기 스팟이다. 하지만 지금은 마치 곤충이 탈피하고 남은 빈껍데기처럼 아무도 보이지 않는다. 이런 더위에는 찾는 사람이 신기한 비수기라고 할 수 있다. 그래서 내밀한 만남의 장소로 안성맞춤이었다.

"많이 기다렸어?"

벤치에 앉아 있는데, 약속 상대가 기숙사 방향에서 걸어왔다.

햇빛이 너무 강한지 손으로 직사광선을 막으며 하늘을 올려다보았다.

"더워……."

나와 완전히 똑같은 감상을 흘린 D반 학생, 카루이자와 케이가 내 옆자리에 앉았다. 길게 묶은 포니테일 머리카락이 찰랑거렸다. 복장은 상당히 캐주얼하고 심플하게, 청바지와 셔츠 차림이었는데, 그래도 휴일이라고 해서 대충 입은 느낌은 전혀 들지 않았다. 외모와 관련된 모든 것을 본인 스스로 열심히 관리하고 있겠지. 무척 잘 어울린다.

여자애는 아무리 더워도 멋 부리는 걸 우선하니 힘들 것 같다.

"바쁜 와중에 미안해. 갑자기 불러내서."

"그거 나 기분 나쁘라고 하는 말이야? 여름방학 때 너무 놀아 포인트에 여유가 없어서 요즘에는 방에 콕 처박혀 있는데?"

"내일 일정도 그래?"

"돈이 없으면 아무것도 못하니까. 아마 계속 자지 않을까?"

여름방학을 완전히 빈둥빈둥 보내고 있군.

"다음 달이면 포인트도 많이 들어올 거잖아. 그 시험 결과도 있고."

선상에서 치러진 시험에서 우대자로 뽑힌 카루이자와는

나와 협력관계도 있어서 들키지 않고 끝까지 남을 수 있었다. 9월이 되면 그 성공 보수로 카루이자와에게 50만 포인트가 들어올 예정이다.

"뭐, 그렇지. 그래서 사고 싶은 옷이랑 액세서리 같은 걸 미리 점찍어 놨어. 하지만 말이야, 들어온 포인트를 전부 써도 돼? 남기는 편이 낫겠지?"

"참을 수 있겠어?"

조금 짓궂게 물어보자 카루이자와가 볼을 부풀리며 나를 노려보았다.

"그야…… 쉽지는 않겠지만. 쓰려고 생각하면 일주일도 채 안 걸릴 거라고 생각하고."

카루이자와는 두 손을 펼치고 손가락을 접으며 사고 싶은 것을 하나하나 말했다. 순식간에 열 손가락이 전부 접혔다. 도대체 갖고 싶은 게 얼마나 많은 거야.

"하지만 나도 아무 생각이 없는 건 아니야. 프라이빗 포인트가 중요하다는 건 잘 알고 있고. 학교의 구조로 봤을 때 이상해. 특별시험으로 받은 포인트인데 너무 많잖아. 주위에서도 꽤 당혹스러워하고 있달까."

과연 그렇군. 아무래도 드디어 일반 학생들 사이에서마저 그런 의혹이 퍼지기 시작한 모양이다. 갑자기 큰 금액을 받으면 당연히 의심암귀하게 된다. 왜 학교에서 그런 걸 하는 거지 하고. 그리고 깨닫는다. 이 포인트는 아마도 사리사욕을 채우는 데 써도 되는 게 아니라고.

"그렇군. 학생 신분인데 100만, 200만이라는 금액을 가지게 되는 거니까."

"바로 그거야. 고등학생한테 그렇게 큰돈을 갖게 해도 돼? 반드시 뭔가 있다니까."

포인트는 대부분 앞으로의 학교생활에서 '살아남기 위해' 필요하다. 카루이자와도 그것을 알고 있으니까 다 써도 되는지 모르겠다고 생각하는 것이다. 예컨대 자신이 퇴학이 될 지경에 놓였다고 해도 프라이빗 포인트만 있으면 무효로 돌릴 가능성마저 숨어 있다.

그렇게 생각하면 보험 삼아 몇 백만 포인트를 가지고 있어도 많은 것은 아니리라.

"지금은 아직 깊게 생각 안 해도 돼. 너무 미래만 생각하면서 욕구를 참는 것도 해로우니까. 매달 들어오는 포인트의 10퍼센트 내지 20퍼센트만 남겨두면 그걸로 충분해."

욕망과 절제의 균형을 잘 유지하지 않으면 마음의 조화가 무너져버리기 쉽다. 특히 지금까지 자유롭게 돈을 써왔던 카루이자와에게 갑자기 참으라고 하는 건 좋지 않다. 나는 그렇게 판단을 내렸다.

게다가 카루이자와의 사생활이 갑자기 격변하는 것도 주위에 어떤 영향을 미칠지 알 수 없다.

지금까지 돈을 마구 쓰던 소녀가 구두쇠가 되면 반 내에서도 수상하다는 목소리가 나올 것이다. 나와 연결고리가 생겼다고 해도 지금 단계에서는 주위에 그 사실이 알려지지 않기를 바랐다.

"아무튼 너한테 한 가지 부탁이 있어."

"⋯⋯이렇게 더운 날 불러낸 거에 대한 사과 같은 건 없고?"

"이거면 될까?"

사놓고 아직 마시지 않은 차 음료수를 내밀었다.

카루이자와는 진심으로 한 말은 아닌 것 같았지만 담담하게 페트병을 받아들었다.

"미지근하잖아⋯⋯."

"기온이 이러니 무리도 아니지."

심하게 더운 지방은 오늘도 40도 이상을 기록한 모양이고 말이다. 숫자만 들어도 덥다.

카루이자와는 불만스러워하면서도 목이 많이 말랐는지 뚜껑을 열었다.

"으⋯⋯ 이거 꽝이네."

"꽝? 이런 음료수에도 뽑기 이벤트가 있는지 몰랐는데."

"그 농담 하나도 재미없거든? 뚜껑이 안 열린다는 뜻이야."

그렇군⋯⋯ 그렇다면 정말 재미없는 착각이었다.

나는 손을 뻗어 페트병을 다시 받아서 뚜껑을 살짝 돌린 후 다시 카루이자와에게 내밀었다.

"고마워."

배에서의 사건을 계기로 나와 카루이자와의 거리가 좁혀져서, 예전에는 상상하지도 못했던 대화가 오가게 되었다. 경위가 경위인 만큼 나에 대한 불만과 불신감도 강하게 갖고 있는 모양이지만, 그걸 심하게 드러낼 기미는 없었다.

이 녀석은 스스로 제어하는 법을 숙지하고 있다. 자신의 위치를, 존재를 지키기 위해서라면 어떤 환경에서든 적응할 수 있다는 뜻이다.

"내일이면 여름방학도 끝나잖아. 그래서 친구가 여름방학의 추억을 만들고 싶다고 했어."

"여름방학의 추억이라니. 이 학교는 불꽃놀이도 여름 축제 같은 것도 없는데?"

"학교에 커다란 수영장이 있잖아. 평소에는 수영부 전용으로 쓰는 시설이지만, 지금 한정으로 개방된 거 알아?"

학교에는 수업 시간에 쓰는 수영장보다 훨씬 크고 좋은 수영장이 마련되어 있다. 그게 여름방학 마지막 날까지 딱 사흘간만 모두가 쓸 수 있는 시민수영장 같은 형태로 개방되었다. 첫날에 너무 많은 학생이 몰려드는 바람에 규제가 생겨, 급거 3일 중 하루만 입장 가능하다는 제한이 생겨버렸을 정도다. 오늘로 이틀째 이벤트가 종료되었는데, 오늘 역시 많이 붐볐다고 한다.

"아아…… 그리고 보니 그런 게 있었던 것 같아. 난 수영에 별로 관심이 없어서."

카루이자와는 학교에서 수영 수업만 있으면 몸이 안 좋다는 핑계를 대며 계속 쉬었다. 포인트제도 때문에 수업을 땡땡이치기 힘든 학교였지만, 학생의 컨디션 난조, 특히 여성 특유의 문제인 불확정 요소를 꼬치꼬치 캐묻기란 불가능했다. 그래서 카루이자와뿐만 아니라 여자애들의 일부는 꾸준히 수영 수업 참가를 거부했다. 수영하고 싶지 않은 이유에는 당연히 여러 가지가 있겠지. 몸이 안 좋아서, 수영 못하는 걸 알리고 싶지 않아서, 애초에 수영 자체가 싫어서, 동성이고 이성이고 맨살을 보이고 싶지 않아서, 스타일이 별로라서 등등. 대부분은 그런 이유였다. 하지만 옆에 있는 카루이자와만은 사정이 조금 달랐다.

수영장 이야기가 나오자 생각할 부분이 있었는지, 카루이자와는 먼 허공을 바라보며 차 음료를 들이켰다.

카루이자와는 예전에 동급생으로부터 심한 괴롭힘을 당해, 옆구리 부근에 심한 상처를 입었다. 그 흔적이 여전히 생생히 남아 있어, 드러나면 아이들의 주목을 피할 수 없다.

"수영 자체는 좋아해?"

"음…… 싫어하는 건 아닌데. 벌써 몇 년이나 수영을 안해서 방법 같은 것도 잊어버렸을지도 몰라."

카루이자와는 애매하게 대답했다. 하지만 그게 그녀의 본심이 아니라는 게 다 보였다.

"그래서, 그 수영장에서 남자애들이 추억을 만들려고 한다는 거야? 그거 그냥 야한 목적 아니야?"

그건 부정할 수 없다. 아니, 사실 순도 100% 그 이유이리라.

"그거랑 나랑 무슨 상관있는데?"

"그 전에—— 한 가지 질문이 있어. 네가 괴롭힘 당했다는 사실을 학교 측이 정말 모르는 거야?"

"뭐?"

지금까지와 달리 얌전히 굴던 카루이자와가 노골적으로 이상하다는 표정을 지었다. 그리고 나를 무섭게 쏘아보았다. 나는 피하지 않고 그녀의 얼굴을 똑바로 쳐다보았다.

"내가 그 이야기 꺼내는 걸 싫어하는 거 알잖아?"

"아무 의미 없이 옛 상처를 후벼 파려는 게 아니야. 지금부터 할 얘기랑 상관있으니까 묻는 거야."

"하지만……."

카루이자와에게 이 문제는 무척 클 테니 쉽게 이해하려 하지 않았다. 하지만 이쪽이 설득에 나서기 전에 스스로 받아들이는 데 성공했다.

"……알았어. 네 말을 믿어. 분명 의미가 있겠지."

자기 마음속의 응어리를 열심히 소화시켜 삼킨 듯 보였다.

"내가 폭력을 당했다는 사실. 그걸 아는지 모르는지 하는 이야기라면 틀림없이 모르지 않을까? 내가 등교를 거부했던 시기라든지, 중학교 시절에 쉬는 날이 많았다는 건 파악했겠지만, 전부 병결이나 땡땡이 같은 이유로 알고 있을걸? 학교폭력 때문에 수업을 받을 처지가 아니어서 공부를 못 따라간 부분도 그렇고. 그래서 D반이 된 거니까."

살짝 자학적인 느낌을 섞어서 대답했다. 카루이자와가 D반에 배정된 이유는 아마 추측한 그대로겠지. 출석률이 나쁘고 학력이 낮다는, 눈에 딱 들어오는 안 좋은 인상이 영향을 미쳤다고 봐야 하리라. 이 녀석이 거만한 태도를 드러낸 건 폭력에서 완전히 벗어난 고등학교 생활이기 때문이다. 학교폭력을 당했다는 이유로 D반에 배정되었다고 보기는 어렵다.

"학교가 뒷조사를 했어도 네 일이 밝혀지지 않았다는 거겠지."

"세상이 썩을 대로 썩었다는 것 정도는 알겠지?"

"그러게……."

"난 오랜 기간 괴롭힘 때문에 괴로워했어. 선생님과 같은 반 아이들에게 도움을 요청한 적도 있어. 하지만 스스로를 고통스럽게 하는 결과밖에 되지 않았어……. 상처로 가득한 현실에서 구원받지는 못했어. 오히려 괴롭힘만 더욱 심해졌고."

학교폭력의 뿌리 깊은 문제이리라. 계속되는 악순환에 빠져버리는 경향이 짙다.

많은 사람이 뉴스를 통해 싫어도 통감하고 있을 것이다. 폭력은 단순한 해결을 꾀할 수 없다고. 한 번 파도가 물러가도, 그다음에는 더 큰 파도가 피해자를 덮쳐온다.

"아무리 만신창이가 되어도 학교는 폭력이라고 쉽게 인정해주지 않고 도와주려고 하지도 않아. 기껏해야 가해자 학생에게 가벼운 주의를 주는 정도. 그럼 폭력은 더욱 심해지지. 안 그래?"

안타깝기는 하지만 과연 맞는 이야기이다. 학교에 왜 일

러바쳤냐며, 뭘 어쩌려는 거냐며 괜히 사람을 더 시달리게
한다. 만약 학교가 폭력을 인식했다고 해도, 이 세상에서 일
어나는 폭력은 대부분 학교 내에서 은밀히 처리되고 밖으로
드러나지 않는다. 자기 학교에 학교폭력이 있었다는 악평
을 굳이 떠벌리려고 하지 않는 것이다. 피해 학생이 유서를
남기고 자살했다고 해도, 쉽사리 사실을 인정하려고 하지
않는 학교조차 있는 현실이다.

하지만 무엇보다도 괴로운 것은 자살해도 구원받지 못한
다는 점이다. 가해자가 죽은 아이를 모욕하고, 우습게 만들
고, SNS에 마치 무용담이라도 되는 양 올리는 사례도 있다.
죽은 후에도 계속해서 괴롭힘 당하는 무서운 시대다.

"학교도 폭력을 휘두른 애들도, 그리고 폭력을 당한 나조
차도, 어느 한 사람 폭력 사실을 인정하지 않았어. 사이좋
은 친구라고 대답하는 거야. 그렇게 대답할 수밖에 없어. 아
무리 극악무도한 현실이라고 해도 말이야."

그런 거야, 하고 꼭 남 일처럼 말했다. 그건 카루이자와가
도저히 바꿀 수 없었던 과거이자 변하지 않는 과거였다. 사
실 이 학교는 카루이자와의 사정을 철저하게 조사했을 것이
다. 하지만 나온 건 불성실하게 틈만 나면 수업을 듣지 않
는, 머리 나쁜 학생이라는 평가였다.

학교뿐 아니라 그 주위의 모두가 전부 말을 맞춘다면 어
찌할 방법이 없다.

그렇게 생각하면 거짓을 이기는 진실은 없을지도 모르

겠다.

"하지만 난 고맙게 생각해. 날 괴롭힌 애들한테도, 그걸 은폐한 학교도."

신랄한 과거를 떠올리고 눈물 흘려도 이상하지 않은 상황인데, 카루이자와는 그렇게 말하며 앞을 바라보았다.

"여기 사람들은 내 과거를 몰라. 그래서 새로운 나를 만들 수 있었어. 만약 괴롭힘당하던 과거의 내 모습을 주위에서 알았다면 분명 이렇게 되지 못했을 거야."

카루이자와는 최악의 상황을 자신의 기지로 바꿔놓았다. 히라타같은 인기인에게 달라붙는 방법으로.

"카루이자와, 솔직히 칭찬해주고 싶은 마음도 있지만 한마디만 해둘게. 앞으로는 폭력에 가담하는 행위는 금지야."

"뭐? 내가 누굴 괴롭히기라도 했다는 거야?"

"평소에 강하게 나가는 건 좋지만 너, 요즘 사쿠라한테 너무 함부로 대하는 것 같아. 그 녀석은 너를 괴롭힐 만한 애가 아닌 게 분명하잖아. 피해자가 되지 않기 위해서라지만 가해자는 되지 마."

나는 그렇게 못 박아두었다.

아무리 가혹한 과거가 있다고 한들 용인할 수 있는 일이 있고 할 수 없는 일이 있다.

"사쿠라, 말이지. 널 잘 따르니까 도와주라는 거야?"

"이유가 필요해? 괴롭힘을 당하는 쪽의 기분은 네가 더 잘 알 거라고 생각하는데."

"나한테도 지금 위치가 생명줄이야. 부주의하게 굴었다가 지금의 지위를 잃고 싶지 않아. 사쿠라한테는 미안하지만 약자가 있어야 강자도 성립하는 거야. 특히 나 같은 가짜 강자한테는."

괴롭힘 당할 바에야 괴롭혀주겠다, 그런 각오가 언뜻 비쳤다.

"사쿠라를 위해서야. 그 녀석한테 몇 번 신세 진 적이 있어서."

"……흐음. 순순히 인정하는구나."

불평, 불만, 그런 부류의 눈빛이 아니었다. 카루이자와는 그저 의문이 담긴 눈빛이었다.

"말에 무게가 느껴지지는 않지만…… 알았어. 다음부터 신경 쓸게. 그럼 되겠지?"

"내 말을 잘 알아들으니 좋네. 넌 이미 히라타를 이용해서 강자의 위치를 충분히 확립해두었어. 입장이 위태로워질 일은 없을 거야."

"하긴 내가 생각해도 좀 도가 지나쳐서 가해자가 되어버렸을지도 모르겠어."

그렇게까지 자신을 객관적으로 볼 줄 안다면 아무런 걱정도 필요 없겠다.

"하지만 만약 내 위치가 위태로워진다면……."

"그때는 내가 전면적으로 뒤에서 받쳐줄게. 필요하다면 히라타든 차바시라 선생님이든 같은 편이 되어서 네 적을 배제시켜줄 거야. 약속할게."

"음…… 그럼, 약속하는 거야."

원래 본질적으로 카루이자와는 폭력적이고 위압적인 수단을 취하는 아이가 아니다. 본인도 말했듯이 자신을 지키기 위해 그렇게 연기했던 것에 불과하다. 보통, 오랜 세월 폭력을 겪어온 사람은 쉽사리 사교적으로 변할 수 없는데 이 녀석은 그것을 해낸 강심장의 소유자다. 내 위협에도 굴하지 않았을 때 그것을 확신했다.

"왜 그럴까……."

"뭐가?"

"아니. 나는 과거 따위 떠올리기도 싫고, 누군가에게 그 이야기를 들려줄 일은 절대 없을 거라고 생각했어. 그런데 너한테 다 말해버렸잖아. 게다가 그러고도 의외로 아무렇지 않은 게 이상해."

그게 어떻게 된 일인지 자신도 잘 모르는 눈치였다. 물론 나도 이유는 모른다.

"나 뭐 하나만 물어봐도 돼? 지금 이게 네 진짜 모습이지?"

반에서 유일하게 내 이중성을 목격한 카루이자와는 조금 경계하며 그렇게 물었다. 그런데 질문이 의외로 생각하게 만드는 내용이어서, 나는 팔짱을 끼고 잠시 어떻게 대답해야 할지 고민했다.

"난 늘 진짜 모습인데."

"전혀 다르잖아?"

그렇다. 즉 엄밀히 말하면 진짜 모습은 아니다. 성격을 가장했다거나 그런 것과는 조금 다르다.

"참고삼아 물어보는 건데, 평소의 나랑 지금의 나는 구체적으로 어떤 점이 다르지?"

"평소의 넌 음침하달까 어둡고 말이 없는 애. 하지만 지금은 적극적이라고 할까 시원시원해. 정반대여서 괜히 더 두드러지게 보인달까. 말투도 다르고. 도대체 무슨 속셈이야?"

"속셈은 무슨…… 단순히 주위에 사람이 있는가 없는가의 차이 아닐까?"

가장 가까운 대답을 모색하면 그렇게 된다. 하지만 확 와닿는 대답은 아니다.

나라는 개체, 인간은 솔직히 말해서 '갓 태어난 존재'다. 이 학교에 입학한 순간 형성된 것으로, 아직 액체 상태. 고체화가 되려면 아직 시간이 좀 더 필요하다.

특히 남을 대하는 법, 말투 따위는 뭐가 옳은지 아직 잘 모르는 상태다.

"아무튼 난 평소 그대로의 나야."

"전혀 그렇게 안 보이니까 물은 건데."

카루이자와가 눈을 흘기며 불만스럽게 입술을 삐죽거렸다.

"지금은 하던 이야기나 마저 하자. 나라는 인간은 네가 앞으로 보고 판단하면 그만이니까."

"왠지 어물쩍 넘기려는 것 같은데…… 그럼 수영장 이야기, 계속 들려줘."

"내일 나랑 이케, 야마우치, 스도 그리고 호리키타, 사쿠라, 쿠시다랑 같이 가기로 약속했어."

"또 조합이 이상하네. 특히 호리키타와 사쿠라가 영 겉도는데. 네가 있어서겠지만 잘도 승낙해준 것 같달까. 애들이 음탕하게 막 훔쳐볼 거 아냐. 가엾어라."

여자애들은 평소처럼 불러내면 절대 오지 않을 게 불 보듯 뻔하니까 말이지. 그 부분은 상당히 성가신 요소였는데. 카루이자와가 위화감을 느끼는 것도 잘 알겠다.

"여하튼 수영장에 가서 그 그룹에 합류해줬으면 좋겠어."

"뭐?! 그거, 진심으로 하는 말이야?!"

평소에 이 그룹과는 접점이 없다…… 아니, 굳이 말하자면 사이가 안 좋은 카루이자와가 합류하는 것은 부자연스럽다.

"수영복은 기숙사에서 옷 안에 미리 입어두면 돼. 좀 싫겠지만, 돌아올 때도 똑같이 하면 문제될 거 없어."

"아니 아니, 그런 문제가 아니라. 엄청나게 싫은데?"

"네 마음도 알겠지만, 결국 너한테 거부권은 없을 거야."

"우와…… 최악."

"아무리 그래도 이미 확정된 이야기야. 네가 지시대로 따르게 할 거니까."

그렇게 말한 나는 미리 써둔 메모를 강제로 건넸다.

"최소한의 배려는 하고 있어."

"뭐야, 최소한의 배려라니. 기를 쓰고 그날 하루를 구속하려고 하면서. 그것도 여름방학 마지막 날에."

"어차피 방에서 자다가 끝날 예정이었을 거 아냐? 별로 문제될 거 없지."

본인 입으로 그렇게 말했으니 부정할 길이 없으리라.

"그룹에 합류해줬으면 좋겠지만 참여하라고 강요하는 건 아냐."

카루이자와는 의미를 모르겠다는 표정으로 메모를 자세히 읽었다.

"합류와 참여에 무슨 차이가 있는지……?"

"그건──."

나는 카루이자와에게 왜 불러내려 하는지 그 이유를 자세하게 설명해주었다.

이야기를 다 들은 카루이자와는 가벼운 두통을 느꼈는지 머리를 감싸 안았다.

"왜 그래? 머리 아파?"

"그야 당연하지. 그 애들…… 아니, 아무것도 아니야. 물어봤자 의미도 없고."

그걸 듣는 것조차 기억 낭비라고 말하고 싶은 모양이다.

"호리키타한테 부탁하면 되지. 너희 사이좋잖아?"

"그 녀석한테는 부탁 못 해. 내가 뒤에서 이런 식으로 행동하는 걸 그 녀석은 모르니까."

"뭐? 어째서?"

당연한 의문인데 그 의문을 해소시켜주기란 조금 어렵다. 적당히 얼버무리는 게 정답이라는 걸 잘 알고 있지만, 나는 카루이자와에게는 조금 더 깊이 말해주기로 마음먹었다.

"유람선에서 내가 너랑 접촉한 것도, 지금 일도 전부 내 독단이야. 그걸 호리키타에게 말하지 않는 이유는, 아직 그 녀석을 믿지 못하는 부분이 있기 때문이야."

나는 거짓 없이 모든 것을 솔직히 털어놓았다.

"그렇게나 같이 있으면서 못 믿다니 이상한 이야기네."

"그 녀석은 내 방패막이로 우수하거든. 자기가 알아서 뛰 어주니까."

"그럼 이용할 뿐이라는 거야?"

"적절한 표현은 아니지만, 여기서는 적절한 표현일지도 모르겠다."

"응? 그게 도대체 무슨 말이야……. 이따금 미묘한 뉘앙 스를 끼워 넣는 것 좀 그만해."

카루이자와가 하얀 이를 드러내며 항의했다.

"……어쨌든 계획대로 잘 되고 있다는 거네. 나도 지금까 지 호리키타가 전부 생각해서 행동에 옮긴 줄 알았으니까. 그런데 정말 넌 정체가 뭐야?"

카루이자와의 눈에 나는 불가사의한 존재로 보이겠지.

"뭐, 여하튼 좋아. 호리키타보다 나를 더 믿는다는 건 그 리 나쁜 이야기도 아니고."

그래. 그런 의미에서는 틀리지 않았다. 카루이자와가 호 리키타를 이기는 부분을 가지고 있으니까, 호리키타에게는 말하지 않는 걸 카루이자와에게는 말한다.

"하라는 대로 얌전히 실행하면 되는 거지?"

"좋아. 그렇게 마음먹었다면 지금 바로 이 일에 조금 동참해줬으면 하는데 어때? 미리 사전작업을 해두지 않으면 대응할 수 없으니까."

"어차피 거부권도 없을 테니, 알겠어."

빨리 끝내줘, 하고 카루이자와가 일어서서 엉덩이에 묻은 먼지를 탁탁 털었다.

나 역시 귀중한 시간을 허비하고 싶지 않아서, 카루이자와와 함께 서둘러 수영장으로 향했다.

1

그렇게 카루이자와와 대화를 나누기 하루 전날 밤으로 거슬러 올라가서.

얼마 남지 않은 여름방학을 방에서 만끽하고 있는데, 여느 때처럼 바보 삼인조 대표(?)인 이케가 그룹채팅 메시지를 날렸다.

'여름방학인데 청춘의 추억 하나 없이 이대로 끝내도 정말 좋냐?'

조금 깊이 있는 것 같으면서 한편으로는 아무 생각도 없어 보이는 갑작스러운 한마디.

누가 대꾸하기 전에 이케가 다시 말을 이었다.

'1년 중에 소중한 여름방학을, 이 꽃다운 청춘을 이런 식

으로 끝내도 정말 좋냐?'

다시 한번. 아주 살짝 바뀐 문장이 채팅창에 떴다.

'아니지, 안 좋지.'

이윽고 야마우치가 찬동하듯 메시지를 띄웠다.

불과 얼마 전 실연당한 남자에게 새로운 청춘은 필수불가결하겠지.

'나도 마찬가지야. 나도 청춘을 즐기고 싶다.'

그리고 뒤이어 호응하는 스도. 동아리 활동에 충실해도 연애는 하고 싶은 법이다.

'그럼 행동에 나서야 해. 가만히 기다린다고 청춘이 제 발로 오지는 않아. 지금이야말로 육식계 남자가 되어야 할 시기라고!'

청춘을 추구하는 거야 좋지만, 도대체 어떤 방식으로 청춘을 즐기자는 것일까.

'뭐 좋은 수라도 있냐?'

누군가가 그런 식으로 물어오기만을 기다렸으리라. 곧바로 장문이 떴다.

'물론 나한테 생각이 있지! 지금 기간 한정으로 수영장이 개방되었잖아? 죽이는 여자애들을 불러내서 같이 수영을 즐기자고! 나의 키쿄도 있지? 하루키의 사쿠라도 있지? 켄의 호리키타도 있지?!'

야마우치의 다시 떠올리고 싶지 않은 상처를 마구 후벼 파며 반에서 쟁쟁한 여자애들의 이름을 올렸다.

'그야, 스즈네가 간다면 나도 가고 싶지만. 그 녀석이 설마 오겠냐?'

'그건 아야노코지 대선생이 어떻게든 해주실 거다! 안 그래?'

못 해! 하고 간단히 대답할 수는 없었다.

'어떻게든 해 줄 거지? 넌 내 친구잖아?'

스도의 이모티콘 하나 없이 위협적인 한 문장. 이럴 때에만 잘도 친구라고 들먹인다.

'할 수 있는 만큼 해볼게. 과도한 기대는 하지 말고.'

그렇게만 대답하고 채팅을 일시 중단한 나는 호리키타에게 가볍게 전화를 걸어보았다. 스도의 부탁에 순순히 응한 것은 나 역시 호리키타를 불러내고 싶은 부분이 있어서였다.

지금은 특히 반 안에서 호리키타의 평가가 올라가기 시작한 만큼 효과도 기대할 수 있고 말이다.

"무슨 용건이지?"

"용건 없으면 전화하면 안 돼?"

"끊는다?"

"잠깐, 잠깐만. 용건 있어. 실은 애들끼리 내일 수영장에 가자고 말이 나왔거든. 매일 방에 틀어박혀서 책에 절어 있는 호리키타 너도 같이 가자고 말해보려고."

"애들끼리라면 그 세 얼간이를 말하는 거지? 걔들이랑 행동을 같이 하고 싶은 마음은 안 드는데."

또 추억의 이름(세 얼간이: '줏코케 삼총사'라는 아동문학이 원작이며

드라마, 영화, 애니메이션 등으로 리메이크되어 많은 인기를 얻었다)이 등
장했다…….

"거절할게."

"만약 나랑 단둘이라면 갈 거야?"

"역시 거절할게."

그렇겠죠.

하지만 이번만큼은 나도 약간의 비책이 있다.

"물통."

그 단어에 수화기 너머에 있는 호리키타의 태도, 공기가
변하는 것을 느꼈다.

"뭐랄까, 갑자기 물통이라는 단어가 떠오르는군."

"……그게 무슨 말이야."

얌전히 따라오면 될 것을, 호리키타는 저항하려고 모르쇠
로 일관했다.

"손이 물통에, 어떻게 됐다든가 하는. 응?"

"네 성격이 다 드러나는 기분 나쁜 말투구나."

내 말뜻을 이해한 호리키타가 불만을 표출했다.

"그럼 순순히 나와주면 고맙겠는데."

"내일 몇 시에 어디로 가면 돼?"

호리키타에게도 지켜야 하는 것이 있다. 그 물통 사건이
알려지는 걸 절대 원하지 않을 것이다. 그러기 위해서 가기
싫은 수영장에도 억지로 가려고 하고 있었다.

"아침 8시 반까지 로비에서 집합이야. 저녁 무렵에 해산

할 예정이고."

"알았어. 단 다음에도 같은 내용으로 협박하면 용서하지 않을 거야."

"그, 그래."

나 역시 이 약점으로 두 번 세 번 호리키타를 흔들 생각은 없다. 이번에는 협박이라기보다 물통 사건을 도와준 보답을 해 달라는 의미가 크다. 그건 호리키타도 잘 알고 있으리라.

'호리키타를 불러내는 데 성공했어.'

'잘했어, 아야노코지. 콘크리트 바닥에서 저런 스플렉스(레슬링 기술 중 하나)하는 건 면제해준다.'

……아무래도 나, 목숨을 잃을 위기였던 것 같다.

'나를 위해 사쿠라는 불러냈냐! 부탁한다, 아야노코지!'

며칠 전에 분명 차였는데, 야마우치에게서 그런 그룹 채팅 메시지가 날아들었다.

그 직후, 야마우치가 따로 일대일 채팅을 걸었다.

'내가 차였다는 건 덮어줘! 나 좀 살려주라!'

그런 이면의 목소리가 담긴 슬픈 메시지를 보냈다. 겉으로는 아직 사쿠라 러브로 있고 싶은 모양이다.

물론 사쿠라가 같이 간다면 남자애들이 굉장히 들뜨겠지. 하지만 쉽게 응해줄 아이가 아니다. 사쿠라는 성실하지만 카루이자와를 비롯한 일부 아이들과 마찬가지로 수영 수업은 늘 빼먹는다. 발육 상태가 남들의 두 배인 가슴이 동성

뿐 아니라 이성의 시선을 마구 잡아끌었기 때문이다.

게다가 고백을 거절한 지 얼마 되지 않은 상대와 함께 있는 것도 괴로울 터.

그녀가 같이 가겠다고 할지 어떨지는 몰라도, 일단 물어봐야겠다.

2

그리고 순식간에 약속한 날짜가 다가왔다. 여름 방학 마지막 이벤트의 시작이다.

약속 시간인 8시 30분. 로비로 내려가니 이미 멤버 대부분이 다 모여 있었다.

"아슬아슬했네."

"아직 약속 시간까지…… 10초 정도 남았잖아."

"엘리베이터가 꽉 찼으면 넌 지각이었어."

지각한 것도 아닌데 호리키타가 자꾸 딴죽을 걸었다. 강제로 끌어들인 데에 대한 화풀이 같은 것일 테고, 게다가 녀석은 모인 자리의 분위기를 귀찮게 느끼고 있을 터였다. 무턱대고 시비 걸고 싶은 심정은 나도 이해한다. 쿠시다, 사쿠라, 이케와 야마우치 중에는 별로 말할 상대가 없으니 무리도 아니다.

"아, 안녕, 아야노코지."

"안녕, 사쿠라."

살짝 주뼛거리며 얼굴을 내민 사쿠라가 인사를 건넸다. 야마우치는 그런 사쿠라를 의식하지 않으려고 애를 썼는데, 그래도 무의식중에 자꾸 신경 쓰이는 모습이었다. 사쿠라도 어딘지 불안해 보였다.

참고삼아 기억해 둬야지. 고백을 하거나 받는 건 기쁘기만 한 게 아니라, 나중에 계속 따라다니면서 성가시게 만들기도 한다는 사실을.

"스도는?"

"아마 늦잠자지 않았을까?"

집합 시간이 지났는데도 스도는 오지 않았다. 어제까지 동아리 활동을 하느라 정신없는 눈치였으니 피로가 쌓였을 것이다. 아무도 스도에게 연락하려고 하지 않아서 내가 움직였다.

"안 돼, 전화 안 받아."

전화를 걸어보았지만 통화 연결음만 계속 들리고 음성사서함으로 넘어가지도 않았다. 나는 전화를 끊고 주위에 이 사실을 알렸다.

"뭐하는 거야, 스도 녀석. 8시 30분이 지났는데! 빨리 안 가면 제일 먼저 입장 못 한다고!"

초조해진 이케가 다리를 마구 떨며 엘리베이터를 바라보았다. 하지만 엘리베이터는 여전히 움직일 기색이 없었다.

"아, 알았어. 내가 깨워 올게."

사쿠라와의 사이에 미묘한 침묵이 흘러서 마음이 불편해

진 야마우치가 그렇게 말하고 엘리베이터로 향했다. 야마우치가 가자마자 눈에 보이지 않던 무거운 공기가 확 가벼워지는 것을 느꼈다.

"쟤 무슨 일 있어?"

야마우치의 변화를 호리키타도 느꼈는지 조용히 물어왔다. 나는 어떻게 대답해야 할지 몰라 뒤통수를 긁적였다.

"여러 가지로."

결국 말하는 걸 그만두었다. 야마우치도 사쿠라도 이야기가 퍼지는 걸 좋아하지 않을 테니까.

"어머나? 호리키타랑 D반 애들이네. 안녕?"

로비에서 스도가 오기만을 기다리고 있는데, 이치노세와 여자 친구 세 명이 내려왔다. 손에 눈에 익지 않은 컬러풀한 비닐 가방과 목욕 타올이 들려 있었다.

"혹시 너희도 수영장에?"

"그렇게 됐어."

수영장 놀이는 여름방학 마지막 빅 이벤트이니 목적이 같아도 이상하지 않다.

"모처럼이니 같이 놀자. 어때?"

"물론 환영이지!"

이케가 펄쩍 뛰어오르듯 소파에서 일어나 환영했다. 호리키타도 이번에는 별로 참견할 생각이 없는지 아무 말도 하지 않았다.

"그런데 미안하지만 한 명이 늦잠을 자는 바람에 지금 기다리는 중이야. 친구가 방금 데리러 갔어."

"오케이."

3

찌억. 악어처럼 커다란 입을 벌리면서 뒤죽박죽 헝클어진 머리카락을 마구 긁어대는 스도.

"미안하다, 늦잠을 자서. 동아리 때문에 피로가 쌓였던 모양이야."

"나한테 말하지 마."

스도가 호리키타의 옆에 서서 늦잠을 자 미안하다고 사과했다가, 귀찮은 취급만 받았다. 아직 두 사람의 거리가 좁혀질 기미는 보이지 않았다. 한편 중간에 불쑥 합류한 이치노세 그룹은 쿠시다가 중심이 되어 상대해주고 있었다.

"저기, 아야노코지."

호리키타는 스도를 사이에 두고 내게 말을 걸었다. 스도가 시시하다는 듯 슬쩍 노려보았다.

"좀 이상하다는 생각 안 들어?"

"뭐가."

"내가 아는 이케랑 야마우치는 이럴 때 누구보다도 호들갑 떠는 애들인데?"

그 예리한 관점에 스도가 순간 얼어붙었다. 잠깐 정적이 생긴 것을 놓치지 않는 호리키타.

"뭐 아는 거라도 있니? 스도."

"딱히 없는데……."

스도는 그렇게 얼버무렸지만, 호리키타는 불신감을 지우기는커녕 한층 더 경계했다. 이케와 야마우치가 둘이 어깨를 나란히 하고 딱딱한 표정으로 걸어갔다.

"아무리 봐도 뭔가 수상한 목적이 있는 것 같은데……."

게다가…… 하고 호리키타가 이케의 가방에 주목했다.

"필요한 거라곤 타올이랑 수영복 정도밖에 없을 텐데, 가방이 꽤나 무거워 보이네."

이케의 가방은 나를 비롯한 다른 남자애보다 눈에 띄게 묵직했다.

"그런가? 난 그렇게 안 보이는데……."

"안 보인다고? 저 상태를 보고도?"

가방이 흔들리는 폭과 가방을 쥔 팔이 늘어난 정도에 의문을 느끼는 호리키타에게는 근거가 있었다.

"수영장에 가서 떠들고 놀 생각인 거 아니야? 그러기 위한 도구가 들어 있겠지, 뭐."

스도를 감싸듯 내가 말했다. 그러자 스도가 곧바로 맞장구를 쳤다.

"마, 맞아. 그럴 거야."

"그래……. 하긴 그럴지도 모르겠네."

매일 한 관찰로 바보 삼인조가 여자를 밝힌다는 건 다 드러난 상태다.

그런 세 사람이 유난히 얌전하니 위화감을 느끼는 것도 무리는 아니다.

하지만 여기에는 깊은 이유가 있었다. 지금 이 세 사람은 극도의 긴장감을 느끼고 있었다.

그 이유는 미소녀들에게 둘러싸여 있어서도, 앞으로 수영복 차림을 보게 되어서도 아니다.

일단 지금은 화제를 바꿔서 얼버무리기로 한다.

"스도."

"뭐, 뭐야."

"동아리 활동의 성과라고 할까, 포인트 수익은 있었어?"

"어? 아아, 대회에 공헌했다고 조금. 그래도 3,000포인트 정도야."

자랑할 일도 아니지, 하고 겸손하게 나왔지만 그 이야기를 들은 호리키타가 솔직하게 감탄했다.

"개인적인 활약으로 프라이빗 포인트를 얻었구나."

"……응. 하지만 2학년, 3학년 선배들은 수만 포인트를 받은 사람도 드문드문 있으니까 아직 만족하기는 일러. 활약이 많으면 반 포인트에도 영향을 줄 수 있으니까. 2학기 이후에 더 활약할 생각이야."

한 팔로 승리의 포즈를 취하는 스도.

호리키타는 자신이 못 하는 일을 이루어낸 스도에게 있는 그대로 경의를 표했다.

"네가 반에 크게 공헌하는 날이 머지않았을지도 모르겠네."

사실 나도 그런 예감이 든다. 별일이 없다면 스도는 우리 반에 플러스가 될 존재라고 말이다.

하지만 한편으로는 위기를 가져올 요소도 없지 않다. 스도는 적을 만들기 쉬운 아이니까. 그런 점은 같은 경향을 지닌 호리키타와 더불어 지켜볼 필요가 있으리라.

우리는 학교 건물 옆에 병설된 수영부 전용 '특별 수영 시설'로 발걸음을 옮겼다.

이 구역에서는 특별히 교복을 착용하지 않아도 되도록 학교 측에서 배려해 주었다. 방학 마지막 날이기도 해서 수영장은 대성황인 것처럼 보였다. 수영장 입장 시작 전인데도 불구하고 많은 학생으로 북적거렸다. 한편 과연 미래형 신설 고등학교답게, 탈의실도 각 학년별로 준비되어 있었다. 평소에 절대 출입할 수 없는 구역이지만, 우리는 친절한 안내판을 따라 헤매지 않고 안으로 들어갔다.

"그럼 다들 20분 후에 여기서 모이는 걸로 하자."

수영장으로 이어진 복도를 손가락으로 가리키며 이치노세가 말했다. 리더 역할을 해주는 아이가 있으니 상당히 편하다.

"하아, 하악."

여자애들이 사라짐과 동시에 이케가 흥분한 듯 거친 숨을 내뱉으며 재빨리 달려갔다.

들뜬 기분은 알겠지만 지금 이 자리에서 저런 식으로 나오는 건 썩 바람직하지 못하다.

이케는 일등으로 탈의실에 도착했다. 나는 이케의 등을 탁 치며 안으로 들어가라고 재촉했다.

탈의실에 들어가자마자 이케와 야마우치가 쏜살같이 달려가 가장 안쪽에 있는 사물함 앞에 진을 쳤다.

"얘들아. 우리한테 오늘은 아주 특별한 날이 될 거야. 그런 예감이 안 드냐?!"

"그래. 우리는 반의, 그리고 이 학교의 누구보다도 앞으로 나아가는 거얏!"

이케와 야마우치는 귓속말 수준을 넘어서 남의 시선까지 모을 만큼 큰 목소리로 말했다.

그 모습을 보다 못한 스도가 양팔을 써서 두 사람의 목에 걸어 힘껏 조였다.

"크헉! 뭐하는 짓이야, 켄!"

"너희 너무 시끄럽다고. 설레는 건 알겠는데 너무 튀게 그러면 위험하잖아."

"……그, 그렇군. 미안 미안. 아얏!"

교훈으로 삼으라는 듯 스도가 두 사람의 이마를 충돌시켰다. 다소 강제적이긴 하지만 나쁘지 않은 방법이다.

"의외로 차분하네, 스도는."

"원래 그렇게 기대도 안 했거든. 기쁜 마음이랑 안 그런 마음이 반반이야. 냉정하게 생각하면 스즈네가 슬퍼할 테니까. 무방비 상태인 스즈네를 저 녀석들이 훔쳐보는 것도 싫고. 남자라면 당당하게 자기 힘으로 여자를 사로잡아야

하는 법."

그 마음가짐은 올바르다. 가능하면 두 사람도 보고 배웠으면 하지만, 이케와 야마우치에게 지금은 당장 눈앞의 성욕이 앞서겠지.

나는 휴대폰을 확인했다. 그러자 카루이자와로부터 이제막 도착했다는 연락이 왔다.

"누가 보냈어?!"

볼이 새빨갛게 달아오른 이케가 수상한 눈빛으로 휴대폰을 들여다보려고 해서 재빨리 화면을 껐다.

"여자인가 보지?"

"내가 그렇게 인기 있는 애처럼 보여?"

"……하긴. 좋았어, 얼른 옷 갈아입자! 타올 펼쳐, 펼쳐!"

조금쯤은 긍정해주면 좋겠다고 생각했지만, 그건 속으로만 담아두자.

어쨌든 결과적으로 행운이 찾아올지 안 올지는 이케 일행에게도 도박에 불과하다.

4

"완전 오락시설이구만……."

평소에는 동아리 활동, 그것도 본격적인 연습에 쓰이는 대형 수영 시설이, 오늘만은 그 쓰임새를 달리했다. 많은 학생이 북적거리는 것도 당연해서 매점의 규모까지도 광범위했다. 매점에는 꾸준히 잘 팔리는 가벼운 식사 메뉴, 즉 정 크푸드가 많았다. 핫도그, 야키소바, 오코노미야키 등.

그것 자체도 놀라운데, 신기하게도 상급생으로 보이는 학생들이 매점을 운영하고 있었다. 웃음기 하나 없이 열심히 일하는 학생들부터 즐겁게 일하는 학생까지 천차만별. 마치 특별시험을 보는 것 같았다.

"이게 무슨 구조람?"

그건 잘 모르겠지만, 어쨌든 통틀어 축제 분위기인 것만 은 확실했다. 멍하니 서서 여자애들이 나오길 기다리고 있 는데 주위 공기가 갑자기 확 변하는 것을 알아차렸다.

사람이 긍정적으로 주목을 받으려면 기본적으로 노력이 필요하다.

쉬운 예를 들자면 공부가 그렇다. 내신이나 모의고사에서 1등을 차지하면 주변 사람들이 주목한다. 스포츠에서 눈부 신 활약을 펼쳐도 역시 주목을 받게 되리라.

하지만 예외도 있다. 그중 하나가 빼어난 외모다. 미남이 든 미녀든 상관없지만, 그런 부류의 인간은 앞에서 예를 든 것보다도 훨씬 주목을 받기 쉽다. 물론 외모에 신경 쓰는 노 력을 안 한다고 말할 수는 없지만, 역시 특별한 요소인 것 은 부정할 수 없으리라.

나는 다른 학교 사정은 잘 모른다. 하지만 적어도 이 학교 는 학생들의 외모 수준이 높다고 단언할 수 있다. 나와 같 이 다니는 그룹 멤버도 그렇고, 주위에 있는 잘 모르는 학생들도 외모만 놓고 봤을 때 명백하게 하이레벨인 학생이 많았다.

물론 레벨이 최상부터 최하까지 천차만별인 것도 부정할 수 없지만 보통 이렇게까지 고르게 분포되어 있지는 않다. 이케 일행이 매일 흥분하며 열을 올리는 것도 당연하다면 당연한가.

그리고 그 뛰어난 외모에 내면까지 완벽하다면 어떨까? 귀엽고 붙임성도 좋고 스타일도 공부도 과분할 정도. 그런 여자에게는 누구나 시선을 빼앗기고 말겠지.

왁자지껄 떠들며 시설 복도에 있던 남자들이 거의 동시에 한곳으로 시선을 보냈다.

"우와, 사람 진짜 많네!"

그러한 눈길들을 신경 쓰지도 않고, 주목을 한 몸에 받으며 이치노세가 약속 장소에 모습을 드러냈다.

"여기야……."

나는 어디다 눈을 둬야 할지 몰라 벽 쪽을 쳐다보며 가볍게 손을 들어 답했다.

"다른 애들은? 남자애들은 좀 더 빠를 줄 알았는데."

"아직 옷 갈아입고 있어."

그 녀석들은 이런 저런 사정이 좀 있어 늦어진다고 할 수 있는데.

"그나저나 너 되게 빨리 갈아입었네."

나랑 별로 차이가 없다고 생각하니 상당히 빨랐다.

"오호호, 옷 갈아입는 속도에는 자신이 있거든."

굳이 자랑거리는 아닌데 살짝 뽐내듯이 대답했다. 이런 천진난만한 모습도 이치노세의 인기 비결 중 하나일지 모르겠군.

"오오? 아야노코지, 래쉬가드 입었네."

"남자면서, 하고 생각할지도 모르겠지만 남 앞에서 맨살을 드러내는 걸 별로 좋아하지 않아. 수업이 아닐 때는 입어도 괜찮다고 들어서 마음먹고 사봤어."

"그래, 그렇구나. 그것도 좋다고 생각해. 규칙 위반도 아니고."

많은 편은 아니지만 수영장 내에는 나처럼 상의를 입고 있는 남학생들도 있었다.

순간 나를 뚫어지게 쳐다본 이치노세가 옷으로 가려진 내 배를 검지로 쿡 찔러보았다.

"꽤 단단하네. 그리고 쓸데없이 근육을 키우지 않은, 마른 몸에 이상적인 근육이랄까."

쿡쿡 찌르며 사정없이 만지더니 팔뚝과 어깨까지 그런 행동이 이어졌다. 수영복 상의를 살 수 있을 만큼의 임시 수입이 있어서 다행이었다. 카츠라기에게 감사해둔다.

"운동하니?"

"안 해. 상의 소재가 그런 거거나 아니면 단순히 내 살이 단단한 거겠지. 평소 운동부족이어서."

"흐음……."

이치노세는 시선을 내 발 아래로 떨어트렸는데, 질문을 금세 멈추었다.

그나저나 이렇게 가까운 거리에서 이치노세랑 있으니, 그 흉악―― 아니, 커다란 가슴을 자꾸 의식하게 된다. 이런 상태로 수영이며 달리기를 하면 과연 어떻게 될까.

애초에 제대로 움직일 수 있을지조차 의심스럽다.

"……그런데 녀석들이 너무 늦네. 가서 좀 보고 올게."

뭘 하고 있는지도 왜 늦는지도 이미 알고 있지만, 수영복 차림의 이치노세와 단둘이 있는 상태를 견딜 수 없어진 나는 다시 남자 탈의실로 돌아갔다.

그리고 잠시 이케 일행과 함께 있다가 준비가 다 되었을 무렵에 모두 함께 복도로 나갔다. 과연 시간이 지나서 그런지 호리키타를 비롯한 여자 전원이 다 모였다.

"으허억……!"

필사적으로 목소리를 죽인 이케는 눈앞에 있는 여자애들의 절경을 보고 감탄사를 흘렸다. 사쿠라는 구석에서 작게 몸을 움츠렸는데, 당연하다는 듯 래쉬가드를 입어 가슴을 가렸다.

그래도 평소에는 보이지 않는 수영복 차림에 모두가 흥분을 감추지 못하는 모양새였다.

"후후후. 내 눈에는 보이지. 저 얇은 수영복 아래의 가슴이, 그곳이!"

마치 투시라도 하듯 야한 눈빛으로 여자들을 쳐다보는 이케와 야마우치. 정말 인생이 즐거워 보인다.

"그럼 가볼까. 일단 안쪽이 비어 있는 것 같으니."

우리는 우선 휴식을 취할 수 있는 거점 확보를 위해 움직였다. 여기서도 애들을 이끌듯 이치노세가 앞서서 걸었다. 쿠시다도 이치노세에게 보조를 맞추었다. 그러자 남자애들이 제일 뒤에 진을 쳤다. 아무래도 목적은 탱탱하게 흔들거리는 이치노세와 쿠시다의 엉덩이인 것 같다. 그 와중에도 스도는 호리키타의 옆에서 움직이려고 하지 않았다. 이런 부분은 일관적으로 확실하다. 의외로 어울리는 한 쌍의 커플이 될 것 같다.

한편 나는 이제는 일상이 되어버린 듯, 사쿠라의 옆에서 나란히 걸었다.

"저기…… 고마워……."

단둘이 되자마자 사쿠라가 작게 고마움을 표시했다.

그 모습에 나는 의문을 가질 수밖에 없었다.

"왜 그런 말을 하는 거야?"

"왜냐니?"

사쿠라는 내 질문에 이상하다는 듯 되물었다.

그리고 내가 그 이유를 짐작하지 못한다는 것을 깨달았다.

"아, 그게. 오늘 이렇게 불러내줘서……."

"아, 그거였어? 별로 특별한 일도 아니잖아, 친구니까."

사쿠라를 상대로 시원시원하게 나오는 '친구'라는 단어.

그 말을 듣고 강아지처럼 눈을 반짝인 사쿠라는 기쁜 표정으로 나를 올려다보았다.

"그러니까, 고맙다고 할 일이 아니야."

다시 한번 말했지만 사쿠라는 그렇게 느끼지 않는 모양이었다.

"그래도 고마워."

"아니…… 그래, 그렇다고 하자."

내 머리 위에 물음표가 떴지만 그렇게 매듭짓기로 했다. 아마도 이 녀석은 원래 이런 아이인 것이다. 그러니까 나도 같이 있으면 마음이 편해지고 기분이 썩 나쁘지 않은 것이리라.

그나저나 정말 사쿠라가 많이 긍정적으로 바뀌었다. 처음 만났을 때와는 몰라볼 정도로 성장했다. 동급생에게 고백을 받았는데도 도망치지 않고 잘 받아주었다. 나날이 성장하는 그녀를 보고 있으니 나 또한 변할 수 있지 않을까 하는 생각이 들었다.

"요즘 들어 깨달은 건데 말이야, 전에 체육 시간에 선생님이 수영은 반드시 나중에 도움이 될 거라고 말씀하신 건 무인도 시험이랑 관련되었던 게 아니었을까?"

눈을 반짝이며 알려주는 사쿠라를 괜히 낙담하게 만들 필요는 없겠지.

"그렇구나. 듣고 보니 그러네."

"역시 그렇지?!"

자신이 알아냈다는 게 기뻤는지 사쿠라가 천진난만하게

폴짝 뛰었다. 래쉬가드로 가려졌어도 그 커다란 가슴이 출 렁이는 것을 알았다. 이래서는 상의를 벗을 수 없겠지, 크 다고 다 좋은 것이 아닌 여자애의 사정을 조금이나마 동정 했다. 어쨌든 대화를 나눌 때마다 사쿠라의 새로운 면을 발 견할 수 있어서 기뻤다.

하지만 사쿠라는 금세 미안한 표정을 지었다.

"만약에 내가 부끄러워하지 않고 수업에 잘 나갔더라면 좀 더 도움이 되었을까……. 몸이 안 좋다고 핑계를 대고 피 하기만 했으니까……."

"그걸 깨달은 것만으로도 충분하지 않아?"

지금까지는 자기 좋을 대로 생활해온 학생들이, 조금씩이 지만 그러면 안 된다는 사실을 깨닫기 시작하고 있다. 사람 은 혼자서는 살아갈 수 없다. 산에 틀어박혀 신선 같은 흉 내를 내는 게 아닌 이상, 살아가려면 집단생활을 해야만 하 는 것이다. 중고생 대부분은 그 사실을 깨닫지도 못한다. 늘 혼자서 인터넷 혹은 소셜 게임에 열중하는 고독한 사람. 혹 은 많은 사람에게 피해를 주는, 경범죄에서 중범죄까지 범 하는 불량 청소년들. 자신이 주변인에게 얼마나 SOS를 치 고 도움을 요청하는지 깨닫지 못한다. 경우에 따라서는 평 생 모른 채 살아가는 사람도 있으리라.

하지만 이 학교는 다르다. 방식은 특이하지만 학생들에게 개인이란 무엇인가를 가르쳐주려고 하는 듯한 느낌이 든 다. 실제로 지금 옆에 있는 사쿠라는 깨닫기 시작했다. 자신에게도 반을 위해 뭔가 가능한 일이 있지 않을까 하고 말이다. 그건 이윽고 커다란 재산이 될 것이다.

"앗, 이치노세잖아. 너희도 오늘 놀러 왔어?"

빈 공간을 찾아 걷고 있는데 세 남학생이 이치노세에게 아는 체했다. 그중 한 사람은 나도 아는 얼굴이었고, 내 존재를 알아차린 그도 가볍게 고개를 끄덕였다. B반 칸자키였다.

"야호. 시바타네."

시바타라고 불린 남자가 손을 들었다. 그리고 D반인 우리에게도 환하게 웃으며 말했다.

"왠지 재미있어 보이는 모임이네. 우리도 합류하게 해줘."

"난 전혀 상관없는데…… 괜찮을까?"

쿠시다는 물론 문제없다며 고개를 끄덕였다. 그러자 이케 일행의 거부권도 자동적으로 소멸되었다. 결국 B반 학생 세 명까지 더해 총합 13명의 대집단이 되었다.

"방해해서 미안해."

내가 많은 사람들과 막 어울리는 타입이 아니라는 걸 잘 아는 칸자키가 다가와서 말했다. 그 모습에 사쿠라가 한 걸음 뒤로 스윽 물러섰다. 칸자키도 알아차리지 못한, 훌륭한 존재 지우기.

"뭐, 괜찮지 않아? 여름 방학도 이제 마지막인데."

"이 학교는 다른 반 학생과 친해질 기회가 적으니까 말이지. 시바타랑 다른 애들도 기뻐하는 것 같아."

"넌 꼭 그런 것 같지도 않네."

칸자키는 평소와 다름없이 차분하다고 할까, 거리를 두고 대하는 듯한 느낌이 들었다.

"비슷해, 아야노코지와. 시끌벅적한 건 내 체질에 안 맞아."

칸자키와 세세한 이야기를 나누며 걷고 있는데 앞쪽에서 환호성이 터졌다.

"저쪽에 뭔가 시끄러운데."

스도가 그렇게 말했다. 소란스러운 쪽으로 고개를 돌리자 그곳의 중심에서 물보라가 확 일었다. 그와 동시에 한 사람과 공 하나가 공중에 붕 떴다. 강하게 때린 스파이크가 상대방 코트의 물속에 꽂혔다. 보아하니 수영장 안에서 배구를 하고 있는 모양이었다.

"우오오! 굉장하다! 뭔가 수준이 엄청 높지 않아?!"

야마우치가 그 광경을 보고 소리쳤다. 커다란 시설 안에는 수영장이 3개 있었는데, 다양한 놀이에 맞게 용도별로 쓰이고 있었다.

하나는 마음대로 들어가 수영할 수 있는 스탠다드 수영장, 또 하나는 물이 흐르는 수영장, 그리고 마지막은 오락을 주로 한 스포츠용 수영장. 그 스포츠용 수영장은 지금, 많은 여성 관중들에 둘러싸인 채 격렬한 배구 경기가 한창 진행 중이었다.

얼굴이 낯선 학생들이다. 약간 어른스러워 보이는 것이, 필시 2학년 아니면 3학년이 대부분인 듯하다. 그들은 남녀

혼합으로 수준 높은 경기를 펼치고 있었다.

그중에서도 특히, 혼자 이채를 발하는 남학생이 눈에 띄었다.

"저 녀석 굉장하다……."

스도가 감탄하며 가리킨 사람은 정말 혼자 돋보이는 학생이었다. 날씬한 체격은 언뜻 연약해 보였지만 몸에 어렴풋이 초콜릿 같은 복근이 드러나 있었다. 하지만 무엇보다도 눈에 띄는 것은 격렬하게 움직일 때마다 출렁이는 금발과 심하게 잘생긴 얼굴. 마치 영화 스크린을 보고 있는 듯한 착각을 불러일으킬 정도로 미소년이었다.

아무래도 여학생 대부분은 그 미소년에 시선을 빼앗긴 것 같았다.

"켁, 난 저런 녀석이 제일 싫더라. 별로 재능도 없고 노력도 안 하는 주제에 그냥 얼굴 좀 반반하다고 인생의 승자가 되다니."

악담을 퍼붓는 이케 일행의 마음도 모르는 바는 아니다. 그런데 그러한 예상이 곧 확 뒤집히고 말았다.

주목을 한 몸에 받은 미소년. 그 옆얼굴에서 보이는 날카로운 안광이 머리 위로 또렷하게 향했다.

미소년이 자신의 진영에서 쏘아올린 정확한 토스에 맞추어 하늘 높이 날아올랐던 것이다. 관중 대부분이 그 순간 함성을 지르는 것도 잊고 숨을 삼키며 지켜보았다.

놀라운 속도로 예각을 그린 탄환, 아니 공이 적진을 덮쳤다. 그 공을 받아내기 위해 움직이는 학생 역시 뛰어난 신체 능력을 가졌겠지. 기민한 반응을 보이며 공을 튕겨내려고 몸을 날렸다.

와! 하고 일제히 높이는 비명과 함께 또 미소년이 속한 팀의 득점이 올라갔다. 누가 봐도 명백하게, 그 미소년은 운동 신경이 뛰어났다. 하반신이 발달한 모습을 보아 다리를 사용하는 스포츠라도 하고 있는 걸까. 육상부? 야구나 축구 등도 짐작해볼 수 있다.

"자, 잘생겼는데 운동도 잘한다니…… 누구한테 이득이야?"

"분위기가 꽤나 달아올랐네. 저 사람 혼자 분위기를 지배하고 있어."

"그런 것 같네. 누군지는 몰라도."

나도 호리키타도 다른 반, 학년 사정에는 약하니까 말이지. 이럴 때는 누구보다도 넓은 네트워크를 가진 쿠시다에게 물어보는 게 제일이다. 역시 금방 대답이 돌아왔다.

"저 사람은 2학년 A반의 나구모 선배야. 여자들한테 엄청나게 인기가 있어."

"나구모……."

그러고 보니 최근에 그 이름을 들어본 기억이 있었다.

"현재 학생회 부회장. 그리고 내년에 학생회장이 될 거라는 말이 나오는 사람이지. 머리가 굉장히 좋은 것 같아."

옆에서 이야기를 듣고 있던 이치노세가 나구모의 이름에 반응해 그렇게 대답했다. 그러자 이치노세가 말한 '학생회'라는 키워드에 옆에 있던 호리키타의 등이 미세하게 반응했다.

나구모라고 불린 학생이 움직여 활약할 때마다 여자애들의 환호성이 터져 나왔다. 수영장 내에는 동시에 다른 시합도 치러지고 있었는데 관중들 대부분은 나구모가 있는 경기 이외에는 눈길도 주지 않았다.

"여자한테 저렇게 인기가 있는데 지금까지 난 몰랐어. 아야노코지 너 역시 몰랐고. 운동 신경이 예사롭지 않다는 건 알겠지만, 지명도로 봤을 때 엄청나다는 생각은 안 들어. 학생회장 쪽이 압도적으로 더 뛰어난 게 아닐까?"

잘도 뻔뻔하게 말하는군. 친오빠라는 사실을 숨기고 태연하게 학생회장을 치켜세웠다. 그 부분에 관해서는 이치노세도 이견이 없는지 순순히 인정했다.

"하긴 학생회장이 지나치게 뛰어난 면은 있지. 이 학교의 역사를 통틀어도 지금 학생회장이 제일 우수하다는 이야기도 나올 정도니까. 그러고 보니 호리키타, 너랑 성이 같지 않아?"

"그런가봐."

별로 대꾸할 생각이 없는지, 대충 흘려 넘기는 호리키타.

"하지만 그 학생회장한테도 실력으로는 지지 않는다는 소문이 있어. 실제로 작년 학생회 선거 때는 호리키타 회장이랑 나구모 부회장이 회장 자리를 놓고 경쟁했다고 해. 나구모 부회장이 당시 1학년이었는데도 말이야."

"학생회 사정에 대해 굉장히 잘 아네."

"나도 학생회에 들어갔거든. 그래서 그 부분은 필연적으로 알게 되었지."

"……네가?"

호리키타가 놀라움을 감추지 않았다.

이치노세가 학생회에 들어갔다니. 생각해보면 이 녀석을 처음 만난 날, B반 담임 호시노미야 선생님에게 '학생회에 대한' 이야기를 묻고 있었다.

공교롭게도 나는 '그' 학생회장의 옆에서 일할 마음 따위 전혀 없지만, 이 학교의 구조를 생각하면 학생회에 들어가는 의미가 무척 크리라.

"그런데 학생회에 들어갈 수 있는 조건이 뭐야? 아무나 들어갈 수 있는 건 아닐 테지?"

"음, 이 학교는 좀 특수한 것 같아. 무소속인 경우는 4~6월 말 사이나 10월 학생회 면접을 통과하면 들어갈 수 있다고 할까. 솔직히 말하면 난 처음에 떨어졌는데, 몇 번이고 도전해도 되는 거여서 결국 붙었어. 학생회장은 좀처럼 고개를 끄덕여주지 않았지만, 나구모 부회장의 한마디에 그렇게 됐지. 나중에 나구모 부회장한테 들은 얘기로 호리키타 회장이 올해 꽤 실망했다고 해. 예년 같으면 매년 1학년을 2~3명 뽑나 보던데, 올해는 아직까지 내가 유일하거든. 그래서 빨리 보란 듯이 내 능력을 보여주고 싶어. 어쩌면 10월에 호리키타 회장이 물러나버릴 지도 모르니까."

호리키타가 오빠에게 가까워지려고 노력하는 것처럼, 이

치노세도 열심히 발버둥치고 있는 거겠지.

"하지만 내 목표는 나구모 선배처럼 되는 거야. 선배는 나와 시작이 비슷하고 대화도 잘 통해. 이 학교에서 역대 학생회장은 전부 처음부터 A반인 사람들뿐인데, 나구모 선배는 나랑 같은 B반에서 시작했으니까. 그런데 어느덧 차기 학생회장에 당선이 확실시되는 위치까지 올라갔잖아. 그러니까 나구모 선배의 뒤에는 내가 학생회장으로—— 하고 말이야."

아무래도 이치노세는 호리키타의 오빠보다도 나구모를 더 높이 평가하는 것 같았다. 자신도 언젠가 학생회장이 되고 싶다는 생각을 말하며 결의를 표명했다.

그 점에 약간, 아니 상당히 마음에 안 들었겠지. 호리키타가 꼬투리를 잡았다.

"시작부터 뒤처졌다는 시점에서 잠재적 능력이 뻔하다고 봐야지."

"어이어이……."

어떻게 생각하든 자유지만, 그건 자학이기도 한 소리가 아닌가? 우리 역시 D반에서 시작한 시점에서 다 빤히 보이는데……. 아니면 이 녀석 설마——.

"너 혹시, 아직도 네가 어떤 착오로 D반에 배정되었다고 생각하는 건……."

"당연한 거 아냐?"

거리낌 없이 그렇게 말했다. 망설임 없이, 당당하게. 아주 당연하다는 듯이.

"호리키타가 이상하게 여기는 마음도 알 것 같아. 단순한 능력으로 반을 정한 것도 아닌 것 같고. 머리가 좋은 건 물론이고 인간으로서의 성숙함이라든가 협조성. 그런 전반적인 능력을 보고 평가를 내린 게 아닐까?"

"그 말뜻은―― 내 종합적인 능력에 문제가 있다는 거니?"

"아니 그게 아니야. 그렇게 들렸다면 사과할게. 하지만 조금만 생각해봐. 호리키타는 기본적으로 자신을 믿는 타입이지. 그건 역으로 생각하면 자기중심적이라고도 할 수 있잖아. 사회에 나갔을 때 자기중심적인 사람과 지시에 정확하게 따르는 사람이 있다고 할 때, 어느 쪽이 더 우수한지는 케이스 바이 케이스라고 생각하지 않아?"

자기중심적이라도 우수한 사람은 이 세상에 필요하지만 절대로 그런 것은 아니다. 하지만 지시에 정확하게 따르는 사람은 어디에나 수요가 있고 요구되는 인재이기도 하다.

"납득은 안 가……."

태도는 변함없었지만 그래도 호리키타의 심경에 조금씩 변화가 일어났을 것이다.

친구가 이치노세에게 말을 걸었을 때 나는 호리키타와 거리를 조금 좁혔다.

"그러고 보니 너는 학생회에 입후보하지 않았지. 오빠 옆에 있고 싶어서 이 학교를 선택한 것 아니었어?"

"……그거랑 이건 별개의 문제야. 너도 상상 정도는 할 수 있을 거 아냐? 내가 학생회에 들어가고 싶어서 면접을 본다고 해도 절대 인정해주지 않을 거라는 것 정도는."

뭐, 하긴 상상하기는 별로 어렵지 않다. B반 이치노세조차 처음에는 받아들이지 않았는데, D반인 호리키타…… 학교에서 내쫓고 싶다는 생각까지 하는 여동생을 넣으려고 할리 없다. 그건 이 녀석이 제일 잘 안다는 건가.

우리는 그대로 얼마간 시합을 관전했고, 결국 나구모 팀이 압도하며 종료되었다. 수영장 사이드로 올라오는 나구모의 주위에 응원하고 있던 여자애들이 점점 모여들기 시작했다.

"아니, 저 녀석 귀걸이 하고 있잖아! 저래도 되냐?!"

이제는 그런 부분밖에 시비 걸 데를 발견하지 못한 이케가 소리쳤다.

"지금은 여름방학 중이니까 괜찮지 않아?"

하지만 그것도 허무하게 이치노세에게 반박 당했다.

"아, 아니 그래도. 귀에 구멍을 뚫은 거라고! 엄청 큰 문제 아닌가?!"

"아마도 귀 안 뚫는 귀걸이 아닐까? 구멍을 뚫지 않고 그냥 귀에 끼우는 거 말이야. 평소에는 학교에서 교칙에 어긋나지 않는 복장으로 있으니까."

"에구구!"

아무리 시비 걸 구석을 찾아봐도 완전무결한 학생인 것 같았다.

"저기. 우리도 들어가서 배구하지 않을래? 우리는 시바타 일행까지 넣으면 딱 6명이고, 너희는 7명이니까 교대하면서 해도 되고."

모처럼 수영장에 왔으니까 하고 이치노세가 제안했다. 바로 찬성한 사람은 이케였다.

"할래 할래! 나도 나구모 선배처럼 여자애들의 뜨거운 시선을 모아주겠어!"

그건 아마 무리라고 생각하지만, 애들 대부분이 찬성하는 것 같았다. 모처럼 여기까지 왔으니까 신나게 놀고 싶겠지.

"저, 저기. 나는 운동을 잘 못해서…… 구경만 할게."

소극적으로 몸을 사린다기보다, 정말 하고 싶지 않은 듯 사쿠라가 말했다. 배구를 하고 싶지 않다는 태도가 한눈에도 드러났기 때문에 특별히 반대 의견은 나오지 않았다. 인원수도 이렇게 해서 6대 6이 맞춰졌는데, 그중 한 사람이 시합 자체에 불만을 드러냈다.

"나도 별로 안 내키는데."

나에게 빚이 있다고는 해도 노는 데까지 어울릴 생각은 없는 모양이었다.

"호리키타, 도망치는 거야?"

이치노세가 웃으면서 살짝 도발했다.

"고작 노는 건데 도망은 무슨."

"물론 노는 게 맞지. 하지만 반의 축소판이기도 하잖아. 어느 쪽이 의욕적이고 어느 쪽이 팀워크가 좋은지. 어떤 의미로는 반 대항 모의전이라는 느낌? 아니면 우리랑은 싸우고 싶지 않아?"

전력 분석을 겸한 시험적 제안. 그렇게 생각하면 거절할 이유가 없을지도 몰랐다.

"……좋아. 그럼 하자."

가까운 미래에 적이 될 B반. 지금은 놀이지만 상대의 능력을 확인해두고 싶겠지. 이치노세의 도전을 받아들이는 호리키타였다.

"그럼 시합에 더 불을 붙이기 위해서 말이야, 진 쪽이 상대방 점심을 전액 부담하는 게 어때? 이런 덤 정도는 있어도 괜찮지 않아?"

"그 조건도 받아들일게."

이렇게 해서 코트 신청을 한 우리는 공간이 빌 때까지 각자 작전 회의에 들어갔다.

시합 규칙은 1세트 15점으로 총 3세트였다. 먼저 2세트를 가져간 쪽이 승리한다. 서브권은 로테이션으로, 득점을 가져간 쪽이 다시 서브권을 가진다.

"이건 그냥 놀이야. 하지만 시합은 시합이지. 이왕 하는 거 반드시 이기자."

"호리키타, 굉장히 의욕적이네."

"점심이 무료라고 하면 겨우, 라고 생각할지도 몰라. 하지만 그게 아니야. 인원수만큼 쏘게 되면 1만 포인트 정도 나갈 가능성이 있어. 즉 프라이빗 포인트이기는 해도 B반과의 차이를 그만큼 좁힐 수 있다는 거지. 반대로 지면 그만큼 더 벌어지게 돼. 특별시험 같은 거야."

져서 각자 돈을 부담한다고 해도 2,000포인트 정도의 지출이다. 결코 적지 않다.

"으쌰! 반드시 이기자! 켄, 하루키!"

동기 부여는 저마다 방식이 달랐다. 호리키타는 우리에게 유리한 쪽으로 생각을 바꾼 모양이다.

"맡겨만 줘, 스즈네. 내가 있으면 천군만마를 얻은 거나 마찬가지니까. 저렇게 뇌까지 근육질인 녀석들을 모조리 박살내버리겠어!"

"아니…… 뇌까지 근육질이라는 건 스도 너 같은 사람을 표현할 때 쓰는 말인데?"

아주 크게 착각하는 스도에게 그렇게 지적해버린 나.

"어째서? 뇌까지 근육질이라는 건 뇌에 근육이 생길 만큼 열심히 한다는 뜻이니까 공부쟁이들 말하는 거 아니야?"

스도는 그야말로 뇌까지 근육질다운 착각을 하고 있었다.

"그런지도 모르겠네…… 방금 한 이야기는 잊어버려."

지적한 사람이 눈치 꽝인 문제였군. 어쨌든 스도는 B반 멤버를 보며 여유롭게 웃었다. 질 리가 없다고 자신감을 드러냈다.

"너한테 쓰임새가 있는지 없는지 이번에 시험해볼게, 스도."

공부랑 관련되면 반의 발목만 잡는 스도지만, 이런 자리에서는 든든한 우리 편이 될 것 같았다. 호리키타가 기대를 거는 마음도 알 것 같다. D반에서 운동 신경이 가장 좋은 사람이 스도였으니까. 예외로 코엔지가 있지만 좋든 나쁘든 수에 포함시키지 않는 편이 좋다.

"스도, 너 수영장에서 배구해 본 경험 있어?"

"없지. 배구는 수업 때 조금 해본 게 전부야."

"그런데도 자신만만하게 말했군……."

"농구는 모든 스포츠와 통한다── 내가 존경하는 선배가 한 말이야."

자신의 힘을 믿어 의심치 않았다.

호리키타로서도, 스도가 말뿐인 남자인지를 판단할 수 있는 좋은 기회이리라.

5

"으쌰, 나한테 맡겨!"

완만하게 떨어지는 공을 올려다본 스도가 높이 도약했다. 그리고 경이로운 점프와 몸의 탄력을 이용해 공을 때리자 공이 총알처럼 날카롭게 상대 진영을 덮쳤다.

열심히 방어에 나서는 이치노세였지만, 육지와 달리 물속에서는 움직임이 둔해져서 시간을 제때 맞출 수 없었다. 환호성은 없어도 그 위력은 조금 전에 보았던 나구모와 동등하거나 그 이상 같았다.

"예스!"

쉽게 득점하자 스도가 승리의 포즈를 취했다. 물 만난 물고기란 이런 걸 두고 하는 말일까. 같은 편인 호리키타도 감탄한 눈빛으로 스도의 움직임을 바라보았다.

"방금 공 굉장했어. 에잇, 당해버렸네."

물에 둥둥 떠 있는 공을 주워 스도에게 돌려준 이치노세. 감탄사를 연발했다.

"헷. 뭐, 여자가 내 공격을 받아내는 건 불가능이지. 너무 의기소침해 할 필요는 없어."

"으으. 지금 여자를 무시하는 거야? 여자도 남자한테 안 지거든?"

약간의 폭언에도 이치노세는 화내지 않고 웃으며 되받아치고는 원래 위치로 돌아갔다. B반의 서브로 시작한 경기였는데 지금은 스도가 노도와 같은 활약을 펼쳐 7대3으로 리드하고 있었다.

"수비 범위도 넓고 공격력도 높은 스도 쪽은 최대한 피해야겠어…….."

팀을 견인하는 스도에게 경계심을 한층 높이면서, 야마우치가 던진 서브를 칸자키가 받았다.

"오케이, 이치노세. 그럼 나한테 공을 줘, 목표물을 찾아냈다!"

"알겠어!"

자기 진영에 떨어지는 공을 이치노세가 확실하게, 이상적인 위치로 받아 올렸다.

천천히 떨어지는 공을 향해 도약한 사람은 시바타였다. 그런 시바타의 공격.

목표 투하 지점은── 슬프게도, 내 눈앞이었다.

이게 우연이 아니라면 가장 큰 구멍이 나라고 인식하고 있다는 소리겠지.

"받아, 아야노코지!"

엄한 스도의 목소리에 나는 물속에서 한 걸음 내디뎠다. 공의 속도 자체는 결코 빠르지 않았다. 공을 받는 것 자체는 어렵지 않을 것이다. 나는 팔을 뻗었다.

퍼억. 약간 둔탁한 소리.

"헐······."

공을 튕겨낸다는 것이, 전혀 엉뚱한 방향으로 날아가버리고 말았다.

"예~이!"

상대 진영에서 그 모습을 지켜본 이치노세와 시바타가 하이파이브 했다.

당연히 스도는 무섭게 노려보며 당장이라도 덤빌 기세였다.

"뭐야, 방금 그 형편없는 플레이는!"

"미안······. 그러니까 이건 성대하게 딴 1점이나 쉽게 빼앗긴 1점이나 그 가치는 같다는 좋은 예로군."

"까불지 마, 인마. 저런 건 각도가 안 좋아도 되니까 무조건 위로 올리라고."

그런 말을 들어도 곤란하다. 인생 첫 배구란 말이다. 마음
대로 몸이 따라주지 않는다.

"자, 자. 진정해, 스도. 내가 화려한 서비스로 되갚아줄 테
니까."

근처에 뜬 공을 주워든 이케가 멋대로 서브를 시작했다.

"핫!"

띠용 하는 소리가 날 것 같은 형편없는 공이 상대 진영으
로 날아갔다. 공은 여자애 쪽으로 날아갔고, 당연하다는 듯
위로 토스 되어 이치노세가 공격을 위해 몸을 날렸다.

"도움이 안 되는 녀석들이군!"

이치노세가 보낸 공을 스도가 팔로 막고 다시 B반 쪽으로
되돌려 보냈다.

이번에는 그 공을 칸자키가 들어 올렸고 여자 중 한 사람
이 우리 쪽으로 때렸다. 내 쪽을 급습한 공을, 스도가 큰 키
를 이용해 방어했다. 스도가 멋지게 커버해줘서 실점을 막
았다.

"받아랏!"

몸을 움직이기 힘든 상태가 된 스도를 보고 이치노세가
그렇게 외치며 점프했다. 그 순간 가슴이 마구 출렁거렸다.
거기에 시선을 빼앗기는 나와 이케와 야마우치.

"백!"

스도가 착지하며 소리치자 근처에 있던 호리키타가 이치

노세의 공을 받아 이상적인 토스를 올렸다. 게임을 이제 막 시작했을 뿐인데, 이쪽은 이미 스도의 독무대였다.

일단 위력이 엄청난 스도의 공격을 받을 수 있는 여자가 거의 없었다. 남자인 칸자키와 시바타가 끈질기게 버티고는 있었지만 스도 쪽이 몇 수 위로 기술도 힘도 위여서 방어하기에만 급급했다.

B반이 취할 수 있는 전술은 스도를 얼마나 묶어둘 수 있는가, 스도에게 얼마나 공이 안 가게 하는가였다.

한편 D반은 호리키타와 쿠시다가 둘 다 운동 신경이 좋았고 평균보다 더 높은 공격과 방어 능력을 보여주었다. 안정적인 포진이었다.

반면 나를 포함해 이케와 야마우치는 구멍으로 전락했다.

"으악! 미안하다!"

야마우치가 가까이에 떨어지는 서브를 받지 못해 B반에게 점수를 내주고 말았다. 실점할 때마다 스도의 욕구불만이 쌓여 혀를 찼다. 실점 대부분이 우리 세 사람에게서 나왔으니 무리도 아니지만.

"진정해, 스도. 넌 충분히 힘내고 있어. 너무 섣불리 여기저기 움직이지 않는 편이 좋아."

"하지만 말이야…… 도움도 안 되는 놈들 때문에 지면 본전도 못 찾는다고."

불만을 흘리면서도 스도는 자기 위치로 돌아왔다. 그 태도에 이케가 욱했는지 스도가 못 보는 위치에서 가운뎃손가락을 치켜들었다. 그 모습을 본 야마우치도 뒤이어 중지를 세웠다.

"어이, 하루키. 너 이 자식, 나중에 나한테 죽었어."

"으헉!"

하지만 운 나쁘게도 딱 그때 스도가 야마우치 쪽을 돌아보고 말았다.

재차 타격을 주듯, 플레이가 재개된 후 상대에게 보낸 공이 또 야마우치 쪽으로 날아왔다.

"거짓말, 거짓말이지?!"

물속이라는 익숙하지 않은 환경과 스도가 주는 압박을 받아 몸이 따라주지 않는지, 야마우치가 있는 힘을 다해 뒤따랐지만 공을 받지 못했다.

"헉헉!"

"아, 진짜. 여자애가 훨씬 도움이 되다니 한심하다는 생각 안 드냐?!"

운동할 때에는 강한 존재감을 내뿜는 스도가 우리의 마음을 마구 후벼 파는 일격을 날렸다. 누구든 여자애 앞에서 꼴사나운 모습을 보여주고 싶지는 않을 것이다. 하지만 어쩌겠는가. 하룻밤 사이에 머리가 좋아질 리 없는 것처럼 이곳에서는 운동 신경이 개선될 리 없는 것이다.

또 내 쪽을 향해 공이 떨어졌다. 처음에 실패한 감각 그리고 주위에서 본, 받아낼 수 있는 포인트로 봤을 때 팔의 위치와 공의 회전만 봐두면 공을 받아 올리는 것만은 이론적으로 어렵지 않다. 천천히 떨어지는 공을 스팟에서 포착했다. 그럼 이제 잘 리시브할 수 있다——.

하지만 나는 적진에서 보내는 이치노세의 시선을 놓치지 않았다.

그 눈빛을 알아차린 순간, 나는 일부러 스팟에서 공을 잡지 않고 우스꽝스러운 자세로 리시브했다. 발이 미끄러져 물속에서 넘어졌다.

"진짜 너무 못한다, 아야노코지."

물속에서 얼굴을 내밀자 뒤를 지키고 있던 이케가 비웃었다.

"잘하든 못하든 공을 띄웠으니 됐다. 잘했어!"

내가 공을 받았을 때에 대비해 가까이 와 있던 스도가 벌써 몇 번째인지 모르는 점프를 보여주었다. 강렬한 스파이크.

시합 내내 거의 혼자서 수중 코트의 절반을 돌아다니고 있다. 체력을 상당히 썼을 텐데도 계속되는 필살 공격의 위력은 여전했다. 종합적인 힘 부분에서 이기는 B반과 비등하게, 혹은 그 이상으로 많이 움직이고 있다. 그런 스도를 지켜보면서 나는 잠시 배구를 즐기기로 했다.

6

"에휴. 우리가 졌어. 완패야."

풀에서 올라온 이치노세가 아쉬워하면서 다가와 말했다.

놀이이기는 했지만 서로 지고 싶지 않았던 것은 틀림없다. 결과는 2세트를 내리 따낸 D반의 승리였다.

"거의 스도 한 사람에게 의지하는 형태였지만 말이지."

있는 그대로 칭찬해주는 호리키타의 옆에서 스도가 의기 양양한 표정을 지었다. 좋아하는 아이에게 칭찬받았으니 기쁘기도 하겠지. 게다가 평소에 남을 칭찬하는 법이 없는 호리키타이니 더욱 그럴 것이다.

"농구부였지? 우리 반 남자애 중에도 농구부가 있어서 스 도 이야기를 들은 적 있어. 1학년 중에 제일 잘한다고."

"당연하지."

다른 반에도 소문이 퍼져 있다니 최고다. 이번 배구 시합 이 은근히 하나의 큰 기준이 된 게 아닐까. 원래도 높다고 생각했던 스도의 신체 능력은 윗반에 지지 않았다. 이는 커 다란 수확이다. 운동신경이 좌우하는 시험에서 스도는 엄 청난 무기가 될 것이다. 반대로 이치노세 일행의 입장에서 는 반드시 마크해야 하는 무서운 존재가 되었겠지.

"너희가 발목만 안 잡았더라면 더 압승할 수 있었다고."

"젠장, 스도 녀석 운동 좀 한다고 콧대가 아주 하늘을 찌 르네."

풀 사이드에 쓰러진 야마우치가 분한 듯 스도를 올려다보았 다. 시합 후 스도의 공격을 받아 넉다운되었기 때문이다. 결국 은 우리 구멍 삼인방의 실점이 대부분이었으니까 말이지.

"뭐, 이겼으면 됐지. 점심은 먹고 싶은 걸 먹을 수 있어."

스도의 화를 밥으로 달래려고 유도했다. 평소보다 배로 먹어치워야지. 이치노세 일행이 쏘는 거니까.

"물론 궁핍한 우리한테는 기쁜 일이지만."

태도는 거만한 스도였지만, 이 시합에서 크게 공헌한 사실은 의심의 여지가 없다.

"그럼 약속을 지켜야겠지. 점심 먹으러 갈까."

마침 시간적으로도 배에서 소리가 나기 시작한 타이밍이다. 이치노세 일행과 스도 일행이 함께 매점으로 향했다.

나와 호리키타는 조금 거리를 두고 뒤따랐다.

"아야노코지. 너 운동신경 나쁘지 않지? 배구 초보라고 해도 너무 부자연스러운 움직임이었어."

호리키타는 예전에 내가 자기 오빠와 일전(이라고 할 정도도 아니지만)을 벌였을 때 모습을 봤지.

"이치노세의 마크가 이상하게 심해서. 일단은 그랬어. 일단은."

"손바닥 안을 다 펼쳐 보이지 않겠다는 거네. 지금은 각 반이 D반의 전력 분석에 들어갔을 테고."

납득했다는 표정으로 고개를 끄덕였다. 잠시 후 매점 앞에 도착하자 이치노세가 뒤돌아보았다.

"약속대로 원하는 거, 마음껏 먹어도 좋아."

"오예! 그럼 사양하지 않겠어!"

바보 삼인조는 식욕도 남들의 두 배여서 재빨리 달려 나갔다. 그 모습을 이치노세는 미소 지으며 쳐다보았다.

"혹시 네가 전부 부담하는 거야?"

"응. 내가 말을 꺼냈으니까."

그럴지도 모르지만 절대 무시할 수 없는 금액이다.

"나 평소에 절약하려고 노력하니까 그 정도는 괜찮아, 괜찮아."

태연하게 대답하는 이치노세의 발언에 쿠시다가 이상하다는 듯 물었다.

"하지만 이치노세. 옷 같은 거 산다고 포인트 꽤 쓰지 않아? B반이랑 비교하면 안 된다고 생각하지만, 꽤 빠듯할 텐데."

"응. 난 별로 연연해하지 않는다고 할까, 있는 옷으로 돌려 입으면 그만이야. 잘만 조합하면 문제없어. 아하하, 여자로서 좀 문제 되는 발언인가?"

"그렇지 않아. 과소비하지 않는 건 아주 멋진 일이라고 생각해."

멋대로 하는 편견이지만 어쨌든 여자는 멋 부리는 데 신경을 집중한다. 쿠시다 역시 그러하리라. 호리키타는 아직 무관심한 편이라고 생각하지만, 그래도 머리카락이나 복장에는 일정 주의를 기울이는 것처럼 보인다.

"포인트는 좀 더 중요한 데서 필요하게 될지도 모르니까."

이치노세가 그렇게 딱 잘라 말했다. 옷 한 벌 사는 것보다 지금 이 자리에서 포인트를 쓰는 편이 더 의의가 있다고 말하고 싶은 모양이었다.

"그럼 나도 사양 않고 골라보도록 할게."

항상 소식하는 호리키타지만, B반이 쏜다고 하니 과감하게 나왔다.

"오호호. 그래, 괜찮아. 하지만 아까우니까 남기지는 마."

나도 호리키타와 똑같지는 않지만 정크푸드에는 강한 흥미가 있다. 그러니 마음대로 골라봐야겠다.

7

폐관 시간이 가까워져오자 이치노세는 붐비기 전에 돌아가자고 제안했고 모두 찬성했다. 나는 돌아가는 무리에서 살짝 몰래 빠져나와 풀 사이드에 서서 방문자를 기다렸다.

"아, 힘들어……."

잠시 후 내 등을 찰싹 때리며 카루이자와가 나타났다.

"수고했어. 어떻게 됐어?"

"네 말이 맞았어. 정말 속이 뒤집어지는 이야기네."

"그렇게 말하지 마. 젊은 청춘의 폭주 같은 거니까."

카루이자와는 옆에 서서 우웩 하고 토하는 동작을 보이고는 주위를 스윽 둘러보았다.

"어때? 오랜만에 와본 수영장은?"

"딱히 특별한 감상 같은 건 없는데……."

카루이자와는 다시 한번 주변 시선을 의식하듯 두리번거렸다.

"거짓말이라고는 해도 일단 난 히라타와 사귀는 사이니까. 너랑 단둘이 이렇게 있으면 이상한 소문이 돌 거 아냐."

"그런가? 내가 히라타 만큼 인기 있는 녀석이라면 그런 소문도 돌지 모르겠지만, 슬프게도 난 존재감이 옅어서. 기껏해야 같이 놀러 온 그룹 멤버로 보겠지."

남녀가 단둘이 있다고 해서 반드시 수상한 관계로 연결되는 것은 아니다. 지금이 밤이고, 여기가 인기척이 드문 벤치라도 되면 이야기는 달라지겠지만 특히 많은 사람이 있는 곳에서는 묻히기 마련이다.

참고로 남자 친구 역할인 히라타는 수영장에 모습을 드러내지 않았다. 필시 동아리 때문이겠지. 축구부가 얼마나 연습을 하는지는 몰라도 그 녀석 역시 활동하고 있다고 들었다.

"오늘은 래쉬가드를 입고 수영해도 된다는 허가도 떨어졌어. 여기저기 꽤 보이잖아?"

"뭐, 그러네. 하지만 정말 돈 괜찮아? 꽤 비싼데."

"필요 경비야."

카루이자와가 손을 내밀어서 나는 아무렇지 않은 동작으로 손을 잡았다. 손바닥에 딱딱한 감촉이 느껴졌다.

손이 닿은 시간은 1초도 채 되지 않았다.

"어쩔, 셈이야?"

"뭐가?"

"넌 왜 다른 애들과 다르지? 내버려두면 그 청춘이라는 걸 마구 노래할 수 있잖아?"

아. 지금 손에 쥔 것에 관한 이야기를 하고 있는 건가.

"반에 불이익이 되지 않게 하는 게 지금은 급선무니까. 만약 일이 커지지 않더라도 틀림없이 불신감이 생겨나고 균열되겠지. 그건 피하는 게 좋잖아?"

그러기 위해 카루이자와를 불렀다. 물론 수영장을 즐기게 할 목적도 있었지만.

"오늘은 다른 애랑 같이 안 왔어?"

"지금은 나 혼자야. 나머지 두 명 더 있는데 흩어져서 놀고 있을 거야."

"옳은 판단이군."

나는 풀 사이드를 천천히 걸어갔다. 카루이자와도 조금 뒤처져서 따라왔다.

"A반, 노릴 셈이지?"

"넌 흥미 없어?"

"음, 글쎄. 포인트도 갖고 싶고 어디든 원하는 곳에 취직할 수 있다는 건 기쁜 일이지만······."

주머니에 손을 넣은 카루이자와가 허공을 발로 찼다.

"C반 애들이랑 싸우는 게 내키지 않는달까."

C반 애들이란 그 여자애들을 말한다. 내가 어느 정도 봉쇄해두었다고 해도, 직접 대면하게 되면 카루이자와는 또 괴롭힘 당했던 과거를 떠올리게 되겠지. 그 속박으로부터 벗어나지 않는 한 카루이자와는 진정한 의미로 진가를 발휘할 수 없을지도 모른다.

"너한테만 살짝 말해두고 싶은 게 있어."

"뭔데?"

"다음에 어떤 시험이 기다리고 있을지는 모르지만, 난 어떤 장치를 걸어둘 계획이야."

"장치?"

떠들썩한 분위기에 섞여 걸으며 아주 중요한 이야기를 꺼냈다. 호리키타에게도 말하지 않은 내용.

"퇴학생이 나오게 할 거야."

"——뭐?"

무슨 말인지 이해되지 않았는지 카루이자와가 순간 할 말을 잃고 발을 멈췄다. 하지만 내가 서지 않는 것을 알고 허둥지둥 다시 쫓아왔다.

"자, 잠깐만. 방금 그 말 무슨 뜻이야?!"

"그대로의 의미야. 1학년 어느 반 중에서 퇴학생이 나오게 할 거야. 이상적인 건 네 과거를 알아버린 여자애 세 명. 그게 무리라면 다른 반의 누군가. 그리고 그것도 무리라면——."

"무, 무리라면?"

"D반에서 필요 없는 인간이겠지."

"너, 지금 네가 무슨 소리를 하고 있는지 알아? 그리고 애초에 누군가를 퇴학시키는 건 그리 간단한 일이 아니잖아."

"그런가? 꼭 그렇지도 않지. 지금도 그 방법을 찾아냈잖아."

나는 꼭 쥔 주먹을 카루이자와의 시야에 내밀었다.

"설마, 그걸 위해서……?"

"경우에 따라서는 한 방에 퇴학이야. 안 그래?"

"하, 하지만 잠깐만. 왜 이야기가 그렇게 되는 거야? 너 전에는 스도를 구하려고 분주했었잖아?"

과연 나는 스도를 퇴학 위기에서 구했다.

하지만 그건 지나간 이야기. A반으로 올라가는 것을 목표로 삼지 않았을 때의 이야기다.

지금은 임시라고 해도 A반으로 올라가기 위한 준비를 하고 있다. 그럼 불필요한 존재를 쳐내는 것은 필수 사항이다. 예전에 호리키타가 내게 그렇게 말했듯이 말이다.

"스도를 구해놓고 스도를 떨어뜨리겠다는 거야?"

"아니. 스도를 쳐낼 생각은 없어. D반에서 체력적으로 움직일 수 있는 인간은 귀중하니까."

전력 밸런스로 말하자면 다른 반에 비해 체력 쪽으로 뛰어난 학생이 적다. 코엔지를 전력에 포함시킬 수 없는 이상 잠재력이 높은 스도는 소중한 존재다.

"퇴학당해 버리면 반 포인트가 어떻게 될지……."

"물론 다른 반에서 퇴학생이 나오는 게 이상적이지."

다만 우리 반에서 퇴학생이 나오면 다른 학생은 싫어도 살아남기 위해 전력을 다하게 된다. 그런 효과도 예상된다면 결코 나쁘기만 한 이야기가 아니다.

"나쁘네, 너란 애."

"그건 이미 알고 있는 사실 아닌가?"

"……뭐, 그렇지."

카루이자와를 협박하고 반쯤 강간 행위에 가까운 흉내까지 냈다. 좋은 사람으로 인식하리란 생각은 안 든다.

"히라타한테도 상의해보는 게 어때?"

"글쎄 어떨지. 적어도 지금의 히라타는 아직 완전히 신뢰할 순 없어."

"뭐?"

"녀석의 과거에 대해 들은 건?"

"아, 응. 내 과거 이야기를 털어놓았을 때 들었어. 친구가 뛰어내려 자살을 기도했다지?"

그렇다. 히라타는 후회된다는 듯, 참회한다는 듯 그 이야기를 들려주었다. 그건 진실이겠지.

"그런데 녀석이 친구가 자살하려고 한 것 때문에 학교에 낙제생 취급을 받아 D반이 된 걸까?"

"뭐라고──?"

"성적도 우수하고 학생들의 인망도 두터운 히라타가 우리와 같은 반에 배정된 게 그 이유 때문인 건 말이 안 되지."

카루이자와처럼 등교 거부를 했거나 성적이 낮았으면 납득도 가지만, 히라타에게 그런 말은 듣지 못했다. 그런 낌새도 없었다. 그걸 아직 모르는 단계에서는 완전히 믿을 수 없다.

"혹시 어제 나한테 옛날이야기를 물어본 게……."

"지금의 히라타와 같은 상태였어. 과거의 트라우마 때문에 D반이 된 게 아니었으니까."

하지만 확인함으로써 카루이자와를 믿을 수 있는 인물이라고 확신할 수 있었다. 하지만 문제는 히라타다. 그 녀석은 보통 수단으로는 안 된다. 말하는 게 진짜인지 가짜인지 확실히 가리려면 신중해야만 한다.

"남의 사정을 꼬치꼬치 캐묻기만 하고 정작 넌 아무것도 안 알려주잖아."

"뭐?"

"너 역시 평범하지 않아. 분명히 뭔가 있다는 생각밖에 안 들어."

"별로 난 아무것도 없는데."

"거짓말."

아무것도 없다. 나는 카루이자와처럼 폭력을 당한 과거도, 히라타처럼 소중한 친구가 자살 기도를 한 적도 없다.

"네 눈을 보면 알아. 사람도 주저 없이 죽일 수 있을 것 같은, 그런 느낌이 들어."

"무슨 그런 위험한 생각을. 그런 드라마틱한 전개도 과거도 없어."

정말로 아무것도 없다. 너무 아무것도 없어서 딱히 말할 거리가 없다. 그저 '새하얀' 존재다.

카루이자와의 눈이 내가 쥐고 있는 물건으로 향했다.

이것의 최종 운명이 궁금해서 좀이 쑤시는 모양이다.

물론 이걸 그대로 간직하고 있는 게 앞으로를 위한 길이라는 사실은 분명하겠지.

하지만——.

이걸 어떻게 할 셈인지 따져 묻고 싶어 하는 마음에 답해 주기로 했다.

나는 주먹을 힘껏 쥐었다. 그러자 손안에서 뿌지직 하고 플라스틱이 부서지는 소리가 났다.

"자, 잠깐?"

손 안에서 조각조각 분리된 그것을 근처에 있던 쓰레기통에 휙 던져 버렸다.

"D반에서 퇴학생은 나오지 않아. 그럼 난 슬슬 그룹으로 돌아가야겠어. 오늘은 도와줘서 고맙다."

"그건 괜찮은데⋯⋯."

"그럼 가자."

폐관 시간이 다 되어 학생들이 속속 탈의실로 달려갔다. 이럴 때 어떤 귀가조에 들어가는지에 따라 명암이 크게 엇갈린다. 이치노세처럼 폐관되기 조금 전에 돌아가는 그룹, 폐관된다는 소리와 동시에 돌아가는 그룹, 아슬아슬할 때까지 있다가 돌아가는 그룹. 어느 쪽을 선택해야 가장 빨리 돌아갈 수 있을까.

한편 우리는 아직 그곳에 남아, 수영장을 빠져나가는 학생들의 뒷모습을 조용히 눈으로 배웅했다.

이윽고 일부 감시원을 제외하고 모든 학생이 돌아갔다.

"아직 안 가려고?"

"너 알면서 묻는 거지? 난 간단히 옷을 갈아입을 수 없는 사정이 있다는 거."

그렇게 말한 카루이자와는 반쯤 자포자기한 느낌으로 흉터가 있는 옷 부분을 손으로 탁 쳐서 눌렀다.

그 상처는 아무에게도 보여줄 수 없다. 그러니까 혼잡한 탈의실에 들어갈 수 없었던 것이다. 그렇다고 해서 돌아갈 때 옷을 안 갈아입을 수도 없는 노릇이다.

즉, 필연적으로 제일 마지막에 돌아가는 것 이외에는 방법이 없는 셈이다.

"경기용 수영복이라면 별 문제없이 수영할 수 있지 않아?"

복부를 드러내 흉터에 대한 지적을 받을 걱정은 없다.

아무래도 내가 생각하는 것 이상으로 여자의 세계란 가혹하고 엄한 모양이다. 반의 카스트 제도에서 아래로 떨어지는 것을 누구보다 두려워하는 카루이자와의 입장에서는, 거의 흉터가 보일 리 없는 수영복이라도 중요한 요소인 것 같다.

"수영하는 것 자체는 좋아해?"

"뭐? 음, 싫어하는 건 아닌데."

그럼 최소한의 수영은 가능하다는 얘기다.

"좀 수영해볼래? 지금이라면 아무도 없으니까. 남아 있는 건 감시원 정도야. 그 사람들도 정리하느라 바빠 보이고."

게다가 붐비는 정도를 파악하고 있을 테니 즉시 나가라고 재촉할 거라는 생각도 들지 않는다.

"딱히 안 해도 되는데……."

"괜찮으니까."

"괜찮다니…… 싫다니까."

"경기용 수영복이라면 보여도 상관없잖아."

"그런 문제가 아니야. 왜 너한테 내 수영복 차림을 보여줘야 하는데……."

아무래도 그 부분이 마음에 걸리는 모양이다.

그럼 다소 강제적으로라도 헤엄치게 해줄까.

"명령이야."

그렇게 말한 순간, 무시무시한 얼굴이 나를 노려보았다.

"너 진짜 최악이야. 정말 싫어."

"명령에 따를 거야, 안 따를 거야? 어느 쪽이야?"

"……알았다고."

이쪽의 강제 명령에 카루이자와가 시큰둥하게 따랐다. 불만스럽게 입술을 삐죽거리며.

래쉬가드 집업을 벗어 의자 위에 놓았다. 경기용 수영복이 모습을 드러냈다.

카루이자와는 내 쪽으로 등을 돌린 채 뒤돌아보려고도 하지 않았다.

"난 평생 이런 수영복밖에 못 입을지도 몰라……."

딱 결론짓고 체념하면 좋겠지만 그게 불가능하다. 흉터를 주목해서 이유를 물어오는 걸 두려워하고 있다.

나는 카루이자와에게 한 걸음 가까이 다가가 강제로 팔을 붙잡았다.

"뭐, 뭐하는 거야?!"

그리고 확 잡아당겼다가 풀로 몸을 밀어 떨어트렸다. 풍덩! 하고 물이 튀어 올랐다. 그 소리를 들은 감시원 하나가 이쪽을 향해 메가폰을 들고 소리쳤다.

"폐관 시간입니다! 얼른 나가 주세요!"

"푸앗! 무슨 짓이야!"

잔뜩 화난 소녀가 풀 위로 고개를 내밀자 내가 손을 내밀었다.

"재미있었어?"

"갑자기 빠졌는데 즐거울 리 있겠어?"

내가 내민 손을 카루이자와는 주저 없이 붙잡았다. 그리고 자신 쪽, 그러니까 물속으로 나를 확 잡아당겼다. 나는 버티지도 않고 그 힘에 몸을 맡기듯, 그러면서도 카루이자와에게 부딪히지 않도록 의식하면서 물에 빠졌다. 조금 전보다 더 큰 물보라는 감시원의 화를 돋우기에 충분했다. 막 달려오는 감시원을 보며 카루이자와가 웃었다. 그리고 고개를 내민 내 머리를 물속으로 마구 눌렀다. 나 스스로도 참 어린애 같은 짓을 했다고 생각했지만, 한 순간이나마 카루이자와의 즐거워하는 미소를 보는 것만으로도 그럴 가치가 있었던 건지도 모른다.

8

풀에서 한바탕 수영이 끝나고 체력을 전부 다 써버린 탓에 목이 몹시 말랐다.

그건 다른 멤버들도 마찬가지인지, 어스름이 깔린 귀갓길에 이치노세의 친구가 조심스럽게 말했다.

"저기, 호나미. 아이스크림 먹고 싶은데 넌 어때?"

"그러네. 정말 나도 먹고 싶다."

수영장에서 나와 기분이 상쾌하다고는 해도, 아직 나른한 더위가 가시지 않고 남아 있었다.

"괜찮으면 잠깐 들렀다가 돌아갈까?"

근처 편의점을 보고 그렇게 말했다. 모두 비슷한 마음이었는지 반대 의견은 나오지 않았다. 다 함께 편의점 안으로 들어가 아이스 코너로 달려가는 멤버들. 호리키타는 마실 것으로 할지 고민하는 모습이었는데, 지금은 모두와 마찬가지로 아이스크림이 먹고 싶은 모양이었다.

"난 이거! 울트라 초코 모나카!"

이케가 손을 쑥 넣어 꺼낸 것은 통상 크기의 3배나 되는 아이스크림. 그 가격은 무려 통상 가격의 4배에 가까웠다. 왠지 손해 보는 느낌이 들었는데 본인이 만족하면 됐다. 스도와 야마우치는 팥빙수, 이치노세는 아이스캔디를 골랐다.

이런 곳에서도 각자의 개성 같은 것이 언뜻 드러나니 재미있다. 사쿠라는 어딘지 조심스럽게 내 뒤에서 상황을 살

폈다.

"넌 뭐 먹을 건데?"

"으음, 뭐, 뭐로 할까."

마구 허둥거렸는데, 답이 안 나오는 것도 당연하다. 조금
떨어진 곳에서 열심히 까치발을 들어 냉동고 안을 확인하려
고 했기 때문이다. 내 위치에서도 아슬아슬하게 일부가 보
일까 말까 하니까. 이케 일행이 자리를 벗어났을 때 가볍게
등을 밀어주었다.

"우리도 가볼까."

"으, 으응."

아이스크림 하나 사는 데 이토록 고생해서야 되겠는가.
나는 그녀를 도와 함께 아이스크림을 골랐다.

사쿠라가 망설이는지 손이 갈팡질팡했다.

"어쩌지……."

"싫어해? 아이스크림?"

"아니, 다 좋아해. 이 부근에 있는 건 전부 먹어본 적 있
는 것 같아."

케이스의 오른쪽 절반을 손가락으로 가리키며 말했다. 그
러는 동안에도 남아 있던 호리키타마저 아이스크림을 골라
계산대로 향했다.

"빨리 해. 두고 가버린다."

계산을 마친 이케가 농담 섞어 그렇게 말했다. 그것을 사
쿠라는 과민하게 받아들였는지 점점 더 심하게 초조해했다.

"으음, 으음…… 미안해…… 나, 이런 거 결정하는 데 시간이 많이 드는 타입이어서…….."

"당황할 필요 없어. 저 녀석도 그냥 농담한 거야. 나도 아직 못 정했는데 뭐."

"아야노코지는 뭐로 할 거야……?"

"나?"

일단 사쿠라에게서 케이스 안에 있는 아이스로 주의를 돌렸다. 솔직히 다 비슷비슷해 보인다.

"난 이걸로 할까."

그렇게 대답하고 쥔 것은 흔히 있는 평범한 소프트 아이스크림이었다. 우유 맛이 빙글빙글 감긴 것. 초코가 믹스된 것도 있었지만 그건 다음 기회에.

"그럼, 그럼 나도 그걸로 할래. 그거 맛있으니까."

왠지 강제로 정하게 한 느낌도 들지만, 사쿠라가 괜찮다면 됐나.

구입을 마치고 밖에 나오자 모두 모여 편의점의 열린 공간에서 먹기 시작했다. 뚜껑을 빼내고 소프트 아이스크림을 한 입 베어 물자 부드러운 우유 맛이 입 안에서 사르르 녹아 퍼졌다.

"이거…… 맛있다……."

자꾸 생각날 것 같은 단맛과 시원함이 몸속에 스며들었다. 솔직히 말해 혁명이다. 아이스크림이 이렇게 맛있는 것이었다니. 무작정 많이 먹으면 몸에 안 좋겠지만…….

"맛있게도 먹네. 꼭 처음 먹어보는 사람 같아."

"그야 누구라도 맛있다고 생각할걸. 이렇게 몸이 나른해질 만큼 덥기도 하고."

실제로 이렇게 화기애애하게 먹고 있는 모습을 보면 누구나 알 수 있다.

"뭐 그렇지. 아니, 너무 맛있게 먹으니까 말이야. 그런 표정은 처음 봤어."

"쟤는 인형처럼 표정이 변하지 않으니까."

똑같은 인형 타입이 그렇게 지적했다. 정말 받아들일 수 없다. 그런데도 무슨 영문인지 호리키타와 이치노세는 서로 의견이 일치하는 듯 기쁜 표정으로 대화를 나눴다. 내 화제에서 2학기 화제로 넘어갔다.

"어이, 이치노세. 떠드는 건 좋지만 아이스크림 다 녹는데."

"으악, 정말이닷!"

이런 더위이니 아이스캔디가 녹는 것은 시간 문제였다. 뚝뚝 떨어지려 하는 물을 이치노세가 허둥지둥 혀로 핥으며 막대기를 입 안으로 옮겼다.

"오아어, 아려저서."

웅얼거려 알아들을 수 없었지만 감사 인사(?)로 보이는 말을 했다. 아스팔트 위에 희미하게 아이스크림이 뚝뚝 떨어진 자국을 만들면서도 맛있는 것 같았다.

9

"오늘 재밌었어. 그렇지, 다들?"

"응. 호리키타랑 사쿠라와도 말할 수 있어서 좋았어. 다음에 또 같이 놀자."

B반 여자애들이 만족스럽게 마지막 휴일을 보냈는지 감사 인사를 전했다. 사쿠라도 마음을 조금 열게 된 듯 조금이나마 미소 짓고 있었다. 한편 이케와 야마우치, 그리고 스도는 흥분한 모습으로 인사도 하는 둥 마는 둥 엘리베이터를 타고 가버렸다.

"이따가 방에 놀러 갈게, 아야노코지."

그런 쓸데없는 한마디를 남기고.

"왜 저러지? 평소보다 더 밝은 느낌인데."

"오늘은 특별히 상태가 이상했지? 누구 씨는 짐작 가는 부분이 있는 것 같은데."

나를 힐끔 쳐다보았지만 노코멘트로 일관했다. 여러 가지로 이유가 있다.

"그럼 학교에서 보자, 아야노코지."

"안녕……."

쿠시다, 사쿠라와도 헤어지고 로비에는 나와 호리키타만이 남았다. 쿠시다를 피하려고 남은 줄로만 알았는데 다른 엘리베이터가 와도 타려고 하지 않았다.

"안 가?"

"너는? 괜찮으면 조금 걷지 않을래?"

"그럴까?"

나는 호리키타와 다시 로비로 나가 저녁놀에 물드는 하늘을 바라보며 가로수길을 걸었다.

"오늘 의외로 재미있었어. 가끔은 이런 휴일이 있는 것도 나쁘지 않네."

그건 본인도 인정하는 것처럼 너무도 의외인 발언이었다. 호리키타는 아직 조금 덜 마른 머리카락을 휘날리며 느릿느릿 말을 꺼냈다.

"내일부터 2학기가 시작되잖아. 분명 1학기보다 훨씬 힘든 싸움이 기다리고 있을 거야."

"그렇겠지."

학교도 지금까지는 입학한 지 얼마 안 된 학생들이 알기 쉽게 간단한 시험을 계속 냈으리라. 그래도 무인도 서바이벌, 배 위에서의 서로 속고 속이는 대결 등, 일반 고등학생과는 동떨어진 시험을 거듭했다. 앞으로 얼마나 힘든 고난이 기다리고 있을지는 미지수다.

"이번 여름방학 동안 이래저래 많이 생각해봤어. 내가 해온 일, 가능했던 일을."

"그래서 뭐가 보였지?"

"그건 비밀…… 들으면 비웃을 거야."

한심하다고 느끼는 것이 있었는지 그렇게 말하고 얼버무리는 호리키타였다.

4개월 만에 인사드립니다. 안녕하세요, 키누가사입니다. 최근 게임업계 사람들이 모인 파티에 살짝 참석한 적이 있었습니다.

거기서 만난 모 회사 사장님이 "학창 시절부터 키누가사 씨의 게임을 즐기고 있어요!" 하고 제게 인사했을 때는 세월의 흐름이 느껴져 정신이 아득해지더군요. ……네, 너무 깊게 생각하지는 않으렵니다…….

어쨌든 이번 4.5권에서는 4권에서 치른 시험 이후, 나머지 여름방학의 에피소드를 그렸습니다.

대화 장면은 나오지 않았지만 일부 신 캐릭터도 등장하는 등 5권 이야기의 전 단계에 해당하는 이야기입니다.

또 아야노코지를 둘러싼 여성진도 점점 더 뚜렷해져 갑니다. 아직 이렇다 할 진전은 없지만 장차 이중에 누군가(혹은 앞으로 등장할 캐릭터일지도 몰라요)와 아야노코지의 관계가 우정을 넘어서는 날이 올지도 모르죠. 그리고 다음 5권부터는 드디어 아야노코지의 과거가 조금씩 드러날 계획입니다. 새로운 라이벌의 등장, 새로운 특별시험과 지금까지보다 더욱 어지럽게 변하는 상황들! 반 친구들과 힘을 합쳐 상위반을 노리는 사람. 혼자 힘으로 이기려고 하는 사람. 남을 이용해 성공을 거머쥐려는 사람 등 각양각색의 캐릭터들이 개성을 발휘하기 시작할 것입니다.

그리고——! 기다리고 기다리던『어서 오세요 실력지상주의 교실에』코믹스 제1권이 드디어 출간되었습니다. 이번 4.5권과 동시 발매라고 하니 가슴이 무척 벅차오르네요. 독서용, 감상용, 보관용으로 최소 3권은 살 겁니다! 남자들만 자꾸 나와서 힘든 작품을 멋지게 그려주시는 만화가 이치노 유유님께 정말 감사드립니다. 아마도 토모세와 함께 미소녀를 좀 더 많이 만들어내 달라, 그리게 해 달라, 하고 저를 마구 원망하고 계시겠죠. 그 원망을 계기로 삼아 앞으로도 더욱 멋지고 촌스럽고 아재 냄새가 풀풀 나는 남자 캐릭터들을 계속해서 그려 주세요(홋). 그런 '심쿵 하는 남자들로 가득한 어서 오세요 실력 지상주의 교실에' 4.5권과 코믹스 모두 다 잘 부탁드립니다.

그리고 마지막으로…… 이 후기 뒤에 번외편이 살짝 이어집니다. 본편에 수영복 장면이 들어갔고 제일 앞 컬러 페이지에서도 대서비스했으니 됐지 않나! 하고 저항하는 저에게 편집의 분노의 메스가! 아야노코지가 본편에서 보여준 수수께끼 같은 행동의 정체는 무엇일까요?! 그리고 바보 삼인조의 소름 돋는 계획이 드디어 밝혀집니다!

※이 번외편에 대한 의견 및 감상은 편집부 앞으로 부탁

드립니다!

(본편 작가 후기는 국내 발간 사정과 차이가 있습니다)

○이케 칸지와 야마우치 하루키와 스도 켄의 여름 방학(번외편)

성차(性差)적인 이야기가 되는데, 남자로서의 최종 목표는 어디에 있을까? 전 세계 남성에게 의견을 물어보면 남자로서 인생의 진짜 목적이 드러나게 된다. 요컨대 사랑하는 사람과 하나가 되어 자손을 퍼트리는 것. 그런 결론에 도달할 것이다. 지금은 다양한 오락거리가 차고 넘치는 시대다. 놀이동산, 영화를 비롯해서 소셜 게임이며 가상현실 게임 등 사람을 즐겁게 만드는 오락은 나날이 진보하고 있다. 하지만 오랜 인류의 역사를 봤을 때는 아직 한참 얕다. 자손 번식은 머나먼 태곳적부터 거의 모든 생물이 계속해서 해오던 것이다. 하지만 이제 막 고등학생이 된 남자애들이 자손 번식의 진짜 목적 따위를 알 리는 없다. 그저 당장 눈앞의 쾌락과 성적 흥분을 원한다고도 말할 수 있겠다.

"……지금부터 오퍼레이션 델타에 대한 작전 회의를 시작한다."

푹푹 찌는 무더위 속에서 D반의 이케가 어울리지도 않게 바른 자세로 꿇어앉아 두 무릎 위에 꽉 쥔 주먹을 얹었다. 이마에 맺힌 구슬 같은 땀을 주먹으로 스윽 닦자 이마가 번들거렸다.

"난 이번 오퍼레이션 델타에 이번 여름의 내 청춘을 전부 걸려고 한다. 하루키, 너는 어떠냐?"

"똑같은 마음이야, 칸지. 작전이 성공만 한다면 나는 죽어도 좋앗!"

자신의 목숨을 거는 것도 마다하지 않는 각오에 지금까지 잠자코 지켜보던 스도도 동의했다.

"솔직히 말하면 난 반대지만. 낄지 말지는 이야기를 들어보고 결정할 거다."

저마다 생각은 달라도 노리는 목적은 하나. 긍정적으로 생각하고 있는 것 같았다.

모두 땀을 흘리고 있는 탓인지 실내 온도가 더 뜨거워지는 것을 느꼈다.

"아야노코지…… 물론 너도 낄 거지?"

"그전에 에어컨 좀 켜도 될까?"

더 이상 내 방에 땀내를 풍긴다면 당해낼 재간이 없다.

"……그래. 덥다."

그럴 거면 처음부터 에어컨 좀 켜게 해주지. 분위기 조성인가 뭔가 하는 이유로 냉방을 거절당했는데, 방을 제공한 내 기분만 나빠질 뿐이다.

"왜 매번 내 방이야?"

"전에도 말했잖아? 네 방이 제일 정리가 잘 되어 있고 깨끗하니까. 다른 녀석들 방은 휴지며 곱슬곱슬한 털 때문에 너무 더럽다고. 야마우치네 방은 아예 발 디딜 데조차 없고."

"스도, 너는 뭐 안 그러냐? 옷이라든가 속옷이 마구 널브러져 있으면서."

누구 방이 어질러져 있든 상관없으니까, 알면 정리해야겠다는 생각을 좀 가져줬으면 한다.

"여긴 참 한결같이 생활감이라고는 찾아볼 수 없는 방이군. 입학한 후로 지금까지 하나도 변한 게 없냐. 포인트도 들어올 건데 뭐라도 사들이는 게 어때?"

"카펫 사라, 카펫. 엉덩이 아파 죽겠다."

스도가 예전에도 했던 말을 또 하며 바닥을 탁탁 쳤다.

"귀한 포인트를 아무렇게나 쓸 수는 없지."

적당히 흘려 넘겼는데 스도가 왜 그러는지 물고 늘어졌다.

"무인도 시험에서 스즈네 덕분에 포인트를 얻었잖아. 별로 도움도 안 되는 네가 포인트를 아끼는 건 건방지다고."

"맞아, 맞아. 그리고 호리키타가 있으면 우리가 C반으로 올라가는 것도 시간문제라고 할까."

5월의 절망적인 상황에서 급변해, 우리는 무서운 기세로 윗반과의 포인트 격차를 줄이고 있었다.

"뭐, 골치 아픈 건 2학기가 시작된 후에 생각하자고. 지금은 오퍼레이션 델타가 중요해."

"정말로 하려고?"

"진짜 진심이라니까. 우리의 청춘이 거기 있잖아? 아니면 숭고한 목적인 오퍼레이션 델타에 무슨 불만이라도 있냐?!"

지금 바보 삼인조는 내 방에 모여 오퍼레이션 델타에 대해 뜨겁게 논의하려 하고 있었다.

그것은 전날 밤, 모바일 채팅으로 말했던 어느 계획에서

기인했다.

"네가 마음대로 델타 같은 작전명을 붙여서 그렇지, 까놓고 말해서 그냥 훔쳐보기잖아?"

그렇다. 이 델타라는 작전은 이름이야 그럴싸하지만, 그 내용은 훔쳐보기. 여자의 알몸을 보고 싶은 남자의 욕망이 낳은 실로 시시한 작전이었다. 하지만 자세한 내용은 이케 이외에 아직 아무도 모른다.

"여자애의 알몸을 훔쳐본다…… 그게 어디가 나빠?! 그건 바로 청춘이라고!"

나쁘고 뭐고 간에 중죄가 아닌가, 그것도 엄청난 중죄.

그런데도 이 남자는 당당하게 나온다. 청춘이라는 단어를 이용해서.

만약 훔쳐보다가 들킨다면 뉴스에 소년 A로 보도되어도 이상할 게 없다.

"그러다가 여자애한테 들키면 어쩌려고 그래? 그냥 화내는 걸로 끝나지 않을 거라고."

훔쳐볼 방법은 아직 밝히지 않았지만 위험을 동반하는 일이 분명했다.

나는 어떻게든 해서 그 생각을 멈추게 하려고 했다. 스도도 그 점이 마음에 걸리는지, 무작정 추진하려고 하는 이케와 야마우치에게 나와 비슷한 의문을 드러냈다.

"아야노코지 말대로 너무 위험해. 초등학교 때처럼 교실에서 체육복을 갈아입는 것도 아니고, 중학교 수학여행 때처럼 낡은 전통여관의 목욕탕같이 훔쳐보기 쉬운 포인트가 있는 것도 아니잖아."

"걱정 말라니까. 이 슈퍼컴퓨터라고 불리는 이케 칸지 님의 생각에 허점은 없어."

자리에서 벌떡 일어난 이케가 그토록 자신만만해하는 근거를 펼치기 시작했다.

"어디에서 어떻게 훔쳐볼 것인지, 너희는 그게 걱정되겠지? 괜찮아, 제대로 생각해둔 게 있으니까. 그러니 일단은 진정하고 내 얘기 좀 들어봐. 먼저 타깃은 엄선한다. 단 한 번뿐인 기회니까 어중간한 못난이를 훔쳐볼 수는 없잖아? 그리고 당연히 D반 애로 고른다. 잘 아는 귀여운 애의 알몸을 보는 게 최고로 흥분되니까."

"그건 나도 찬성인데 말이지, 우리한테 므흣한 상황이 펼쳐질 각이 안 서는데?"

"없으면 만들면 되지. 그런 복선은 스스로 알아서 깔아야 하는 거야."

검지를 세워 흔들며 이케가 휴대폰을 만지작거리더니 화면을 우리 쪽으로 내밀었다.

"뭐 잊은 거 없냐? 어제부터 수영장을 개방하는 빅 이벤트가 열렸다는 사실을!"

"오, 오오? 하긴 그거라면 훔쳐볼 수 있겠다! ……아, 아닌가? 난 그 수영장에 가 본 적이 없어서."

휴대폰에 찍힌 글자를 보니 과연 수영장 개방에 대한 내용이 적혀 있었다. 여름방학 마지막 3일간만 수영부가 쓰는 특별 수영 시설을 쓸 수 있다는 것. 3일간 오전 9시부터 오후 5시까지 개방된다고 되어 있었다. 정말 그곳이라면 남녀를 불문하고 수영할 사람은 당연히 한 번 알몸이 되긴 하는데……

"옷을 갈아입게 하려고 수영장으로 유도하는 것까지는 알겠는데, 그렇다고 훔쳐보는 게 가능할까?"

나는 솔직한 의견을 냈다. 특별 수영 시설에 들어가 본 적은 없지만 감시 카메라도 당연히 설치되어 있을 것이다. 탈의실 안에는 당연히 카메라가 없겠지만, 그 바로 앞 복도라면 설치되어 있어도 이상하지 않다. 여자 탈의실에 수상한 남자가 접근하는 즉시 들키고 말 것이다.

팔짱을 낀 이케의 여유로운 표정은 변하지 않는데, 야마우치 쪽이 먼저 불안해진 모양이었다.

"아, 슬프다. 내가 그런 것도 생각 안 하는 멍청이로 보이냐? 난 며칠이나 전부터 그 날에 대비해 사전작업을 해두었다고."

내 질문을 비난한 이케는 꿈쩍도 하지 않았다. 아니, 오히려 여유롭기만 했다.

"사전작업? 그럼 제일 중요한 훔쳐보는 방법을 알려주라."

거드름 피우는 이케의 태도를 참지 못한 야마우치가 중간에 끼어들어 물었다.

"벌써 스포를 밝히라는 거야? 좋지, 그럼 이걸 봐."

이케는 철저하게 밑 작업을 했는지, 수영장 약도를 인쇄해 가져왔다. 그 본격적인 행동에 두 사람이 감탄사를 흘렸다.

"너, 이렇게까지 준비했냐?!"

나도 깜짝 놀랐다. 무엇보다도 놀라운 것은 그 약도에 세세한 메모가 되어 있다는 사실이었다.

하지만 이상했다. 거기에 적혀 있는 글자가 이케 본인의 필체와 다른 것 같았기 때문이다.

"봐봐. 이 특별 수영 시설은 평소 수업 때 쓰는 수영장보다 두 배는 더 넓어. 수영부원 말고는 출입할 수 없고, 여기 나와 있는 대로 감시 카메라도 달려 있어."

남녀 모두 합해 6개의 탈의실을 겸비한 대형 시설. 아마대회 같은 것도 열리겠지. 남녀는 당연히 탈의실이 다른 통로로 나 있었고, 두 복도 전부 카메라가 설치되어 있다는 마크가 약도에 그려져 있었다.

"이러면 절대 못 훔쳐본다니까."

남탕과 여탕처럼 탈의실이 나뉘어 있어서 조금이라도 가까이 다가갔다가는 의심을 사고 만다. 하물며 여름방학 마지막 이벤트인 만큼 많은 인파가 몰릴 것으로 예상된다. 도저히 불가능하리라.

"물론 걸어서 탈의실을 엿볼 생각은 없어. 중요한 건 이선. 바닥을 따라 나 있는 통풍구 루트야. 사실 이 통풍구, 각 남자 탈의실과 여자탈의실에 이어져 있지. 게다가 1학년부터 3학년까지 각각 다른 탈의실을 쓰고, 같은 학년의 탈의실이 짝을 이룬다는 기적이!"

이해하기 쉽게 말하자면 1학년 남자가 쓰는 탈의실의 통풍구와 이어진 반대쪽 탈의실이 1학년 여자용이라는 소리다. 그리고 이케는 그 루트를 통해 훔쳐보려는 속셈이었다. 기적이라고 야단법석 부리고 싶은 마음도 이해는 한다. 탈의실은 여러 개가 있는 만큼 각각 그리 크지 않았고, 실내에 장애물도 없었다. 시뮬레이션대로라면 옷을 갈아입는 여자들의 모습을 통풍구 너머로 거의 확인할 수 있으리라.

하지만 요즘 세상에 사람이 쉽게 들어갈 수 있는 통풍구가 과연 있을까?

"이 통풍구는 크기가 세로로 15센티, 가로 폭이 40센티야."

"아무리 생각해도 사람이 지나갈 수 있는 크기가 아닌데."

게다가 사람이 아슬아슬하게 기어 지나갈 수 있는 크기라고 해도 영화처럼 잘될지 어떨지 알 수 없다. 자유롭게 움직일 수 없다면 최악의 경우 몸이 끼어서 빠져나갈 수 없게 될 수도 있다.

"큭큭큭. 그것도 전부 계산했지. 우리에게는 이것이 있어!"

이케가 가방에서 의기양양하게 꺼낸 것은 장난감 소형 자동차였다.

거기에 안테나처럼 생긴 것이 한 가닥 나와 있었다.

"RC카⋯⋯!"

RC카, 즉 무선 조종 자동차. 원격 조종을 해서 자유자재로 움직이게 하는 장난감이다. RC카 본체에는 카메라가 달려 있었다. 리모컨에 탑재된 작은 카메라와 연결되어 있는 것 같았다. 전원을 넣고 이케가 조작하니 카메라 모니터가 켜졌다. 고화질이라고 말하긴 힘들었지만 주위를 확인하기에는 충분해 보였다. 말 그대로 정말 용의주도하다.

"이거라면 통풍구에 들어갈 수 있는 크기지. 나머지는 RC카에 달린 카메라로 확인하면서 통풍구를 지나가기만 하면 끝이야. 게다가 RC카 본체의 미니 SD카드에 영상도 저장된다고!"

이케가 생각한 작전은 깊은 어둠의 욕망에 휩싸인 것이었다.

……이 남자가 지금 이 얼마나 무서운 생각을 하고 있는가.

완전한 범죄 행위죠. 그동안 고마웠습니다. 이건 천하의 야마우치도 반대하겠지…….

"오오! 굉장하다! 이거면 완벽하잖아! 그렇지, 켄?!"

설마 찬성하는 거냐……. 너무 쉽게 죽이 맞으니 그렇게 지적할 수밖에 없었다.

"그렇지…… 뭔가 드라마 같은 느낌이 드는데?"

"어때?! 완벽하지!"

하긴 이 방법이라면 들키지 않고 목적지에 닿을 가능성은 있지만…….

아무리 그래도 너무 주도면밀하다. 그래서 나는 한 가지 가설을 세웠다.

"혹시 이번 작전, 박사도 관여했어?"

이케 혼자 생각한 계획이라고는 도저히 생각할 수 없다. RC카도 쉽게 살 수 있는 금액이 아닐 테고 말이다.

"그, 그걸 어떻게?!"

어떻게 알았기는. 주도면밀하게 준비된 RC카의 존재며 그 수법까지 이케답지 않은데. 게다가 감시 카메라의 위치며 통풍구 루트 등은 그에 관한 지식이 있는 사람이 조사하지 않으면 알 수 없는 법이다.

"젠장, 들켰으니 어쩔 수 없군! 그래, 박사한테 들었어. 쳇, 전부 내 아이디어로 해두고 싶었는데."

"그래서 당일에 구체적인 작전은?"

역시 박사에게 지혜를 빌린 모양이다. 새 마음 새 뜻으로 다시 시작한다는 듯이 이케가 설명에 나섰다.

"우선 훔쳐보고 싶은 여자애를 내일 수영장으로 유인해. 그럼 거의 동시에 탈의실에 들어가게 되잖아? 우리는 들어가자마자 안쪽에 있는 통풍구 앞에 진을 치는 거야. 만약 누가 그쪽에 있으면 스도, 네가 협박을 해서라도 쫓아내줘. 그리고 세 사람은 곧바로 옷을 갈아입는 척 타월을 꺼내서 통풍구 부근이 보이지 않게 인간 벽을 쳐. 그때 내가 재빨리 통풍구 덮개를 빼고 RC카를 투입, 조작할 테니까. 그 모습이 들키지 않게 너희가 나를 가려줘. 나머지는 RC카를 여자 탈의실까지 보내고 녹화하는 거야. 옷을 다 갈아입었을 것 같을 때 다시 회수하는 방법이야."

이야기의 흐름은 비교적 심플했다. 하지만 약간 되는 대로 하자는 무계획적인 느낌을 지울 수 없었다.

"나는 방해되는 녀석을 쫓아내고, 애들이 가까이 못 오게 하면 되는 거지?"

스도에게 딱 맞는 역할이라고 할 수 있다. 무서운 인물로 널리 알려져 있어서 다른 학생들이 함부로 접근하지는 않으리라.

"이제 알겠냐? 이 오퍼레이션 델타의 굉장함을?"

"하, 하지만, 칸지. 이거 엄연한 범죄잖아…… 그냥 훔쳐보는 것보다도 죄가 무거워 보인달까……."

"물론 범죄는 맞지. 엄밀히 말하면 말이야. 하지만 너희의 과거를 떠올려봐라. 분명 비슷한 범죄를 한번쯤은 저질렀을걸?"

"뭐? 뭐야, 그게. 난 범죄 같은 거 저지른 적 없는데?"

"그럼 물어보자, 켄. 남에게 폭력을 휘둘러 다치게 하면 범죄 아냐? 다 큰 어른이 누구를 때리면 텔레비전 뉴스에 나오지? 그런데 너, 사람 잘 때리잖아?"

"그건…… 싸움과 폭력은 다른 거지."

"미안하지만 나는 폭력 같은 거 휘두른 적 없는데."

"그럼 하루키, 너 초등학생 때 좋아하는 여자애의 리코더를 핥았거나 체육복 냄새를 맡거나 한 적은 전혀 없냐?"

"으……."

어디에 해당하는지는 몰라도 야마우치의 기억에 있는 듯했다.

"만약 어른이 똑같은 짓을 한다면? 범죄잖아!"

"그, 그건 그래."

"즉 훔쳐보기도 도촬도 허용되는 건 미성년자일 때까지지. 그러니 지금 안 하면 언제 할 수 있겠냐!"

그 열의가 야마우치와 스도의 마음을 울린 것이 분명했다. 범죄 행위에 죄책감을 느끼고 있던 두 사람이 결의를 굳힐 각오가 된 모양이다.

"해볼까, 하루키. 어떻게든 되겠지."

"그, 그래. 좋아, 이케의 생각대로 해보자."

"너희, 정말 할 거야? 범죄잖아."

아무리 미사여구를 갖다 붙여도 범죄는 범죄다.

"아까부터 말했잖아, 아야노코지. 리코더를 몰래 핥는 것도 범죄고 옷 갈아입는 걸 직접 훔쳐보는 것도 범죄야. 도촬 역시 똑같지. 하지만 이건 청춘이라고. 주의를 줄지는 몰라도, 남자가 여자 옷 갈아입는 걸 좀 봤다고 체포까지 될 리는 없어. 내 말 맞잖아! 안 그래?!"

"뭐, 전혀 납득이 안 가는 것도 아니야. 하이테크 시대가 된 만큼 실제로 이 세상 남자들은 많든 적든 그런 걸 경험하면서 어른이 되는 거고 말이야. 초등학생이 한 도둑질이든 고등학생이 한 도둑질이든 그 죄의 무게는 같아."

이제는 여자의 알몸을 보고 싶은 마음에 억지로 정당화하려 하고 있었다.

"백 번 양보해서 지금 이 하이테크 시대에 맞춰 훔쳐보기

가 도촬로 발전했다고 치자. 하지만 만약 그게 들키면 체포
는 안 되더라도 퇴학당하기에는 충분하거든?"

"퇴학이 두려워서 피하냐!"

오! 하고 스도와 이케도 팔을 위로 쳐들었다.

"너만 남았어, 아야노코지. 여기까지 들었으니 당연히 협
조해주겠지?"

"……난 내키지 않는데."

"네 협조가 필요하다고. 세 사람이 벽을 만들어주면 절대
안 보일 거란 말이야."

이 녀석의 눈은 진심이었다. 여기서 내가 빠져도 반드시
해 보이겠노라고 결심한 것 같았다.

"알았어. 나도 협조할게. 하지만 이케, 한 가지만 약속해
줘. 이 작전은 큰 위험을 동반해. 들키면 그냥 끝나지 않을
테니까. 그러니 성공을 하든 실패를 하든 이번 한 번으로 끝
내겠다고 약속해. 안 그러면 난 협력하지 않을 거고, 경우
에 따라서는 학교에 알릴 거야."

엄격한 말과 안이한 말을 섞어서 내뱉었다. 그렇게 함으
로써 이케로부터 타협안을 이끌어낼 목적이다.

일방적으로 반대만 하면 이케 일행은 입 다물고 범죄 행
위를 범할 가능성이 있다. 그러니 협력한다는 조건으로 한
번으로 끝내겠다는 다짐을 받아둔다. 분명한 사실은 이 사
실이 발각되면 D반이 붕괴할지도 모른다는 것이다. 그건
이 자리에 있는 모두가 잘 알 터.

"안다니까 그러네. 나도 몇 번이나 이런 짓을 해도 된다고 는 생각하지 않는다고."

"그럼 됐어. 네가 학창 시절의 청춘을 걸고 도전하려 한다 는 걸 알았으니까."

"나도 하나 제안하자. 9시에 수영장이 개방되면 그 타이 밍에 맞춰서 가는 게 확실해. 제일 먼저 입장해야 탈의실 제 일 구석 자리를 잡는 게 간단하니까."

"그렇군! 그거로 정했다! 남자의 청춘 하면 훔쳐보기 아니 겠냐! 그럼 해보자고!"

이것이 수영장에 가기 전날 나누었던 회의, 오퍼레이션 델타의 전모다.

1

그리고 결전의 날, 일등으로 탈의실에 들어간 우리는 안 쪽을 점거하고 타올을 펼쳤다. 속속 들어오는 남자애들은 저마다 잡담을 나눌 뿐, 우리를 별로 의식하지 않았다.

"빨리 해, 이케."

스도가 타올을 펼치고 옷을 갈아입는 척하면서, 통풍구 쪽에 쭈그려 앉은 이케를 재촉했다. 이케는 미리 수건에 싸 두었던 RC카와 드라이버 세트를 꺼냈고, 바닥 아래 환기구 를 막은 철망을 떼어냈다. 그리고 재빨리 RC카를 넣고 조작 하기 시작했다.

팬라이트를 탑재한 자동차는 작은 모니터에 희미하게 루트를 표시하며 나아갔다.

"제, 젠장! 어둡다!"

팬라이트로 비추는 것만으로는 환기구가 너무 어두워서 모니터의 시야가 좋지 않았다.

그래도 RC카는 조금씩 환해지는 앞을 향해 돌진했다. 너무 많이 가버리면 쇠창살이 자동차를 막아줄 것이기 때문에 추락할 염려는 없었다. 그래도 신중하게 느린 속도로 차를 움직였다.

"좋아, 조금만 더 가면 시야가 환해질 거야——."

드디어 모니터에 탈의실이 비춰졌다. 화질은 별로였지만 호리키타 일행의 모습이 보였다.

"으, 으히익!"

이케(박사)가 생각한 작전이 멋지게 성공했다고 봐도 좋을 것 같다. 모니터에 D반 아이들과 이치노세의 모습이 틀림없이 포착되었기 때문이다. 지금 RC카가 제대로 녹화하고 있겠지.

모니터를 보고 있으면 실시간으로 옷 갈아입는 모습을 볼 수도 있다.

"나, 나도 보게 해줘, 칸지. 잘 안 보인단 말이야."

"바보야, 나도 마찬가지거든."

스도와 야마우치가 불만스러운 투로 이케에게 모니터를 보여 달라고 재촉했다. 하지만 계속 그런 식으로 한다면 다른 남자애들이 수상쩍어 할 것이 틀림없다. 나는 그 점을 이용하기로 했다.

"녹화되고 있으니까 너무 무리하지 않는 편이 좋을 텐데. 애들이 슬슬 이상하게 생각할 거야."

"아, 그, 그렇군. 일단 우리도 옷을 갈아입는 게 좋겠다……."

혀를 찬 야마우치가 아쉽다는 듯 인상을 찌푸렸다.

그래, 모니터를 들여다보지 않아도 RC카에 탑재된 미니 SD 카드에는 현재진행형으로 녹화가 저장되고 있다. 이케는 RC카를 빨리 회수하고 싶은 마음을 간신히 억눌렀다.

사물함에 짐과 함께 컨트롤러를 밀어 넣고 옷 갈아입기에 집중했다.

"며, 몇 분 정도 기다리면 되려나……."

"20분은 놔두고 싶은데. 적어도 말이야……."

너무 빨리 회수하면 옷 갈아입는 장면을 못 담을 수도 있고, 반대로 너무 방치해두면 회수가 불가능해질 수도 있다. 덧붙여 옷을 갈아입는 데 시간을 지나치게 지체하면 문제의 불씨가 된다. 아마 이 녀석들에게는 인생에서 가장 긴 20분일 것이다.

"난 먼저 나갈게."

"앗, 잠깐만, 아야노코지! 배신하는 거냐?! 나중에 보여달라고 애원해도 안 보여줄 거다!"

"그게 아니야. 20분이나 지났는데 남자애들이 아무도 안 나가면 다른 녀석들이 의심할 거 아니야."

"으, 그것도 그런가…… 그럼 잘 수습하고 있어봐."

"알았어."

RC카를 회수할 세 사람을 남겨두고 나 혼자 먼저 탈의실을 벗어났다.

2

한편 내가 남자 탈의실을 나온 그 시각. 여자 탈의실에서는 바보 삼인조가 바라는 이상적인 광경이 연출되려 하고 있었다. 아니, 정말로 카메라가 음성과 영상을 빠짐없이 포착하는 중이었다.

"왠지 신선해. 수업도 아닌데 학교 수영장을 쓰다니."

쿠시다가 사물함 안에 가방을 넣으며 그렇게 말했다.

옆 사물함을 고른 이치노세는 벌써 옷으로 손이 가고 있었다.

"정말. 왠지 시민 수영장 같은 데 놀러온 기분이야."

"이치노세는 몸매 비율이 굉장히 좋구나……."

넋을 잃은 듯 한숨을 내쉬며 쿠시다가 말했다. 이치노세는 약간 수줍어하면서도 쿠시다의 체형을 보고 역시 납득이 가는 한마디를 건넸다.

"쿠시다야말로 균형이 잘 잡힌 몸매네. 나한테 절대 안 뒤진다고 생각해."

실제로 가슴 크기는 이치노세의 적수가 못 되지만, 종합적으로는 결코 지지 않았다.

한편 이치노세와 동등하거나 혹은 그 이상의 바스트를 숨긴 사쿠라는 두 사람으로부터 살짝 거리를 두고 옷을 벗기시작했다. 동성끼리라도 부끄럽다는 이유가 컸다. 게다가 앞으로 풀 사이드로 나간다고 생각하니 몸이 무거워지는 것도 무리가 아니었다.

수업과 달리 그나마 다행인 것은 상반신을 완전히 가릴수 있는 래쉬가드가 허용되었다는 점이리라. 사쿠라처럼 부끄러움이 많은 사람에게는 구세주 같은 아이템이다.

"이치노세, 뚫어지게 보지 말아줄래?"

이치노세의 뜨거운 시선을 받은 호리키타가 혐오감을 드러냈다. 옷을 벗던 것을 중단하고 멀리 떨어졌다.

"아, 미안, 미안. 뭐랄까 호리키타의 피부가 너무 곱고 투명해서 뭐에 홀린 듯 봐버렸네. 같은 여자로서 역시 귀여운 애한테 시선이 가버리는구나. 키쿄도 그렇게 생각하지 않아?"

"응, 호리키타는 엄청 귀여우니까."

"…………"

쿠시다의 말에 한숨을 푹 내쉰 호리키타는 옷을 마저 갈아입었다.

"그래도 오늘 잘 와줬네. 이런 이벤트에는 안 나올 줄 알았거든."

"좋아서 온 게 아닌 건 확실해. 하지만 때로는 내 의사와 관계없이, 달게 받아들여야 하는 순간도 있으니까."

"응? 아주 어려운 말을 하네, 호리키타는."

물론 자세한 건 아무에게도 말하지 않았다. 물통이 팔에 끼어 빠지지 않았던 것은 수치스러운 일이고, 무덤까지 가져가야 할 비밀이기 때문이다. 호리키타는 아야노코지에게 알린 것도 격하게 후회하고 있었다. 왜 그때 패닉에 빠져서 전화를 걸고 말았던 것인지, 반성 중이었다.

"나한테 말 걸지 말고 옷이나 갈아입지?"

호리키타에게 가벼운 핀잔을 들은 이치노세는 다음 타깃을 정했다. 그것은 뒤에서 몰래 옷을 갈아입고 있는 사쿠라였다. '모두는 한 사람을 위해 한 사람은 모두를 위해'를 중요시하는 이치노세로서는 누구 하나 빼놓지 않고 사이좋게 지내고 싶은 마음이 강했다. 그래서 명백하게 혼자만 겉도는 존재인 사쿠라와도 잘 지내고 싶다고 생각했다. D반의 속사정은 모르는 이치노세였지만 사쿠라가 소중히 대우받아야 할 학생이라는 것은 잘 알았다. 너무 깊이 파고드는 것은 논외라도 아예 무시할 수는 없었다.

쿠시다도 호리키타도 지나치게 그녀에게 말을 걸지 않았다. 언뜻 봤을 때 소극적이고 얌전한 타입. 하지만 이치노세가 분석하기에 사쿠라는 낯가림은 있어도 친해진 상대에게는 마음을 활짝 여는 아이였다. 그러니 자신도 그녀의 친구가 될 기회가 있을 거라고 생각했다.

"사쿠라랑 이렇게 만나는 것도 오랜만이네. 반이 다르니까 잘 안 만나진다, 그렇지?"

"그, 그러네……."

"호나미랑 사쿠라는 원래 아는 사이였지? 좀 의외인 것 같아."

두 사람의 관계에 의문을 느낀 쿠시다가 조금 조심스럽게 물었다.

"전에 조금. 그렇지?"

"으, 으응……."

사쿠라가 상상 이상으로 경직되어, 눈알을 마구 굴리며 말했다.

그 지나치게 부끄러워하는 모습에 이치노세는 머리가 어지러워져 왔지만 꾹 참았다.

"그나저나……."

이치노세가 실례가 될 정도로 사쿠라의 몸을 빤히 쳐다보았다. 귀여운 이목구비에 날씬하지만 알맞게 살집이 잡힌 몸매, 무엇보다 커다란 가슴은 그야말로 잡지에 실리는 아이돌 그 자체였다.

마치 남자들이 보낼 법한 시선으로 육체를 바라보았다.

지켜주고 싶은 여자의 부류에 속하는 사쿠라는 성격이 조금만 더 밝았더라면 학년 최고의 인기인이 되었을 것이다.

"그러고 보니 호나미, 오늘 칸자키도 같이 왔던데 뭐 좀 물어봐도 될까?"

"응? 칸자키가 왜?"

사쿠라와의 거리감을 재고 있던 이치노세가 쿠시다의 말에 시선을 옮겼다.

　사쿠라는 그때가 도망칠 기회라고 판단하고 이치노세로부터 살짝 멀어졌다.

　"우리 반에 칸자키를 좀 마음에 들어 하는 애가 있어서 말이야. 그쪽 사정이 어떤지 궁금해서."

　"우와, 의외로 인기 많네, 칸자키. 우리 반에도 좋아하는 애가 있는 것 같던데. 아, 하지만 지금 아무하고도 안 사귈걸?"

　"그래? 그럼 친구보고 한번 말 걸어보라고 얘기할게."

　"응응. 칸자키도 기뻐하지 않을까? 그냥 내 예상이지만."

　"예상이구나."

　애매모호하게 돌아온 대답에 쿠시다가 웃었다.

　"그 애도 말이 없달까 말수가 적은 편이어서. 좋은 점이기는 해도 주장이 너무 없으니 잘 모르겠어."

　그것이 같은 반 친구로서의 솔직한 평이었다.

　"그렇구나. 하긴 파악하기 어려울 수도 있겠다."

　이렇게 일부에서 대화가 불이 붙었을 때 주위는 이미 옷을 벗고 수영복으로 손을 가져가고 있었다.

　"아차차, 수영복 갈아입어야지."

　이치노세가 뒤늦게 얼른 옷을 벗었다. 남자를 방불케 하는 놀라운 속도다.

　출렁 하고 가슴이 흔들렸다. 관심을 드러내지 않으려고 했던 호리키타조차 순간 시선을 빼앗겼다. 그 파괴력 발군의 몸매라면 남자들 대부분은 한방에 KO다.

요즘에 식생활이 서구식으로 치우치고 있다고는 해도 같은 고등학년 1학년의 몸매라고는 생각할 수 없었다.

"……너, 그 가슴은 언제부터?"

"흐엑? 언제부터, 라는 건 언제부터 커지기 시작했냐는 거야? 중학교 3학년에 올라갔을 무렵인가, 점점 커지더라고. 그런데 왜?"

"아니, 이제 이해됐어. 네가 왠지 주체 못하는 것 같았던 이유를 말이야."

꼭 그렇다고는 할 수 없지만, 여자는 자신의 변화에 대응할 수 없는 타이밍이 있다. 특히 가슴의 발육은 본인도 내다볼 수 없는 법이다. 일 년도 채 되지 않아 급성장했다면 어쩔 도리 없다.

"다 갈아입었다!"

제일 늦게 옷을 갈아입기 시작했던 이치노세가 그렇게 소리쳤다.

"그럼 먼저 나갈게!"

한시라도 빨리 풀에 들어가고 싶은 충동을 억누를 수 없어서겠지. 그녀는 사물함 열쇠를 손에 쥐고 탈의실을 뒤로 했다.

"꼭 태풍 같은 애네."

좋은 뜻도 나쁜 뜻도 담기지 않은, 순수한 감정을 내뱉는 호리키타였다. 누군가에게 한 말이 아니다.

하지만 조금 멀리서 쿠시다가 그 말을 받았다.

"이치노세랑 함께 있으면 나도 모르게 미소가 나온다니까."

호리키타는 쿠시다를 슬쩍 곁눈질했지만 뭐라고 대답하지는 않았다.

물론 쿠시다도 아무 생각이 없었다.

그저 단순히 쿠시다는 서 있는 상태로 말을 이었다. 이번에는 호리키타가 아닌 새로운 방문자에게 말이다.

"어머나, 카루이자와? 안녕. 그리고 두 사람도 같이 놀러 왔구나?"

항상 주변 상황에 민감한 쿠시다가 탈의실로 들어온 카루이자와와 두 여자애를 발견했다.

"우연이네. 우리도 수영하러 온 거야."

"오오······?"

놀라움을 감추지 않는 쿠시다. 카루이자와는 평소 수영 수업에도 전혀 참여하지 않았기 때문이다.

카루이자와 일행은 구석 쪽 사물함으로 향했다. 쿠시다는 거기에 약간의 위화감을 느끼면서도 계속해서 옷을 갈아입었다.

"우와······ 진짜 했네. 진짜 최악 변태들뿐이구나······."

카루이자와가 바닥 아래 환기구를 막은 철망에 착 달라붙듯 서 있는 RC카를 찾아냈다. 번쩍 빛나는 렌즈가 여자 탈의실을 훌륭한 각도에서 포착하고 있었다.

원래 이 철망은 아무나 떼어낼 수 있지만, 그러려면 상당한 수고와 시간이 요구된다. 십자 나사로 네 귀퉁이를 고정한 상태여서 그것부터 빼야 했기 때문이다. 하지만 카루이자와는 철망을 잡고 어렵지 않게 뒤로 잡아당겨 빼냈다.

그녀에게 특별한 괴력이 있어서도, 혹은 드라이버 기술이 뛰어나서도 아니다.

단순히 어제 이 탈의실에 미리 와서 나사를 빼놓았기 때문이다. 철망은 꼭 나사가 없어도 간단히 고정되었다.

카루이자와는 RC카를 손으로 눌러 잡아 올렸다. 모니터 옆 램프에 연하게 빨간 불이 들어와 녹화 중임을 알 수 있었다. 아야노코지에게 미리 들은 순서대로 RC카에서 미니 SD카드를 뺐다. 이 시점에서 녹화 기능은 정지되었고, 다시 녹화 수순을 밟지 않는다면 녹화 램프에 불이 들어올 일은 없다.

카루이자와는 곧바로 아무 데이터도 들어 있지 않은 새 미니 SD카드를 끼우고 다시 바닥 밑 환기구에 돌려놓았다.

"이렇게 하면 끝."

이제 알아서 시간만 흐르면 RC카는 처음 있던 곳으로 돌아가리라.

"……그 녀석만, 제대로 된 애였네……."

남자들의 쓰레기 같은 행동에 어이없어하면서도 단 한 사람, 그 일을 막으려고 움직인 아야노코지에 대해 생각했다. 만약 아야노코지가 훔쳐보기에 가담, 혹은 보고도 모르는 척했더라면 1학년 여자애들이 모르는 사이에 남자들에게 알몸을 보이게 되었을 것이다. 그것도 데이터로 남아 영원히 남는 형태로.

"케이, 이제 다 됐어?"

카루이자와의 등 뒤에서 그렇게 말을 건 사람은 같은 반 소노다였다. 그리고 이시쿠라도 조금 불안한 듯 카루이자와를 쳐다보았다.

"아아, 응. 고마워. 이제 괜찮아."

1학년 여자애들이 뒤섞인 탈의실에서 혼자 바닥 밑 환기구를 보고 있으면 노골적으로 의심을 사게 된다. 이케 일행이 바리케이트를 쳤던 것처럼 카루이자와도 친한 친구들을 이용해 시야를 차단하게 했다.

물론 환기구와 가까운 안쪽, 그 주변 사물함을 전부 '사용 중'으로 보이게 하기 위해, 열쇠를 잠가서 못 쓰게 하는 것도 잊지 않았다. 카루이자와는 남의 눈을 속이면서도 심박수 하나 올리지 않고 냉정하게 열쇠를 하나하나 원래 자리에 되돌려놓았다.

친구인 소노다와 이시쿠라에게 자세한 설명은 하지 않았다. 굳이 설명하지 않아도 얌전히 따라주고 누설하지 않을 거란 확신이 있는 사람…… 성격이 결코 강하지 않으면서 무리에서 제외될까봐 두려워하는 아이를 특별히 골랐다.

옷을 다 갈아입은 D반 애들이 탈의실을 모두 빠져나간 것을 확인한 카루이자와는 두 사람에게 인사를 건넸다.

"오늘 도와줘서 고마워. 난 할 일이 좀 남아 있는데, 너희는 놀다 갈 거야?"

"아, 응. 그럴까 싶어. 그렇지?"

두 사람이 서로의 얼굴을 마주보며 고개를 끄덕였다. 카루이자와도 그 부분을 뭐라고 간섭할 생각은 없어 보였다.

3

몸이 녹초가 될 때까지 놀고 수영장을 나온 나는 내 방 앞에 도착했다.

그러자 방 앞에 이미 세 사람이 잔뜩 흥분한 표정으로 대기하고 있었다.

"늦었잖아, 아야노코지! 빨리 문 열어!"

기다리다 못한 스도가 방문을 발로 찼다. 옆방에도 피해를 주고 관리인에게 찍히니까 그만뒀으면 좋겠다.

"아야노코지, 빨리 열라고!"

흥분을 주체 못한 남자들에게 등 떠밀리듯 나는 문을 열었다. 이케 일행의 손에는 RC카에서 회수한 카드가 들려 있었다. 그리고 거기에는 여자들이 옷을 갈아입는 생생한 영상이 들어 있을 게 틀림없다. 세 사람은 그렇게 믿고 있다.

집주인보다 먼저 방에 들어가서는 멋대로 컴퓨터를 컸다.

"야, 엄청난 게 찍혀 있으면 나중에 복사해주라……."

"너희는 좀 기다려. 일단 내가 확인할 거니까. 너희에게 스즈네의 전라를 볼 권리는 없어."

"좀 진정해, 두 사람 모두. 지금은 다 함께 사이좋게 보자고. 으헤헤헤."

이미 나는 안중에도 없는지 컴퓨터가 완전히 켜지기만을 목 빠지게 기다렸다. 여러 가지로 힘든 하루였던 나는 그대로 침대에 털썩 앉았다.

"내용을 확인한 후에는 돌아가 주면 고맙겠다."

"뭐야, 아야노코지. 자기 혼자 얌전한 척하고. 사실은 너도 보고 싶잖아?"

"지금은 아직 되돌릴 수 있는 기회가 있다고 생각하는데."

"아, 그래? 착한 척할 거면 절대 보지 마라. 아니, 보여주지도 않을 거지만."

이케가 컴퓨터 화면 앞을 가로막듯 두 팔을 벌려 내 시야를 차단했다.

"여자 알몸에 흥미 없는 녀석이 세상에 어디 있냐? 좀 솔직해지시지."

이제는 자기 집처럼 편하게 구는 스도의 말도 일리는 있었지만, 그렇게까지 필사적으로 알몸을 볼 생각은 없다. 적어도 퇴학을 걸 만한 가치는 없는 것 같으니까.

"으헤에엑?! 이게 뭐야. 어째서 아무것도 안 찍혔어?!"

박사에게 빌린 것으로 보이는 미니 SD카드 판독기에는 아무런 데이터도 들어있지 않았다. 요컨대 애초에 RC카의 녹화 기능이 제대로 작동하지 않았다는 얘기다.

"어, 없어. 데이터가 없어……."

"그럴 리 없잖아? 부, 분명히 녹화가 잘 됐는데? 엉?"

세 사람이 당황해서 허둥지둥 폴더를 닫았다가 다시 열기를 반복했지만, 거기에는 여전히 아무것도 없었다.

　당연하다. 녹화된 데이터가 든 카드는 카루이자와가 빼돌리고 빈 카드를 대신 넣었으니까. 아무리 찾으려고 노력해도 애초에 존재하지 않는 파일을 찾아낼 수는 없다.

　한편 진짜 데이터는 이미 파손되었으니 아무것도 남아있는 것은 없다.

　"어째서 없냐고오오오!!"

　이렇게 해서 바보 삼인조의 야망은 내부의 방해공작으로 인해 소멸되고 말았다.

YOUKOSO JITSURYOKUSIJYOUSYUGI NO KYOUSITSU E 4.5
©Syougo Kinugasa 2016
First published in JAPAN in 2016 by KADOKAWA CORPORATION, Tokyo
Korean translation rights arranged with KADOKAWA CORPORATION, Tokyo

어서 오세요 실력지상주의 교실에 4.5

2017년 8월 15일 1판 1쇄 발행
2024년 3월 15일 1판 10쇄 발행

저　　　자 키누가사 쇼고
일 러 스 트 토모세 슌사쿠
옮 긴 이 조민정
발 행 인 유재옥
이　　　사 조병권
출판본부장 박광운
편 집 1 팀 최서영
편 집 2 팀 정영길 박치우 정지원 조찬희
편 집 3 팀 오준영 권진영 이소의
디자인랩팀 김보라 박민솔
디지털사업팀 박상섭 김지연 윤희진
라이츠사업팀 김정미 맹미영 이윤서
영업마케팅팀 최원석 박수진 이다은
물 류 팀 허석용 백철기
경영지원팀 최정연
인쇄제작처 ㈜코리아피엔피
발 행 처 ㈜소미미디어
등　　　록 제2015-000008호
주　　　소 서울시 마포구 토정로222, 403호 (신수동, 한국출판콘텐츠센터)
판매 및 마케팅 (070) 8822-2301

ISBN 979-11-6190-014-8 04830
ISBN 979-11-5710-286-0 (세트)